诗学教育丛书

现当代诗学教育

潘务正◎丛书主编
张公善◎本册主编

安徽师范大学出版社
ANHUI NORMAL UNIVERSITY PRESS
·芜湖·

图书在版编目(CIP)数据

现当代诗学教育 / 张公善主编. —芜湖:安徽师范大学出版社,2023.6
(诗学教育丛书 / 潘务正主编)
ISBN 978-7-5676-5999-5

Ⅰ.①现… Ⅱ.①张… Ⅲ.①诗学—教育研究—中国 Ⅳ.①I207.22

中国国家版本馆CIP数据核字(2023)第049798号

现当代诗学教育　　张公善◎主编
XIANDANGDAI SHIXUE JIAOYU

责任编辑:李克非　　责任校对:王　贤
装帧设计:王晴晴　汤彬彬　　责任印制:桑国磊
出版发行:安徽师范大学出版社
芜湖市北京东路1号安徽师范大学赭山校区　　邮政编码:241000
网　　址:http://www.ahnupress.com/
发 行 部:0553-3883578　5910327　5910310(传真)
印　　刷:江苏凤凰数码印务有限公司
版　　次:2023年6月第1版
印　　次:2023年6月第1次印刷
规　　格:700 mm × 1000 mm　1/16
印　　张:15.25
字　　数:250千字
书　　号:ISBN 978-7-5676-5999-5
定　　价:50.00元

凡发现图书有质量问题,请与我社联系(联系电话:0553-5910315)

安徽师范大学中国诗学研究中心资助项目

安徽省高校优秀科研创新团队“诗学教育”研究团队成果
（2022AH010014）

总　序

潘务正

中国是诗的国度。诗在古代社会的功能极为强大，《诗大序》说诗可以“正得失，动天地，感鬼神”，在政教体系中发挥重要的作用。正因如此，古代贵族自孩提时代就开始接受诗歌教育。

宋代叶适在《黄文叔诗说序》中说：“自文字以来，诗最先立教。”先秦两汉时期，诗学教育主要围绕《诗经》展开，尽管周代的太学中春秋教以《礼》《乐》，冬夏教以《诗》《书》，不过只有“诗教”最为通行。“诗教”一词最早见于《礼记·经解》：“孔子曰：入其国，其教可知也。其为人也温柔敦厚，《诗》教也。”此语是否为孔子所说虽然存疑，但孔子重视以《诗经》为中心的教育却是不争的事实。孔子的“诗教”观主要集中在三个方面：一是性情教育，所谓“《诗》可以兴，可以观，可以群，可以怨”是也；二是伦理教育，所谓“迩之事父，远之事君”是也；三是知识教育，所谓“多识于鸟兽草木之名”是也。（《论语·阳货》）孔子以《诗》为教材对当时的贵族子弟进行全面的教育，并扩大到平民阶层，以便为他们将来的进一步发展打下良好的基础。

孔子说《诗经》的主旨“一言以蔽之，曰思无邪”（《论语·为政》），汉儒从政教层面加以阐发，诗教重在培养“温柔敦厚”的性情，有此性情，方能“主文而谲谏，言之者无罪，闻之者足以戒”，不仅能够保全自身，还能有效地实现讽谏的意图。以“温柔敦厚”的诗作教化人，培养读诗者“温柔敦厚”的性情，如此，诗歌就能实现“经夫妇，成孝敬，厚人伦，美教化，移风俗”（《毛诗序》）的功用，社会经由文治走向太平。

后世诗歌创作逐渐兴盛，面对种种感荡心灵的自然风景和社会事件，

"非陈诗何以展其义，非长歌何以骋其情"（钟嵘《诗品序》），作诗成为士人风雅的标志；唐宋科举考试诗赋，诗歌是入仕的敲门砖。在这种情况下，诗学教育愈发变得必要，内容已不局限于《诗经》，举凡前人的经典诗作，都被纳入学习的范围。为在科考中获隽，诗学教育从性情教育扩展到艺术教育、审美教育等方面。

"诗言志""诗缘情"，言志抒情是中国诗歌的传统，古人衡量一首诗成就的高低，最终落在诗人胸襟的大小，清代诗论家沈德潜在《说诗晬语》中说："有第一等襟抱，第一等学识，斯有第一等真诗。"宋代以后，杜甫被推至"千古诗人之宗"的地位，正在于其"一饭不忘君"的品格，尽管他身处艰难困苦之中，过着朝不保夕的日子，却时刻关心国家安危，挂念百姓疾苦。屈原、陶渊明、李白、苏轼、陆游等一流的诗人，虽艺术造诣有异，但高尚的情怀、爱国的情感与杜甫并无二致，这也是他们被后世推崇的重要原因。以这类诗歌作为教育的载体，无疑会提升受教育者的道德情操、精神境界。

古代开展诗学教育的场合众多，诸如家族、书院、诗社等，都有诗学教育的活动。清代自乾隆二十二年之后恢复乡会试考试帖诗的制度，诗学教育更为普及，家塾中有童蒙诗学教育，学政亦对一省士子负有诗学教育之责，士人相聚谈诗是生活的常态。除了男性，闺阁中女子也受到熏陶，著名的女诗人虽只有李清照、朱淑真等不多的几位，但实际上明清两代女诗人极多。历代的诗格、诗话以及诗学选本等记录了诗学教育的情景和内容，这类文献或分析诗歌的艺术技巧，或谈论创作的本事，终极目标还是追求对诗和诗人的理解，以便更好地读诗和作诗。在多重诗学教育之下，受教者诗歌创作、艺术鉴赏能力不断提高，并经此完善人格，陶冶情操。

诗学教育在当下仍有其必要性。目前，立德树人是我国教育的根本任务，是深入贯彻落实党的教育方针、教育规划纲要的必然要求。经典诗作以其感人的力量、美妙的意境、高超的技巧和精当的用语，入人最深。众多学者认识到诗歌是中华民族原创性智慧的结晶，诗学教育是一项弘扬与培育民族精神的战略措施。当代中小学、大学课堂均注重诗歌教学，培养学生诗词的审美感受能力和艺术鉴赏能力，并力求在耳濡目染中实现理想情操的升华。

为适应当今社会发展的需要，安徽师范大学中国诗学研究中心策划编纂了这套诗学教育丛书。本丛书按专题编选，包括《〈诗经〉与诗学教育》《女性诗学教育》《桐城诗学教育》《理学诗学教育》《童蒙诗学教育》《中学诗学教育》《大学诗学教育》及《现当代诗学教育》等八种。丛书每册设有前言、选文两个部分。前言由各册的主编撰写，概括介绍本专题的研究状况；选文为有代表性的论文或专著中的章节。为了保持丛书大致协调，每册所选篇幅控制在30万字左右。

相对于诗学教育丰富的文献资料和丰硕的研究成果，本丛书所选文章只是冰山一角，然由此亦可以见微知著。我们希望这套丛书的出版，能够进一步推动中国诗学教育的研究，为弘扬优秀传统文化贡献绵薄之力。

因各种原因，截至发稿时我们未能与本套丛书的全部著作权人取得联系。敬请作品的著作权人或著作权有关的权利人与出版社联系，以便奉上稿酬和样书。

前　言

张公善

20世纪80年代，当新诗走上拨乱反正之途，当代诗教的观念也开始兴起。当代诗教的实践者，既有社团组织，也有个人，近年来更有主流媒体的参与。

中国科学院院士、华中科技大学教授杨叔子先生是当代诗教理论的主要奠基人和开拓者之一。他与梁东、孔汝煌被诗词界誉为当代诗教理论界的“三剑客”。[①]他们依托中华诗词学会有组织地开展诗教理论与实践的探索，其成果可见于杨叔子和孔汝煌合著的《诗教文化新论》(2022)。杨叔子将当代诗教上升到文化的高度。“诗教文化”乃是“以诗为教的教育文化，作为中华优秀传统文化的育人瑰宝，又特指以中华诗词的经典杰作为教的教育文化”。由此，诗教文化必然包括纵向的“教育文化”和横向的“诗文化”。[②]就教育文化而言，杨叔子提出了人文教育与科学教育相融的“绿色教育”理念。就诗文化而言，他将诗教功能具体化为十六个字，即对外的“兴、观、群、怨”，和对内的“立德、启智、健心、育美、燃情、创新”。[③]杨叔子不仅撰文探索诗教理论，还身体力行带头深入大中小学进行宣传，旨在让诗教走向千家万户。如今，杨叔子的不少观念已经深入人心，诸如“绿色教育”“基因会遗传，文化要传承，经典需诵读，诗教应先行”“教育的根本任务是‘育人’而非‘制器’”，等等。[④]不过，这种以“诗教

① 杨叔子、孔汝煌《诗教文化新论》，华中科技大学出版社2022年版，序三。

② 杨叔子、孔汝煌《诗教文化新论》，前言。

③ 杨叔子、孔汝煌《诗教文化新论》，第64页。

④ 杨叔子、孔汝煌《诗教文化新论》，第127、56页。

文化”为核心的当代诗教理论与实践至少存在两大问题：一是虽然理论上对教育功能的论述较为周全，但其旨归实际上是“国魂教育”。“诗魂即国魂”[①]的观念大大缩小了诗歌思想的丰富性。二是作为当代诗教，其所论几乎不涉及新诗，其诗教的载体仍然锁定于古典诗词（旧体诗）。不能不说，旧体诗局限了诗教的成效。即便是当代人创作的旧体诗，也不足以取代新诗在当代诗教中的地位，因为旧体诗在表现现代生活的丰富复杂性方面严重欠缺。

相对而言，一行所著《论诗教》（2010）在学理层面中西结合，在实践层面不拒古诗更重新诗。在一行看来，“诗歌教育是一种技艺，它是对诗歌这种技艺进行传授和启明的技艺，是开放我们的经验、重塑我们灵魂的敏感度、提升我们的理解力和想象力的活动”[②]。支撑这一诗教观念的是对诗歌的如下界定：“诗是技艺”和“诗是经验”。前者是从诗的制作活动的角度来说的，后者则是从制作出的作品所承载物的角度而言。[③]诗歌和教育都共同关切经验，使得诗歌本身就具备教育性，即对“经验进行造型”，也就是在个体身上开辟通达纯粹经验的道路。[④]《论诗教》是一行在大学课堂实施诗教的经验总结，是21世纪以来不可多得的一部诗教参考书。此书可以作为以“经验”为核心的诗教实践个案。总的说来，此书有一种过于纯粹的愿望，以至于二元对立思维非常明显。将日常经验与纯粹经验对立起来，有亲近纯粹经验而疏远日常经验之嫌。从此书的诗教实例来看，所选文本虽然古今中外都有，但总体而言还是显得有些随意，并没有很好地展示诗歌如何对人的经验进行造型。不管怎么说，诗教的目的绝不是单纯的亲近纯粹经验，而更应该是让人亲近实实在在的日常经验。这也是卢卡奇“从生活到生活”的艺术此岸性原理给予我们的启示。[⑤]

对大学生和成人进行诗教，有一定难度，因为他们都具有自我意识。如果不能引起他们内心的共鸣，诗教就很难发挥作用。这就不难理解，当

① 杨叔子、孔汝煌《诗教文化新论》，第78页。

② 一行《论诗教》，北京师范大学出版社2010年版，第4页。

③ 一行《论诗教》，第14页。

④ 一行《论诗教》，第42页。

⑤ 张公善《生活批评：后理论时代的文学批评新范式》，安徽教育出版社2022年版，第239页。

下的诗教重镇何以是中小学及幼儿园。对这些“三观”尚未成型的儿童进行诗教，将有助于其健康成长。以儿童诗为主要载体对中小学生进行诗歌教育，在理论指导方面成就最大者当属王宜振。他的两卷本《现代诗歌教育普及读本》（2016）受到全国100所中小学校长的联名推荐。对王宜振来说，何谓诗教呢？“诗教就是用诗来管理、教化社会，也就是人们常说的‘以诗治国’。诗可以治国，也许在这里夸大了它的功能。但这里的治国，主要是指诗对人精神的引导和教化。”[①]就儿童来说，诗教“就是要用优秀的诗歌去浸润充盈儿童的心灵，帮助他们完善人格塑造，培养性情，养成审美趣味”[②]。虽然此处所论，从“以诗治国”到以诗治心的转换有些牵强，但也的确道出了诗教在宏观和微观两方面的功效。少年强，则国强。儿童是祖国的未来，儿童的心灵是否健康成长，决定着未来国家的盛衰。王宜振这部著作对中小学生认识和理解现代诗，以及欣赏和创作儿童诗，非常有启示意义。该书行文简洁有力，多用经典诗歌辅助阐述。不过，从编写体例来看，此书主要侧重于诗歌的“技艺”，而诗歌的思想教化并没有凸显出来，对所选诗歌的解读也有蜻蜓点水之嫌，因而可以说，此书并没有将其诗教观念落实到位。

近年来，当代诗教一个最为突出的表现就是主流媒介的参与，大大扩大了诗教的受众和影响面，并形成一股前所未有的复兴古诗词的潮流。教育部和国家语委组织实施的“中华经典诵读工程”项目下的“诗教中国”诗词讲解大赛，2022年已经是第四届。而中央电视台以诗词为内容的大型全民互动文化节目“中国诗词大会”，2022年已是第七季了。毫无疑问，“诗教中国”和“中国诗词大会”推动了全民阅读中华优秀古诗词的热潮，可谓是当前最为声势浩大的以古诗词为载体的诗教活动。即便无法亲临现场，我们也可以通过电视或网络收看，感受中国诗词之美的同时，也得到了中华文化精神的熏陶。遗憾的是，新诗被严重盲视。

通过对中国21世纪以来诗教理论与实践的扫描，我们可以发现以下三大总体倾向：一是爱国主义（国魂）教育有余，而个体层面的情感教育不

① 王宜振编著《现代诗歌教育普及读本》，西安电子科技大学出版社2016年版，代序，第2页。

② 王宜振编著《现代诗歌教育普及读本》，代序，第3页。

足；二是对诗歌的“技艺”重视有余，对诗歌的思想意蕴解读不足；三是古典诗词往往独领风骚，而新诗则严重受到忽视。鉴于此，要想全面发挥诗教的多重功能，有必要发展一种综合性的诗教模式。新的综合性的诗教必须克服上述不足，至少做到三个“结合”：民族性（文化基因）与世界性（现代性）结合、古诗（旧体诗）与新诗（现代诗）结合、诗美（技艺）与诗用（教化）结合。不同的诗教者，可以根据自己的诗歌观念，来设计不同的诗教方案。就我个人而言，我希望发展一种“生活诗教”。生活诗教即旨在让人更好地生活，进而将生活打造成诗意生活的诗教。

支撑“生活诗教”的诗歌观念是什么？诗与生活的水乳交融的联系。我们知道，古希腊古风诗教就侧重引导普通人（如赫西奥德《劳作与时日》）和贵族（如《特奥格尼斯诗集》）如何生活。[①]而中国先秦诗教某种意义上也都是教人如何为人处世的。但是从理论上将诗对生活的作用明确提出来的人，是英国维多利亚时期的批评家马修·阿诺德（1822—1888）。1879年阿诺德在编定《华兹华斯诗选》时，在前言中就强调指出：“诗歌在本质上是一种生活批评；一个诗人的伟大之处存在于他将观念充满力和美地运用于生活——运用于这一问题：如何生活。”[②]鉴于西方从叔本华、尼采以来就逐渐形成了一个“生活转向”，[③]我们也许可以说，阿诺德是西方在文学领域开启“生活转向”的第一人。1880年，阿诺德在《英国诗人》一书引言中将诗与真、善、美三者统一起来，提出了一个较为成熟的诗歌观，也可谓是一种现代诗教观：

> “在诗歌中，作为以诗意之真和诗意之美的法则为前提的一种生活批评，我已经说过。随着时间的流逝，随着别人帮助的失败，我们人类的精神将会发现它的慰藉与坚守。但是，慰藉和坚守的力量是与诗对生活的批评的力量成正比的，而且诗对生活的批评的力量也是与诗歌传达的优越性、合理性以及真实性成正比。”[④]

① 参见张巍《希腊古风诗教考论》，北京大学出版社2018年版，第287页。

② Arnold, *Essays in Criticism, second series*, Miami: Hard Press Publishing, 2010, p.144.

③ 张公善《生活批评：后理论时代的文学批评新范式》，第13页。

④ Arnold, *Essays in Criticism, second series*, Miami: Hard Press Publishing, 2010, p.5.

上述阿诺德的“生活批评”的诗歌观念给予“生活诗教”的启示是：诗教是以诗来教人“如何生活”，诗教必须将“诗美”和“诗用”统一起来。遗憾的是，除了“生活的批评”，阿诺德并没有提供诗歌之所以教人“如何生活”的妙方。

诗何以能教导人生活呢？因为诗中有生活。诗歌浓缩着各种各样的有趣的生活，可以让人感受体验，进而选择自己的生活方式。不仅如此，诗歌还往往蕴含丰富的“生活之道”，等待着明眸善睐者去感悟。这些都是朱光潜给予我们的启示。[①]用艾青的话来说，就是：“我以为诗始终应该是诗……那所采用的语言必须能充分地表达了作者对于现实生活所引起的思想情感，必须在精炼的、简约的、明确的文字里面，包含着丰富的生活面貌、生活的智慧、生活的气息、生活的真理。”[②]

上述阿诺德、朱光潜和艾青等人的诗歌观念为我们勾勒了“生活诗教”的总纲领：生活诗教教人在诗意之美（技艺）中体悟诗意之真（生活之道），进而引导人过上一种诗意生活（诗意之善）。

生活诗教不仅仅有理论支撑，也是时代的呼唤。生活诗教的时代背景是什么呢？现代生活的异化。瓦纳格姆在1967年出版的《论几代青年的日常生活艺术》（中译文更名为《日常生活的革命》）一书，可谓人类在20世纪后半叶的生活宣言。其核心观念，就是作者在1991年此书第二版引言中所指出的：学会生活而绝不仅仅是学会存活，因为“生活高于一切”。[③]按马克思的说法，现代社会以来，一切坚固的东西都烟消云散，一切神圣的东西都被世俗化。生活在现代社会遭遇到全面异化。这也是列费伏尔等人竭力倡导要进行“日常生活革命”的社会背景。列费伏尔在其《日常生活批判》第三卷导言中说，革命不仅仅局限于经济改革、政治改革，也“应该而且必须拓展到日常生活，拓展到实际中的‘去异化’，创造一种生活方式，一种风格——一句话，一种文明”。[④]与哲学家们从宏观的社会视角指出人类文明的异化危机密切呼应，心理学家们则从微观的心理视角，

① 张公善《生活批评：后理论时代的文学批评新范式》，第482页。

② 艾青《诗论》，江苏文艺出版社2010年版，第81页。

③ 瓦纳格姆《日常生活的革命》，张新木、戴秋霞、王也频译，南京大学出版社2008年版，第二版序言。

④ Lefebvre, *Critique of Everyday Life*, London: Verso, 2014, p.691.

纷纷从各自视角提出拯救现代人的灵魂和精神的方案，诸如弗洛伊德的精神分析心理学、阿德勒的个体心理学、弗兰克的意义心理学、塞利格曼的积极心理学，等等。总之，现代文明带来的异化生活呼唤着人类重建一种和谐的本真的整体生活。①

在现代生活异化的大背景里，从事诗教的人理当顺应重建生活的呼声，尝试着引领读者去倾听诗歌以寻求本真生活的“尺度”。诺奖诗人帕斯在20世纪末谈及“诗歌何为”时说，诗歌中有“我们每个人心灵深处的长眠者的声音”，“他是我们的祖先、我们的兄弟、我们的子子孙孙”。帕斯意在说明诗歌可以提供祖先的生活智慧。他又说，在世纪末我们可以从诗歌中听到“另一个声音”，它提供的是“启迪、激励和暗示”，以便协助人类更好地走向未来。②另一位诺奖诗人希尼也在诗中谈及诗歌对生活的帮助作用。他写道：“生活把我们拿到筛中过滤，而诗恰似筛中的网格；它们量度和给予，我们适当的尺寸……”③希尼所写用海德格尔的术语，就是诗歌可以提供人类栖居生活的“尺度”。④质言之，生活诗教的目的就是在纷繁复杂的现代社会，发掘诗意生活的尺度。在此，诗教者自己也是受益者，也是被诗教者。生活诗教并非单向度的诗教，诗教者、被诗教者以及作者，通过诗歌作品形成一个“生活同盟”，共同致力于“生活之道”的感悟和实践。

生活诗教如何选择诗教文本呢？并非所有的诗歌里面都能够解读出“生活之道”。对于现代诗歌，因为大都融入作者对现实生活世界的批判性反思，因而往往需要细致解读。可以说，现代诗歌最能给予我们处身现代生活的生存智慧。而对于古典诗歌，思想的解读往往无功而返，因为古典诗歌滋养我们的主要是纯正的趣味，而非知性的东西。古典诗歌对人的纯正趣味的塑造主要是通过情感的陶冶而获得，这是朱光潜的洞见。朱光潜认为学文学最终是“养成一种纯正的趣味，学得一副文学家体验人情物态的眼光和同情”。⑤而所有文学体裁中，他最看重诗歌的作用。他说：“诗是

---

① 张公善《生活诗学：后理论时代的新美学形态》，中国科学技术大学出版社2013年版，第79页。

② 帕斯《弓与琴》，赵振江等译，北京燕山出版社2014年版，第498—499页。

③ 希尼《希尼三十年文选》，黄灿然译，浙江文艺出版社2021年版，第361—362页。

④ 张公善《生活诗学：后理论时代的新美学形态》，第24页。

⑤ 朱光潜《谈文学·序》，《朱光潜全集6》，中华书局2012年版，第155页。

培养趣味的最好的媒介。”[1]朱光潜在此所谈主要针对的是古典诗歌，当然也适合新诗。可见，对于古典诗歌，诗教者最主要的工作当是引导读者去体验其中的情感。

生活诗教实施的大致步骤有哪些？《周易·蒙》曰：“蒙以养正，圣功也。”意思是在儿童蒙昧之时应蓄养纯正之德，这样才能最终成就伟业。[2]鉴于此，在儿童时期，尤其是幼儿园到小学阶段，对之进行经典中华古典诗词的诵读以陶冶其情感，对培育他们的纯正趣味将大有裨益。等到儿童的智力发展到一定阶段，尤其是中学阶段，其“三观”逐渐成形之时，再辅以中外经典现代诗歌的诵读和鉴赏，用诗歌暗含的生活智慧来武装他们的大脑，以便于他们顺利进入并适应成人社会，找到自己的生活道路。以上是就儿童进行生活诗教的策略。所选诗歌并非绝对化，古诗新诗可以同时引用，只是针对儿童的发展状况而适当侧重而已。

对于成人，如何进行生活施教呢？成人自我意识突出，已经拥有一定的生活经历和经验，不太容易受人影响。但是因为成人都会面临工作、生儿育女、事业等等的压力，因而生活诗教尤其适合他们。诗教者可以按照生活主题将中外最优秀的现代诗歌分类引荐给他们。最常见的生活主题有：生死、爱情、家庭、栖居、工作等等。[3]现代诗歌对阅读者的理解力、想象力和感悟力都有挑战性。在诗教过程中，诗教者可以将自己的感悟分享给被诗教者，被诗教者也可以分享自己的感悟。无论是谁，只要对诗歌中的“生活之道”有共鸣和认同，那么就很可能会将之带入自己的生活。同时，诗教者可以鼓励被诗教者进行创作，将自己的生活感悟凝聚成诗歌，再分享给大家。诗教者和被诗教者在相互分享阅读和创作的同时，最容易碰撞出思想的火花。就此而言，对成人进行生活诗教，并没有绝对的诗教者和被诗教者，大家一起共同感悟，共同进步，共同走向一种诗意生活。

回顾历史，放眼未来，诗教必须要做到三个结合：民族性与世界性结合、古诗与新诗结合、诗美与诗用结合。在后理论时代，在生活异化依然

---

① 朱光潜《谈读诗与趣味的培养》,《朱光潜全集6》,第27页。

② 陈鼓应、赵建伟注译《周易今注今译》,商务印书馆2016年版,第65页。

③ 可以参考拙作《小说与生活：探索一种小说教育学》(北京大学出版社2016版)中的生活主题和话题。

严重的当下，我们有必要发展一种新的诗教模式：生活诗教。生活诗教旨在教人如何更好地生活。生活诗教不薄古诗爱新诗。古诗有助于养成纯正趣味，新诗则更多地提供应对现代生活的智慧。

2022年8月31日

于芜湖龙窝湖畔

目　录

◇ 第一辑　诗歌理论

◇ 第二辑　诗歌教育与批评

◇ 第三辑 他山之石

第一辑　诗歌理论

我生活着，故我歌唱

——中国现代诗歌本质观研究之一

邹建军

“我生活着，故我歌唱。”①是现代著名诗人艾青在其《诗论》中提出来的，它是艾青诗学体系中的一个中心论点，或者说是他整个诗学建构的基础。

在现代诗论家中，艾青是被认为有自己独到而有系统的诗学体系的诗论家。他认为，没有诗人所感受着的某一时代的现实生活，也就没有真正诗歌产生的可能性；“我”没有在现实中生存着，“我”就没有写诗的可能；我在现实生活中自在地生活，我也就自然地“歌唱”，我“歌唱”生活，同时，也就是歌唱“我”自己。

初看起来，这好像是一个非常简单的诗学命题，实际上却包涵着非常独到而深入的诗学真理。艾青的诗歌创作，从20世纪20年代到80年代，之所以能够“风云”再现，成就“杰出”，成为中国现代最有成就的自由体诗人，成为中国现代具有国际影响的伟大诗人，我认为，最为根本的一点，就是有“我生活着，故我歌唱”这样一种现代性的诗歌观念的支撑。

“我生活着，故我歌唱”这个诗学命题，包括以下主要内容：

一、诗人只有“生活着”，才有可能写诗

艾青认为，诗人只有先行生存，才有可能进行诗歌创作。写诗，不是人生的第一要义，生活，才是人生的第一要义。诗歌创作是人生的一种追

① 艾青《诗论》，人民文学出版社1980版，第184页。

求，但首先要有人生的存在，才有诗产生的条件。首先要能够生存，然后才有进行诗歌创作的物质基础和精神前提。他说："我们必须生活得很好，生活得很丰富，而且对生活感受得很深，热爱生活，在前进的道路上歌唱着。这种歌唱，是由我们的心腔发出来的，即使没有人听见，也还是抒发了自己的热情。我以为这样的歌唱虽然不一定就是诗，但它却已经具备了诗的质素了。"①诗人是不是只要还有生命，就是在生活着呢？也可以这样说，因为这是诗人强调的首要的意义。但是，艾青同时也强调，诗人要面对现实的生活，既要在现实中生存，也要在现实中体验，既要在生活中生存，也要在生活中成长。个人的生活当然也是生活的一部分，由他人所构成的社会生活，更是生活的重要部分。因此，对于诗人来说，生活的内容是相当广阔的，可以说"生活没有边界"。这种生活，是自在的自由的，没有什么限制的。那才叫真正的"生活着"。这个"着"字，是一种进行时态，也是一种自在心态的体现，其义至深，耐人寻味。

二、生活实践是诗歌创作的"源泉"

艾青认为，"生活实践"是诗歌创作的来源。他说："生活实践是诗人在经验世界里的扩展，诗人必须在生活实践里汲取创作的源泉，把每个日子都活动在人世间的悲、喜、苦、乐、憎、爱、忧愁与愤懑里，将全部的情感都在生活里发酵，酝酿，才能从心的最深处，流出无比芬芳与浓烈的美酒。"②他这里所说的"生活实践"，既包括个人的生活实践，也包括和个人相关的大众的生活实践，既包括物质上的生活实践，也包括精神上的生活实践。并且强调这种生活实践的主动性和自主性，认为诗人的生活，并不是一种被动的生存与生活。我们往往将生活理解为"社会生活"，或者认为生活只是"历史形式"，个人无法把握生活，诗人作为生命的个体，只有被动地反映生活的情形，而无权改变生活的流向。而艾青在这里所强调的"生活实践"，与以前那样一种认识是并不相同的，这就表现出一种历史进

①《诗论》，第85页。

②《诗论》，第185页。

步性。所谓“实践”，当然就具有一种主动性和开发性，强调诗人的主观性和诗歌的自发性。他将诗比做“美酒”，而没有生活基础，没有生活体验，就不可能产生那样的美酒。他所强调的诗人的喜、怒、哀、乐，强调诗人的心灵和情感，当然就是强调诗人的个体生活的重要性。所以，所谓生活是创作的源泉，主要是指诗人个体的情感和心灵的生活，以及与此相关的社会大众的生活。

诗歌作为一种艺术作品，它来自生活，这是为广大诗人所认同的真理。在艾青之前，也并不是没有人认识到这一点。一些诗人、作家也有过这方面的论述。郭沫若就说过，如果是由真实的生活的源泉流出来的，无论它是反射的或者创造的，都应是血与泪的文学。所谓反射的，就是文学作品是对现实生活的记录，所谓创造的，就是指文学作品是对现实生活之内的精神的表现，也即是诗人作家自我精神世界的表现。无论是文学研究会的诗人，还是创造社的诗人，如朱自清、俞平伯、郑伯奇、周作人等，都有过这个方面的论述。这和“五四”时期新文化运动主潮是相一致的。相对于古典文学而言，新文学要有大的发展，必须要强调时代精神和现实关怀，必须强调人生悲苦与个性发扬。因此，我们说艾青的“生活实践”是诗歌创作来源的观点，是对“五四”新文学先驱者文学观念的继承。

同时，这种诗歌本质观也是对中国新文学观念的一种发展。因为艾青在这里不是从一般意义上来谈论生活是诗歌的来源地，而是强调了诗人的“经验世界”和“现实生活”的关系；也强调了诗人的“精神世界”和现实“生活实践”的关系；既强调了“此岸世界”，也强调了“彼岸世界”的创造对诗歌创作的重要性。即诗不是对现实生活的描摹，只有经验世界的东西还是不够的；诗也不只是对诗人心灵的叙写，心灵的根源还是在于此岸世界的变动。他要求诗人将全身心都投入到人世间的每时每刻，并且与人世间每时每刻的喜、怒、哀、乐一体化。最重要的，是诗人在情感上必须“发酵”和“酝酿”，也就是诗人一定要有创造的过程。那“无比芬芳与浓烈的美酒”，显然是属于“彼岸世界”而不是现实世界。诗人只有与时刻变动着的社会生活在一起，并且将自己与他人的生存联系起来，与整个社会潮流联系起来，才有可能真正获得诗歌创作的“源泉”。

三、在生活中所产生的“新的情绪”，常常是“诗的情绪”

诗人是不是只要生活了，只要有了现实的生活的来源，就可以写诗了，就可以写出真诗、好诗来了呢？不是的。现实生活并不是诗歌艺术本身，现实生活的记录，也不是诗歌的本体。我们生存着，我们在生活实践中有所体验，只能说我们拥有了从中创作诗歌的可能，有了诗歌写作的坚实基础。诗人要进行诗歌创作，写出真诗、好诗来，还有一个前提条件，那就是：诗人在生活中必须有“新的情绪”。艾青说：“这种被外界的事物所唤起的新的情绪，常常是诗的情绪。这种新的情绪，对诗的创作来说，是很可宝贵的东西”。①

所谓“外界的事物”，当然是指社会现实生活中，所有的物质存在与精神存在，即他人的实践活动、自然界的万事万物；所谓“新的情绪”，它来自外界事物，也就是广阔的“现实生活”。“新的情绪”并不只是诗人内心产生的，更不是无缘无故就可以产生的，它往往为“外界事物”所“唤起”。这种唤起，也并不是单向性的，而是双向性的，即从“客观”到“主观”，又从“主观”到“客观”。这种“新的情绪”，实际上也就是所谓的“心灵的颤动”。“心灵的颤动”是绝妙的画稿和最好的诗料，当然也就是艺术的泉源。所以，诗的最终来源是现实生活，但诗的直接来源，却是诗人从现实生活那里得来的“新的情绪”。

“新的情绪”，最重要的在于一个“新”字。也就是要求诗人对生活要有自己不同于他人的独到感受，要有对生活现实的诗美发现。这种新的情绪，当然只能在现实生活中产生，也只能由诗人自己去发现，别人是不可能代替的。这种新的情绪，是诗人的主观和社会现实的客观之综合，是二者的碰撞所发出的闪光火花，这正是“诗美的火花”。

①《诗论》，第85页。

四、从“生活”到“诗”，还有许多“中间环节”

从“生活”到“诗”的产生，并不是一条直线或直通车，而是有着许多中间环节。“新的情绪”就是其中之一环。“我生活着，故我歌唱”的诗学命题，并不是说，只要生活着或者生活过，就能歌唱，就能当诗人了；也并不是说，诗歌只是歌唱“生活”本身的模样。艾青说：“当诗人被某种事物唤起感情，产生一种为联想寻找形象的冲动，通过富有韵律的语言，把这种感情表现出来，才能产生诗。”[①]即他认为诗不是直接从生活而来的，生活本身并不是诗。也许自然风光和社会情景有时如诗一样的美，但那不是诗，诗必须靠诗人自己去发现和创造。诗美不是自然和社会中本来就存在的，没有诗人的情感和个性的加入，就没有诗美的产生。那由“生活”“现实”到“诗美”，还是有一个长长过程的。从艾青的论述里，我们至少可以认识到，诗人只有经过这样一些中间环节，从“生活”到“情感”，从“情感”到“联想”，从“联想”到“形象”，从“形象”到“语言”，最后才能产生“诗”。这是从“生活”到“诗”的特有的规律。

现代不少人都认为文学（包括诗）是“生活的反映”，“生活是怎样，文学就怎样”，“话怎样说，就怎样写”。实际上，这是一种“机械主义”的想法，也是一种非常荒唐的做法。诗与文学当然是生活的反映，但它不是直接的反映，而多是一种间接的反映。这种间接性，不是可有可无的，它关系到诗的生命本质。

诗的本质特征和本质规律，绝对不是一个“生活”就可以解决问题的。艾青说：“诗是由诗人对外界所引起的感觉，注入了思想情感，而凝结为形象，终于被表现出来的一种‘完成’的艺术。”[②]从“感觉”到“思想”与“情感”，再到“形象”，再到“表现出来”，这是一个艺术表现的“长链”，而并不是一条直线。关键在于“完成”。没有“完成”，就没有艺术，也就没有诗的本身。这是一个“由外到内”，又“由内到外”的一个双向或多向

①《诗论》，第93页。

②《诗论》，第172页。

的过程。没有经过这样一个过程，诗美无法产生，诗歌作品就无法完成。艾青认识到了这诗艺的真理，因此，他的诗不是对现实生活的摹写，也不是对诗人情绪的直接歌唱，而是综合了诗人的主观和自然社会的客观的种种因素以后的艺术创作品。

“我生活着，故我歌唱”，这是一个很有现实气度和生命气度的诗学命题。它体现了现代诗人的自在性与自由性，它体现了现代诗人对生活的热爱和自信。艾青之所以成功，在很大程度上得力于这种诗歌本质观。

这是继郭沫若“自由地表现我自己”的诗歌观之后，中国现代诗人所提出来的一个重要诗学命题。如果说前一个诗学命题体现了“五四”时期个性解放和思想解放的时代特征，那么，后一个诗学命题则体现出了三四十年代中国诗人，在激烈动荡的时代条件下求生存、求发展、求建设的时代性主潮。在那个中华民族危急的生死存亡的时刻，中国诗人们最重要的任务，就是为国家的前途和命运而呼号、而奔走，实际上，也有不少的诗人、作家为了中国的抗战，而失去了宝贵的生命。在那样一个时代，艾青却自豪地宣称：“我生活着，故我歌唱。”那种自信、自尊、自强的个性和风采，那种对诗歌艺术的坚定信念，那种自在、自由、自足、自动的诗歌写作方式，应该说，是那个特定时代的产物。

这个诗学命题，在中国现代诗歌史上也产生了相当广泛的影响。以艾青为代表的“七月”诗派也都是在这种诗歌本质观的影响下，而从事创作的。

（原载于《西北民族学院学报（哲学社会科学版）》2002年第1期）

诗歌是一种向善的生活方式

蓝　蓝

一、女性意识与“大地”意识

问：蓝蓝您好！张曙光曾说，您作为当代杰出的女性诗人，在诗中无意突出女性的特征，但女性的敏感细腻及生存状态自在其中。您能谈一谈您所理解的女性意识或者说“大地”意识吗？

答：女性意识和“大地”意识在我看来是两个不同的概念。

女性意识是社会学和生物学意义上的说法，它对应着女性在社会中的地位和男性的视角。而“大地”意识是一种超越了社会学、人类学范畴的意识，是组成大自然所有生命和物质的整体概念。

我有幸从小生活在农村，并在农村度过了童年。可以说，农村就在大自然的怀抱中。那里的山川、树木、庄稼，犹如第一个母亲，既养育了我的父辈，也养育了我的生命和心灵。它们在我的童年时期扮演着无言导师的角色，教我认识世界，感受世界的奥秘。大自然的启示犹如呼吸，似乎不让人觉察，但又须臾不可或缺。

直到今天，我依旧会为一棵草或者一棵麦苗从土里钻出来而震惊，会为一朵花的盛开而震惊：它们难道就是这样从泥土里生出来的？这些生命之大美，恰恰是它们存在的呈现。大地好像“无中生有”般给了人类富饶的食物，并一辈一辈养育着各种生命。究竟是谁在安排这一切？

大自然不仅仅有自然属性，对于人的感受力来说，它还具有精神属性。

当我这样想的时候，我知道这就是最初的宗教意识，也是敬畏自然、敬畏生命的基础感受。没有哪个诗人会避开心灵和自然，这也是我很多诗歌中反复出现大地和自然万物的原因。我的诗歌并没有特意强调女性特征，但身为女性和一个热爱大自然的人，我乐意为她们赞颂一生。

由于女性的孕育和繁殖能力，我们都习惯将她们比喻为“大地”。一个女人就是一个小小的大自然的缩影；而完成一个生命果实，则需要爱情的参与。女性不仅要直接承担怀孕和分娩，同时还要担负养育的责任。这种慷慨和无私的付出，既包含着本能，也包含着后天的社会身份。所以，在孕育、养育的生命现象里，女性意识和“大地”意识在象征意义上重合了。

二、身体力行的环保行为

问：有看法认为，女性天生就具备“大地”意识，因此女性意识和环境意识天然就像孪生兄弟。您刚才也谈到“大地意识”包含更多更广泛的内容，那么您怎样看待世界的环境保护问题?

答：本雅明在阐述古人与自然的关系时曾说：“靠宇宙力量而生存的人们才能拥有地球。古人完全沉浸在一种宇宙体验中，而后来人却对此几乎毫无体会。最能区分古人与现代人的，莫过于此。”在这个由万事万物组成的世界上，在地球这颗古老的星球上，早已习惯高高在上的人类，将“人是万物的灵长、宇宙的精华”作为他们可笑又自大的优越感的基础，不择手段地为人类的私利而消耗、毁灭着各种生物、矿物，以及养育他们的大自然的一切。人们根本没有意识到，他们只是这个整体的一个部分，是自然生息链条中的一环，与其他物种并无尊卑之分。他们在毁灭别的物种和破坏环境的同时，也在为自己挖掘着坟墓。

这绝对不仅仅是关于环境保护的大话或者套话。我们应该明确认识到，这首先就是人类心灵的危机。相对于早晨报纸上刊登的一篇抽象而空洞的社会新闻，一夜之间，在我们窗前伐倒一排高大粗壮、绿叶婆娑的白杨树，对我们更能构成一个重大的事件。我们似乎感到心灵被掠夺，为了它遮挡风雨的庇护，暴露在虚无不断扩大的威胁之中。

世界保护环境问题，依赖国家的制度和国际社会的共同努力，虽然稍有成效，但现在看来依旧是杯水车薪。美国占用并消耗着全球数目巨大的资源，但他们并未加入京都协定；而发展中国家的经济发展趋势势必伴随着对环境的破坏，这似乎是永远的矛盾。我一介草民，所能知道的保护环境，莫过于从自己做起，从每件小事做起。我到公园捡过垃圾，去学校做过环保讲座，从不穿用任何动物制作的皮衣，这些都是我力所能及的事情。很高兴我做到了。

问：您是一位难得的能够守住纯真和朴素，守住内心生活的女诗人。不仅如此，您还是河南省自然之友协会的会员。您能谈一谈是什么契机让您加入这个协会的吗？您还了解哪些中国作家或诗人具有绿色意识呢？

答：我是河南省较早的一批自然之友协会的会员，是在20世纪90年代加入的。这是除了作家协会之外，我唯一加入的社会团体。记得最初的原因是我怀孕了。每天呼吸的空气、饮用的水、吃下的蔬菜、肉蛋等等，都让我不安。我每天提心吊胆，唯恐这个不再纯净的世界会伤害到我腹中的孩子。我的一个朋友，她的宝宝生下来有肢体残缺，据推断是复印机辐射造成的。因为孩子的缘故，她的丈夫和她离了婚。产妇们第一次看到孩子，最关心的就是健康与否。但是，各种媒体都在报道，环境污染导致的疾病日益增多，其数目之巨大令人触目惊心。这一点促使我走出了支持环保的第一步。

在我看来，绿色意识不仅仅是一个环保概念，更是一个有关生命和存在的基本问题。法国新精神分析学大师J.拉康著名的“镜像阶段”理论说，当婴幼儿第一次在镜子中惊喜地看到自己的面貌时，就开始了自我确认的第一步：镜中的映像促成了婴幼儿心理中“自我”的形成。虽然此时人的自我不过是一个二维物质反映出的虚像，但是成年后的人的“自我”并不比镜子里的映像更真实、更有根据。当婴儿借助母亲的眼睛或者一面镜子认识自己时，他完全要靠周围的事物来确立一个心灵的自我。这是他生命的大厦，是他的灵魂得以形成的全部材料。一旦这些材料被抽走、消失，那他还会剩下些什么呢？人们忘记了，他们的存在恰恰是通过与万物的联系、通过与世界的感知而确立的。一旦构成这种关系的对象不复存在，人类的末日也就到来了。

我的好朋友苇岸——中国著名散文家，现已去世——是素食主义者。有一次他对我说：“我从来不吃长眼睛的东西。”这句话我会记一辈子。另一个我很尊敬的诗人多多，这几年也开始素食。身边朋友的行为，既反映出保护物种和环境的意识，更体现了对于生命的爱惜。在这方面影响过我的外国作家有苏联的谢尔古年科夫、美国的梭罗和奥尔多·利奥波德，以及伟大的哲学家史怀泽。他们的著作影响巨大，但是，真正使他们不朽的是他们对于思想的身体力行。

三、自然意识与“鞠躬”的姿势

问：您很喜欢在诗歌中用自然意象表达内心的感受，比如青草、野葵花、沙子，等等。您在《野葵花》一诗中曾经这样质问自己，“穿越谁？穿越荞麦花的天边？为忧伤所掩盖的旧事，我，替谁又死了一次？”您能谈一谈您诗歌中的自然意识吗？

答：人的自我是在对另一个完整的对象的认同过程中形成的。圣奥克絮佩里说，“人是世界的一个结”。人借助与他发生关系的一切事物确立自我的存在。因此，“关系”不仅仅体现了自然的价值，也是艺术表达冲动的根源。

人类按照自己的肉身和想法来命名世界万物，譬如桌子有“脸”和“腿”，河流有“头”，山岳有“头”和“腰”。初民们拥有的想象力，把人类和万物联系起来，并赋予它们同样的人格及尊严。人不可能脱离这个世界而独存，只能依赖其他事物获得生存的机会，这一现实不可能不反映到一个人的文字中。没有大自然，便没有心灵；没有大自然，便没有诗歌。

我在《我是我周围的事物》中说，一个人的存在就是他读过的书、他吃过的粮食、他走过的路、他用的东西和说的话。除了这些和他关系密切的事物外，他不可能是别的东西。甚至，他窗外的一棵杨树也是他精神的一部分。其实，一个人的存在就是他对世界的“看”，让事物和生命在这样清新的“看”中“第一次诞生”。

我诗歌中的自然物象极其繁多，涉及有名字的植物大概也有数十种。

我从它身上看到了我喜欢的形象，确认了我和它们之间的某种亲缘关系。诗歌用特有的隐喻方式把我的经验、我与自然的关系，以及后者在我想象力和感受力中的转换，既秘密又清晰地连接起来。我热爱自然，就像走失的孩子努力寻找辨认她和母亲相似的面孔。

问：我很喜欢您的《让我接受平庸的生活》，“让我接受平庸的生活，接受并爱上它肮脏的街道，它每日的平淡和争吵，让我弯腰时撞见，墙根下的几棵青草，让我领略无奈叹息的美妙。生活就是生活，就是甜苹果曾是的黑色肥料，活着，哭泣和爱——，就是这个——，深深弯下的身躯。”您能谈一谈您诗歌中的“接受”和“鞠躬”的姿态吗？

答：我20多岁时的一天，在骑车下班途中，路过一个很大的垃圾堆，忽然一阵风吹来，一张儿童画吸引了我。那上面画了一棵美丽的苹果树，妈妈和孩子手拉手在树下笑着。在那样一个臭气熏天的地方，我居然看到这样一张画，真是感叹不已，顿然悟到：人生不如意者十之八九，大部分人对令自己感到不快的人、事多有抱怨，很少有能够宽容他人、自律内省的人。事实上，一个人的成长，就是从生活中的“肥料”里汲取养分，在坎坷磨难、痛苦沉思中塑造灵魂。这里的“接受”就是接受不完美世界的意思。接受并爱上这个不完美的世界，正是因为它的不完美，我们才能够有如此丰富的感受，以及对世界和生活的思考。在此意义上，我愿意为这个带给我无限启示的世界和生活“鞠躬”，带着我深深的感恩之情。

四、消费文化和诗歌的关系

问：您早期的诗作简洁、纯真，带有民谣般的明澈、朴素和感人的气息；后来诗风有所变化，在形式和手法上都出现了有益的尝试——生活的复杂性和严酷性试图被纳入其中。在物质时代来临之际，您是如何继续诗歌创作的？您怎样看待消费文化和诗歌的关系？

答：偌大的北京，我最喜欢的地方是大钟寺，因为那里有十几亩农科院的试验田。在闹市中突然出现一块碧绿的麦地，仿佛公路上游荡着耕牛。但我经常不无悲伤地预料：这些麦浪会不会有一天也变成商品楼和写字间？

在今天，这样的情况举目皆是。人们生活的环境，已经没有了清清的溪水、茂密的灌木丛、蜂蝶飞舞的草地和干净的天空。这一切都昭示着我们已经失去了人与内心呼唤、映照的对应物，失去了人对事物的敏感和想象力，失去了人理解自身和理解他人的能力。

诗人从前曾经面对过各种禁锢，今天还要面对更无形的诱惑。金钱携带着"合理化"的身份，已经在人们身旁筑起了高大的"城墙"。在这堵"城墙"之内，一切无耻的行径都受到交换原则的保护，包括用以维护这一原则的可直接交流的公众语言。

批评家耿占春先生就说过，在这个货币经济时代，具有直接的可交流性的语言、大众交际语言，就是这个市场化时代的意识形态。大众生活的这种"合理化"和"秩序化"的可怕之处在于，它试图将它的"天敌"——各种艺术形式，包括作为一种能够葆有个人修辞学和个人经验的古老语言方式诗歌——纳入它概念化、分类化的巨大系统之中。在这样的概念化、分类化中，诗歌所携带的人类最细微的感觉和经验都将被剔除干净，诗歌形式本身所庇护的秘密知识和情感也将被粗暴地摒弃，取而代之的是可以迅速进入消费领域的"通俗话语"和"通俗诗歌"，就像成批生产的、粗制滥造的凡·高的《向日葵》赝品。我们随处都可以见到，它们价格低廉地挂在宾馆、酒店以及卡拉OK包房那仿佛经济胜利纪念碑般厚厚的墙壁上。

然而，在那些具有罕见洞察力的人们那里，关注事物也就是关注心灵。一个人精神世界的丰富是与他目之所及的事物的丰富成正比的。他体察到的世界有多么广阔，他的内心就有多么广阔。诗歌不是手段，它是一种生活方式，并且是一种正当而向善的生活方式，它与一切异化的时尚势不两立。阿多尔诺说，"抒情诗不流于口头谈论和报道社会而富有社会性，它以愉快的表白与语言自愿地结合而富有社会性"。这就是西方的思想家、哲学家非常重视诗歌的原因。在这个物质时代，我将一如既往地写诗。

人们对大自然疯狂的开发和不计后果的破坏，全部源于人类没有限度的贪欲，其后果不仅仅是整个生态的毁灭，也会导致他们忘却爱、责任以及与他人的情感联系，最终被虚无所吞噬。这样的孤独——或者说自我隔离——同样也会把他人冷漠地弃绝到自己的心灵之外。消费文化的危险就在于，它为奴役他人，践踏自然提供了一个正当而合理的基础。或许，我们应该从关注“无用之物”做起，从关注一棵草、一条小河做起，重新思索人是怎样确立自己的存在，人是怎样建立与他人及事物的联系，人是——应该甚至必须——怎样维持这样的联系。

一切都从现在开始。

（原载于《绿叶》2008年第5期）

诗歌：在生活与虚构之间

敬文东

一、排除几种谬见：诗歌不是……

苏联作家爱伦堡有一本名叫《人·岁月·生活》的小书，记载着一件十分有趣的诗人轶事，说的是在一次诗歌飞行集会上，当面对一张责难自己的诗“不能给人温暖，不能给人激动，不能感染人”的条子时，马雅可夫斯基机智地回答：“我不是炉子，不是大海，也不是鼠疫。”不排除这机智中有“脱口秀”和“脑筋急转弯”的游戏成分，作为一个有资格成为严肃问题的说法，我们却又似乎没有理由仅以“游戏”去看待它，吾师袁忠岳先生也曾叹息说，诗是什么这个问题堪称千古之谜。我想，对马雅可夫斯基的回答不妨作如是解：要回答诗是什么，有必要从诗不是什么开始。这当然是一种近乎愚公移山的笨办法，因为我们可以随便说，诗不是高山，诗不是女人，诗不是小便，诗不是挂羊头和卖狗肉，如是等等。排除法的不可行之处在于要排除的对象是无限的；而排除法的可行之处恰恰又在于，总有几种关于什么是什么的重要流行见解。排除法的精髓就在于它并无必要去排除那无限的待排除物。时至今日，正宗的文学理论（文艺学）教程仍然把文学（诗歌）的认识功能与教化功能放在十分重要的、显赫的位置，曾经一度，它们甚至成了最主要的功能；而另一方面，又有了一些矫枉过正的说法，仿佛诗歌（文学）仅仅只是一种纯粹的语言操作或干脆宣称诗就是一种哲学。这差不多都是废话，尽管它们都很可能是些精致的、有市场的废话。

诗歌不是知识

认为诗是一种知识，无非是想在诗与认识论之间架起一座不大不小的、看似有理并且牢固的桥梁。“衣带渐宽终不悔，为伊消得人憔悴”。但这种桥梁归根到底是虚设的。孔子曾主张，诗可以“迩之事父，远之事君”，还可以“多识于鸟兽草木之名”。现代诗学把诗歌的认识功能更加扩大化了：不仅可以“事父”“事君”、记住“鸟兽草木之名”，据说还可以通过诗歌，寻找到种种认识物质世界特别是精神世界的客观有用的知识，尽管这种理论常常以隐蔽的、匿名的面孔出现。现代知识论主张，知识是一些断言，是一些命题。简单地说，知识是对事物的可实证、可操作性的研究，知识是向自然世界的挺进、逼近并迫使自然界讲出自身真相的方式。知识本身并不关乎灵魂，尽管对于渴望知识、拥有知识、使用知识、发展知识的人而言，在他们对知识所采取的种种行动中有着人类灵魂的深层参与。但我们恐怕还不能说，有灵魂的参与就等同于直接关乎灵魂。人之所以在不断使知识增长的过程中，还需要诗歌，并不是把诗歌当作一种认知工具，一种生成发展知识的手段，而在于对灵魂本身的咏叹。“灵祇待之以致飨，幽微藉之以祷告，动天地，感鬼神，莫近于诗”（《诗品·序》），这是一方面；诗歌写作“是从语言出发朝向心灵的探寻，是对诗人的灵魂和人类良心的拯救”（民刊《倾向》发刊词），这又是一方面。虽然诗歌诚如孔子所说，的确有认识的功能在，但正如我们总不能说，我们制造了一个碗，它可以用来在杀人时盛血（假如我们愿意），就忘了碗一开始就是为吃饭这个目的而制造的吧？关于灵魂的所有语言（或泛语言）表达都不可能构成客观知识。灵魂从来都不是知识和认识论的领域，这一点老康德体悟甚深。诗歌不能给我们带来知识，我们也不能指望和想象能够生活在诗歌构成的“知识”空间中。我们能根据“白发三千丈”，去认为这世上曾经存在过一个有三千丈白发的老道吗？李白的意思是说，人生的怨愁也有这么长。这是对人类灵魂某一个方面在某一种方式上的测度。我们喜欢说“认识灵魂”这样的话，可任何一个知识学论者或许都明白，“认识灵魂”的此“认识”

与认识事物的彼“认识”并不是同一个“认识”，而仅仅是语言的无能使然，或者仅仅是此与彼看起来有些相似。我们也常常说有关乎灵魂的知识，可任何一个神智健全的人都清楚，关于灵魂的知识和关于事物的知识并不是同一个“知识”，仅仅是语言的习惯，或者是它们看起来有些相似而已。关于灵魂，我们只能咏叹、感慨、探测与呈现，它们只是一些状态；诗歌要探测出的灵魂是这样的，而且要问为什么是这样。它们很可能是一些问题，但不能构成判断；知识不但首先是一些问题，而且是一些可以找到答案，并运用答案去解决新问题的可实证、可操作的判断。

在一个由知识构成并推动的技术时代，知识拥有强大的霸权或许是合理的。在这个时代里，人们往往极其容易把关乎灵魂的诗歌（其实还有其他艺术）肢解为一种认识论工具，这并不仅仅是习惯使然，也是知识霸权的惯性使然。我认为，我们的诗学理论有一个极大的毛病：在过度讲究学术规范化的同时，把诗学理论本身也当作了一门纯粹的技术和知识。这显然是荒唐的。理由很简单，既然诗歌关乎灵魂，而关乎灵魂的诗歌本身并不是知识，那么，“研究”诗歌的诗学理论难道首先要关心的是句法、词汇，而不是诗歌本身要关心的灵魂就一定有道理吗？为了谁也讲不清的学术规范化，就一定得牺牲灵魂或一定要把灵魂“发展”成一门“有用”的知识？这同样是知识霸权在作祟。批评家们认为，诗歌的句法、词汇可以成为一种供研究使用的客观对象，所以可以像对待事物那样去研究、认识。但诗歌从来也不仅仅是一种纯粹的语言操作，它的语言技术操作在更大的程度上要受制于灵魂那“莫须有”似的需要，而需要，才是语言技术操作可能被生成的最充足理由。一种成熟的诗学必须要研究诗歌的技术（这的确是知识），但更要探究的是诗歌技术与灵魂的关系（这就不是知识了）。诗学如果真正想了解诗歌，如果仅仅关心可见的和可“认识”的诗歌技术、语言操作，而不去探究这一切与被诗歌测度的灵魂之间的互动关系，那么，这样的“诗学”充其量只是一种知识，与真正的诗歌关系并不大。这或许是诗学批评长期以来遭受诗人们诟病的一个重要缘由。诗学理论与批评的宗旨并不全在求真上，而首先在于探测灵魂的深度上，灵魂的深度或许从来就不是一个数字、尺寸（知识）问题，而是一个有关灵魂存在状态的“现象学”问题。

诗不是教化工具

诗教一向是中国诗学最大的传统之一。孔子称诗“可以群”，实际就是指一种教化作用，即孔安国所谓“群居相切磋”。《礼记》有“志之所至，诗亦至焉：诗之所至，礼亦至焉；礼之所至，乐亦至焉”的说法，就把这种教化作用直接与儒家的核心内容之一礼联系在一起，达到了吓人的高度，中西方皆有“寓教于乐”的大旨，仿佛诗歌只是关于德育的教科书。不用说，在不同的历史阶段，寓教于乐的内容、方式以及要达到的“教”的最终归宿是各不一样的。而至今还能听见来自诗歌界内外诟病诗歌的一种声音：诗如今已丧失陶冶情操的功能了！他们当然说得很高明、很具学理规范化，但差不多就是这种口气。问题只在于：诗当真是一种教化工具，是关于德育的教科书么？

如果一定要说诗是一种工具，那也是一种挖掘灵魂、探测灵魂深度的工具。当这样的诗一经存在，它显示给人的从来都主要是并且首先是关乎灵魂的。而我们阅读、欣赏这样的诗（真正的诗），如果有可能获得某种愉悦，那是因为读者的灵魂与诗歌挖掘的灵魂在深度上、在期待视野中有相契处。更重要的，使读者震惊的，不是（或不主要是）它对我们灵魂的净化作用，而是它向我们显示了我们从前不曾知道的灵魂的其他方面的状态或灵魂应有及可能的深度以及它何以会是这个样子。诗人不是先知，不是布道者，他只是一个灵魂的窥探者，不管他出于善或者恶的原初意愿去“窥测”，也不管他“窥测”出的是善还是恶。

诗歌从来就不应该是一个伦理学问题。如果我们承认人性中既有恶的一面，又有善的一面，那么，诗人去拼力展现灵魂的这两个主要方面，我们判断一首诗的优劣就不能看它是写了善或者恶，而是看它对善或者恶窥测的强度有多深和怎样在展现这种深度；因此，诗歌展示灵魂的善，其目的并不在教育人为善，展现恶，其目的也不在教唆人去为恶，而只是让人惊诧我们灵魂中的晦暗部分是可以和如何得到呈现的。人们为善为恶并不是道学家们所想象的那样可能会取决于诗的宣谕，在更大的程度上往往取决于眼前的利益及利害关系。难道不是吗？

“诗如其人”本身不是庸俗的说法，但诗学有可能将它处理得过于庸俗，不是过宽就是过窄。过宽是指人们常常把诗歌与整个诗人的整个人生联系在一起。其实诗人只是在写诗的时候才是一个诗人，其他时候他什么样的人都可能是，但独独不能也不会是诗人。过窄是指人们常常认为善良之辈写出的诗一定是“善良”的诗，恶毒之人写出的诗一定是不道德的诗。这都是误解。诗人有伦理道德问题，但诗歌的大义不在伦理道德，或者说，诗歌的伦理学意义只是我们强加上去的，何况这世上真有所谓简单得可以用纯粹的善恶观念来区分、来分类的人吗？

诗歌的目的不在教育人，不在陶冶人的情操。如果我们承认人与人之间，或一类人与另一类人之间并无必然的道德高下之分，我们就应该承认，诗人并没有能力、资格和身份去教育别人或让别人弃恶从善，诗歌不能越过自身的界限去充当道德法庭的审判长，当然，它也不屑于去充当听众。

诗不是只“到语言为止”

批评世纪的兴起，尽管其流派繁多，各执己见，莫衷一是，但有一个共同的趋势：对文本的极度重视。由于所谓语言学的转向，人们把语言看成一切，以为一切诗学问题（包括文本问题）都可以从语言上得到说明。韩东曾经抱怨过，他的“诗到语言为止”的主张，遭到了人们的普遍误解，以为诗只是一种语言操作。在当代中国，重视诗歌文本和重视语言，除了诗歌自身的要求外，更重要的是一种策略。其目的是把诗歌从认识论与伦理学的泥潭中解放出来。而如果一定要死猪不怕开水烫式地说诗仅仅是一种语言操作，如果不是出于无知，就是出于过于滑头或别有用心。

不管怎么说，语言首先是出于人的需要，它并不是人本身，从语言的维度去定义人是十分不够的。没有语言就没有人，这个断言当然有理，可没有劳动、没有吃饭、没有穿衣、没有繁殖不照样没有人吗？我们为什么不说运动、吃饭、穿衣、繁殖就是人呢？如果要稍微正确一点地说只能是：人在语言中行动，而诗歌就是在这种行动中完成对人的灵魂的窥测的。

诗歌最后只不过是语言形式问题吗？如果我们说诗歌和语言有些关系，这还可以理解；但假如我们拍着胸口保证，所有的诗歌问题都能还原为语言问题，则无疑是一种貌似有理的胡说。我们可以承认语言本身仍然是一种行动，但它只是各种属人的行动中的一种，这就是说，语言这种行动只有在配合其他行动时才有意义。各种行动，包括灵魂最细微的颤动都可望在语言中被说出，但语言要说出的仍然是那各种“颤动”，而不仅仅就是语言，我认为，海德格尔唠唠叨叨“论述”的“语言说”命题如果不是瞎说，至少也是故弄玄虚，造鬼吓人兼吓自己；难道这世上真有不涉及事件、内容的纯粹的“语言说”？哲学家们那种种荒唐的深刻，实际上是一种精致的作秀。罗兰·巴特尔曾深刻地表达过自己的疑惑：疯狂的“从来都不是词语（它们充其量是有点儿变态），而是句法，难道主语不是在句子的层次上寻找自己的位置——却又无处可寻——或只能找到语言强加于它的虚假位置”？巴特尔为什么偏偏要把“主语”给提出来？那主语难道不正是与海德格尔唱对台戏似地指人吗？或者进一步说，疯狂的句子中的“主语”难道不正是人那时刻的变动、转换、不安的灵魂吗？

新批评的主将、诗人T.S.艾略特（他最知道诗歌是不是只是语言！）曾明确地说过，他长期磨炼技艺的目标是，要写一种本质是诗而不徒具诗貌的诗。他说，诗要透彻到我们看之不见诗，而见着诗欲呈现的东西，诗要透彻到我们在阅读时心不在诗，而在诗之指向——跃出诗外，一如贝多芬晚年的作品“跃出音乐之外”。“指向”“跃出”云云，恰恰是指诗歌意欲呈现的东西，我们把它理解为我一直在唠叨的对灵魂的窥测，想来不完全是空穴来风，语言“框架”了灵魂，但诗的指向并不在语言，庄子得意忘言的教诲是有道理的。韩东“诗到语言为止”的说法如果要成立，就应该本已地隐含着用语言“窥测灵魂”的意思在内，而韩东本人被“普遍误会”的抱怨也正可以从这里理解。

海德格尔说得好，人只有在行动中而不是在理论认识中领会自己的存在和自己的灵魂。诗对灵魂的窥测同样是在行动中来展现的。“语境”一词很好地表达了语言对诗歌的霸权，却并不能说明什么真正的诗学问题。语境这个概念要想成立，必须要与“事境”相连。人的行动首先不是语言，而是一串串事情或事件。事件中包含着人的灵魂因素，或者说，事件本身就是灵魂的载体，诗（人）也只有从事件中，以事件为中介才能去窥测灵魂的深度。灵魂本身是个黑箱，无法直接探测。一句话，语境与事境相连，语境表达事境进而呈现灵魂的状态或“面目”。

诗歌不是哲学和神学

海德格尔对中国新时期以来的诗学的影响是显而易见的，且不说他那些显赫一时的词汇如“存在”“此在”“命名”“光”“澄明”大量地出现在不少诗人与批评家的作品或文章中（误读的成分当然是在所难免的），只需指出他那“语言是存在的家”的著名论断，为中国许多青春喷发的诗人以巨大影响就行了。按照赵汀阳的建议，海德格尔对西方哲学的最大贡献，是在“知识或信仰”的结构之外“发现”了“知识或歌唱”的新血色素。这一点最集中地体现在他晚期的哲学运思方式中：他给了哲学一个诗性的语言外壳和诗化的思维方式。而中国的许多诗人则从反面给了诗歌一个哲学的思维形象。一时间，认为诗歌可以成为哲学甚至就是某种哲学，以“诗歌哲学”命名和包装的各种名目遍地开花，也就可以理解了。

但诗歌不可能是一种哲学。虽然按照通常的理解，哲学也是要解决关乎灵魂的问题，但哲学最大的任务是要为文化提供一种可操作性的设计方案，它最大的目的是现实地解决文化整体布局问题。而诗歌的本性是测度灵魂，是呈现它所测度的过程和测度出的状态，并没有设计和提供答案的义务。如果它设计，诗歌就可能成为哲学，因为灵魂本身是无法被设计的；如果它提供答案，诗歌就有可能成为神学，因为神学才有可能并且天然地要去关心归宿问题。曾经一度，寻找归宿、终极关怀成了诗歌的同义语，这就是界限不清、越俎代庖的坏习惯在诗歌中的流毒。诗歌可能会成为文化的一部分，甚至无意之中也会为文化的远景设计提供某种启发性的帮助，也能为某些人（比如诗人本人）找到灵魂的最终依托，但这些不能构成诗歌的本来面目。从比喻的方式说，诗只是灵魂的一个探测器，它报告灵魂的深度，是关于灵魂的记录报告，是关于灵魂的“现象学”，而不是治疗仪，也不是治疗方案的设计。诗歌甚至不负责提供关于灵魂的“真理”，也不涉及信仰，它只是对灵魂的状况有兴趣的人，对自身的灵魂的一种揣度。是的，揣度。

把诗歌看作哲学和神学，并不比把诗歌归结到认识论和伦理学更见高明。只有从根子上剪断诗歌通往哲学与神学的无聊企图，诗歌才有望守住自己的阵地；这就如同一个诗人，只有当他在写诗时摒除了去当无聊政客与奸商的企图后，他才有可能成为一个真正的诗人，尽管诗人的身份有时也的确可能为他成为一个政客与商人提供传媒上与“提升学”上的方便，但这差不多往往都是歪打正着的。

二、诗歌就是面对生活……

说诗歌是探测灵魂的手段，只是为了说明诗歌不是什么的一种权宜之计，虽然并不算错，但它的确过于空洞了些，而且很不完备，需要一个十分重要的中介，这就是由人的各种行动、与人相伴的各种事件组成的生活。灵魂本身是一个黑箱，是无法直接去窥测的，当然，那些能将生活直接与灵魂合一的纯粹之人，那些号称拥有和掌握了各心灵电子显微镜及其操作方法的“巫师”们除外，行动、与人相关的事件，已本已地牵扯到灵魂的方方面面；因为从来就没有毫无心灵目的和心灵效应的属人的事件与行动。这就意味着，生活已本已地包含着、溶解着灵魂的种种要素。生活也在为灵魂提供依据，生活在塑造和修改人的灵魂状态，因此，诗歌要想达到探测灵魂的目的，首先要面对的是生活，是活生生的也许还有些卑俗的生活。诗歌就是面对生活。

有两种生活值得考虑。一种是手边的生活，这就是海德格尔所谓“沉沦”式的日常生活，它包括了我们一切形下的种种内容的生活。它是我们每个人的常态生活。毫无疑问，所谓现代化有一个重要的特征就是它的世俗化，这一点对西方而言十分明显，对中国则有它的特殊性；它把本身就很世俗却又要宣称神圣的那种假神圣推倒后，人们开始真实地生活起来，尽管这样的生活充满低级、凡庸、罪恶、屈辱，但对于我们中的大多数人，似乎已没有能力或兴趣再回到神圣中去——那超越于日常生活之上的神圣中去，不管是真神圣还是假神圣。因此，毫无疑问，日常生活在今天，即使不是唯一的生活，最起码也是最主要的生活。它是一座难以逾越的高山：我们不要假定有很高的生活，而是要考虑我们眼下的日常生活。

另一种是所谓的精神生活。这里的精神生活是指与超验的拯救有关的精神活动，是想以神圣来映衬日常凡庸生活的不尽如人意，是一种为乌托邦俯首帖耳、甘献犬马之劳的生活方式。这种生活的拥有者、拥护者认为，乌托邦绝非哲学家们所谓的骗局，而更多地表现为一种寻求乌托邦的勇气；是一种明知道无望还要拼命努力（陈东东语）的献身精神。乌托邦当然表达的是灵魂的一种渴求状态，它的前提是要有一个比日常生活更高、更大的东西，虽然这很可能是一种虚幻的东西。乌托邦的极力鼓吹者之一西川认为，诗歌说到底与人类幸福有关，心灵中那巨大的幽暗的海洋需要启示之光的照耀，而伪哲学，以及其他看似荒诞的模糊的无法诠释的东西，有可能蕴含着所谓真正的哲学所放弃了的启示之光。这启示之光如果不能造就先知，那么它所造就的思想者（伪先知）也足以刺激我们撞开自然之门和生命之门。所以，西川说，如果我们承认有比我们的肉体、我们的生活方式更大的东西，我们就是有慧根的人。

并没有必要去比较这两种生活的高下，也许永远都难以拿出一个令人满意的结果，但我们有必要从诗歌的角度对它们做出辨析，或者，要看它们会为诗歌带来什么。

面对日常生活，人们发现这样的生活往往很缺乏“诗意”，很令人失望。但这恰恰是真实的生活，是任谁也无法超越的。而我们的灵魂在面对这样的生活时，难道真应该如某些诗人与诗学认为的那样无动于衷吗？西方自中世纪以来的诗学有一个重要传统，这个传统要求诗歌歌吟神与上帝，或可以代替上帝的东西如爱情、自然（形而上的爱情、自然），在超验中试图挣脱经验世界对人生自由的羁绊。但随着神的解体，诗人发现，他们面对的种种形而下生活，再也不能成为一个视而不见的问题了。中国传统诗学深受儒家传统影响，有一个十分重要的取向，那就是入世，入世本身就意味着面对凡庸的日常生活，直接歌吟凡庸的生活本身，它充满了人间烟火味。没有必要去为中西诗学今天甚至将来是否殊途同归寻找理由或卜卦，但诗歌处理日常生活题材的确已是一大潮流。这种可称之为日常生活诗学的潮流，主要要关注的是人在日常生活之流面前，灵魂在如何或应该如何应答的状况。这种直面凡庸日常生活的诗歌中有大量在传统诗学看来是“非诗”的材料在内，但正是这种非诗的材料中包含了、呈现了人的灵魂和种种状态与面貌。这就是说，诗人借助和直面生活中大量的非诗材料，经过诗歌处理，试图从灵魂角度来诠释时代及个人的生存际遇。但首先是这些材料中已本已地包含了人的灵魂深层参与的要素在内，这或许正是卡夫卡不无幽默地说到的“办公室的诗意”的真正含义，正如孙文波辩护的，一代诗人有一代诗人的任务，我们这一代诗人的任务就是要在拒绝“诗意”的词语中找到并给予它们诗意。

诗歌处理日常生活是很难的，因为它要面对的首先是有关诗歌的圣洁的传统神话；而诗歌面对精神生活情况很可能就不同了，因为它本身就是圣洁的，很符合一般人（包括诗人）对诗歌“洁癖”的嗜好。但精神生活的外形是除了少数过这种生活的人外，谁也看不见、也很难看见的，诗歌是在直接面对灵魂的时候才能直接面对这种生活本身，这就意味着，作为中介的生活与灵魂直接重合。它的生活事件是匿名的、隐蔽的、有待命名的和内省的。比如西川写《造访》，并不是真有一次外观行动上对神祇的造访，而只是内心冥思式的精神造访。这种诗歌几乎把所有卑俗的生活事件抛在诗歌之外，或仅仅只作为一个庞大的映衬和背景，以凸现自身的合理性、必要性。

三、诗歌就是“研究”生活……

诗歌直面日常生活，是借助于有形的日常生活事件来探测灵魂，直面精神生活，则在内省中使无形的生活事件与灵魂直接合一。前者很可能面临的是陈述上的艰难，后者则很可能是歌唱（抒情）上的艰难。

那些想从诗中纯粹发现纯洁的人注定会失望，因为日常生活本身是既现实、又谈不上什么纯洁的。人面对现实生活十分艰难，如果诗歌面对日常生活显得过分容易，无疑是值得怀疑的。人在日常生活中的主要角色是个行动者而不是个说话者，何况说话本身就不可避免地也是行动的一个片段。所以，纯粹的抒情对于日常生活，无论如何都显得过于容易了一些。诗歌要想从生活事件中并通过生活事件窥测灵魂，就要直面人的行动——直面生活就是直面行动，而所谓直面行动，实际上就是分析和“研究”人的日常生活。

人是叙事的自行展开，叙事状态是人生活的常态，这表明，只有叙事才真正配得上人的日常生活。直面日常生活的诗歌实际上是把挑选出来的生活事件再一次陈述出来，它永远都是第二度的，但以最新的面貌出现，在生活与虚构之间，诗歌要力图寻找一种平衡。而诗歌挑选出来的不是任意一个事件，而是某一个事件，是与诗人所欲测度的灵魂的某种状态相关联，最好是相匹配的事件。同样，这意味着必须要对生活有所研究，要在生活面前做一个“世故者”，而不是纯情少年。王国维在《人间词话》中曾说：“客观之诗人不可不多阅世，阅世愈深，则材料愈丰富，愈变化，《水浒传》《红楼梦》之作者是也。主观之诗人不必多阅世，阅世愈浅，则性情愈真，李后主是也。”这种说法很成问题。生活始终在修改着人及人的观念，人想简单、天真并不比人想成为上帝更容易。诗歌研究日常生活，已经是这个极度俗化时代的一大任务。

并不是在所谓的人生转折关头、历史的转变处人才面临着决策和思考，人生中这些被突然选出来的片刻只是生活本身的一次调皮、捣鬼和咳嗽，也就是说，它们很可能是重大的，但对生活而言，又是极不重要的——除非我们随时都处于这些可用惊叹号来标识的瞬间。它们不是生活的常态。人可以推翻一切，比如朝代、上帝、哲学观念却无法推翻日常生活。没有任何理由贬低看似凡庸的日常生活，而去夸大看似悲壮有力、慷慨激昂的转折点。中国诗歌一大主要毛病就是对日常凡庸生活的“研究”极度不够，在面对活生生的日常生活之流时，我们往往什么也说不出来，因为据说那玩意很没有诗意。所有重大的哲学、哲理、价值与活着的全部信念、理由，其实都在生活之流中，它关乎我们的灵魂，它就是我们灵魂中那“看得见”的部分，如果我们对此没有研究与分析上的力度，我们也许永远也不会见着它的踪迹。

陈述（叙述）的艰难就在这里：我们应该选择什么行动用来陈述呢？又该怎样去陈述呢？研究日常生活要解决的其实就是这两个问题。而诗歌的陈述归根到底是一种伪陈述，它不可能也无必要把一个事件的完整状态全部说出来。它的目的仅仅是以这样的一个标准去挑选意欲陈述的事件的片段：我们注意要窥测灵魂的什么状态？

精神生活的本质在于歌咏或抒情。但抒情本身也是艰难的，因为它离我们的日常生活距离太远。抒情是一个高于日常生活的假想物、虚构物。

抒情是需要勇气的，它必须要有足够的对抗日常生活的能力才能完成。抒情对许多诗人来说往往是昙花一现的，其理由正在这里。没有必要去比较陈述与抒情谁更高明，它们仅是诗人自身的选择使然，它们都是对生活进行研究、勘探的产物，只不过抒情主要针对的是纯粹的精神世界。

研究生活并不能给人带来知识，它的目的只在测度人的灵魂状态，从生活事件中揣测心灵的深度；研究生活的目的也不在张扬善和摒除恶。诗歌研究生活的目的仅在于呈现善恶的本来面目，在更大的程度上，它呈现的是不善不恶、有善有恶的灵魂状态：善恶只是一种极端化和理想化的说法，用于生活就很成问题。这就是说，研究生活主要要面对的正是这种中间状态。诗歌没有批判生活的义务。它只是关于灵魂某种状态以及为何有这种状态，其生活依据是什么等等问题的书记员。这就意味着，时代、生活与灵魂是不可分离的，孙文波说："从六十年代开始，诗歌的功能便有了比较大的改变，只有少数诗人，像希腊人埃利蒂斯还固执地恪守着古老的原则，充当着民族代言人的角色。而更多的诗人，包括像布罗茨基这样的流亡诗人，都将自己的身份定在了记录者与见证者的位置上。""记录者"云云，实际指的正是对灵魂于外部日常生活的反映的记录上。

可以说，生活才是诗歌的宗教。谁又能指示出生活的目标在何处呢？"主啊，你往何处去？"波兰那部著名小说结尾的这个说法，不正是说明高明如上帝者，也不必然知道要往哪里迈进吗？但生活的目标又的确无处不在，正是这些现实的、具体的、世俗的目标（而不是所谓终极目标），构成了诗歌研究的对象，它们也同时构成了我们的欲望。欲望是灵魂得以存在的主要理由，甚至可以说生活就是欲望，它同样是非善非恶、有善有恶的中间状态。欲望是诗歌的宗教，但诗歌不是崇拜欲望，而是去分析研究欲望，借以达到研究生活与灵魂的目的。欲望是一门大学问哩！我们如果不了解欲望，我们也许永远不了解人与生活。

诗歌就是学习生活。茨威格记载了一件关于歌德的轶事。茨威格用佩服的口吻说，歌德在生活面前，永远觉得自己只是个小学生，直到后来才敢于说出那句神秘的话："我已学习过生活，主啊，限我的时日吧。"我想说，歌德的话正是诗歌想说的话。

四、诗歌就是给灵魂一个形式……

诗歌的最终生成，毫无疑问，要落实在语言上。语言是诗歌的外衣，对诗歌而言，它的意义仅在于它是灵魂状态的某种看见的形式——诗歌就是把灵魂翻译成语言，诗歌就是框架灵魂某方面状态以及何以会有这种状态的一种语言形式。

孙文波说，诗人的存在，“不光是目睹了人类精神生活在物质生活作用下发生的变化，更主要的是他仔仔细细地记录了这种变化，并将这放在人类思维能够达到的对真理认识的范畴中去辨识，为它做出结论性的判定”。孙文波太夸张了一点。诗人其实并无能力、诗歌也并无义务去做什么“结论性的判定”。有关于灵魂的真理吗？灵魂或许有真相，但疗救灵魂的处方才称得上真理，因为真理就是解决问题。假如从这个角度去理解真理，诗歌就是无能的。这个世上的真理太多了，但它们大多数被证明是胡说八道、是虚拟的。我们最好不要从真理的角度去理解诗歌，我们要尊重诗歌自身的谦逊。而诗歌的任务仅仅是把孙文波所说的那种变化记录下来而已，也就是把生活事件生活形式中包含的灵魂要素——灵魂对这种变化的应答——翻译成语言形式。其实，生活事件中已本已地溶解了人的灵魂的各种要素，生活事件是灵魂诸要素、诸状态的生活形式；诗歌面向生活、研究生活，就是为了测度生活形式中的灵魂要素，其真正目的是想把生活形式转换为语言形式。而所有的语言形式都有着或多或少的虚构性质。生活形式在灵魂状态与语言形式之间仍然是一种必不可少的中介。就这一点而言，无论我们把生活形式放在什么样的高度，都不过分。

诗歌语言形式的真正动力来源于灵魂的庞大需求：灵魂渴望向某类人说出自己的话，是它选择了那些一心想测度灵魂状态的人成为诗人。需求从来都是一种形式生成和完美的巨大理由。归根到底，也只有灵魂在找到了一个可以框架自己的形式时，灵魂才成为可承纳的、可“了解”的“事物”，否则，灵魂就会从人们身边逃遁得无形无踪，我们对灵魂将不会有任何了解。

如果说生活形式是灵魂的一种被动形式，因为生活事件是必须的，它是灵魂的唯一必然的要求，那么，诗歌作为一种语言形式，则是灵魂的一种主动形式，因为诗歌只是灵魂在众多人造形式中挑选出来的可能形式。这就意味着，诗歌框架灵魂并不是灵魂唯一的必然后果，而只是偶然产物。极端地看，与其说灵魂选择了诗歌作为自己的一种可能形式，不如说，诗歌要得以存在，主动地选择了灵魂，它像蛔虫之于人一样地需要灵魂并依附于对灵魂的描述，最终使灵魂与之无法分割。这也就是英国大诗人奥登（H.Auden）在那首题作*Muse des beaux Arts*的诗中要说的——

关于苦难他们从来不会错
旧时代的大师们：他们多么理解
它的人类处境：它是怎样发生的
当别人在进餐或打开一扇窗或仅仅
在黯然行走
怎样在年长者可敬地、热情地等待
奇迹般的诞生之时，总是必定有
不特别想它发生的孩子，在
树林边缘的一个水池上滑冰：
他们从不忘记，
甚至可怕的殉难也必须走完它的行程
无论如何也得在一个角落，零乱的某处
那里狗继续过它们狗的生活，而拷问者的马，
在一棵树上擦着它无辜的臀部。

所以，诗歌绝不仅仅是一种语言形式，它包含的灵魂内容始终使语言只处于一种受动状态，尽管语言有着自身庞大的自述性——即“话在说人”（兰波语）的那种自述性。我觉得诗歌理论界一直错误地估计了这种自述性的力量，以为有了它，诗歌就可以自动完成一样。这种错误的来源之一在于：大小理论家及准理论家们始终愿意把诗歌这种形式看成是被灵魂操纵的必然形式，而不是将它理解为一种可能形式。表达灵魂状态的远不只是

诗歌这种语言形式，还有许多别的形式。如果我们忽略了这一看似简单的问题，我们就会犯下诸如不加限定地理解“诗到语言为止”那样的低级错误。

当我们以正确的方式来理解诗歌这种语言形式对于灵魂的作用、对于生活形式的作用，我们或许就能正确地理解诗歌的真正作用：它是为了揭示灵魂深度以及何以有这种深度的“精神现象学”（但不是黑格尔意义上的），而且它还是为了从生活形式出发，通过揭示我们的生存状况与生存处境，来完成这种精神现象学的建构。从这个意义上说，诗歌不仅是灵魂的一种形式，更是对现实生存境遇从灵魂的角度所做的一种揭示、一种描述。正如灵魂是看不见摸不着的，诗歌又不能仅仅被视作一种纯语言操作，那么，诗歌真正要面对的就只能是上述二者之间的中介——生活形式。诗歌的真正目的是将重心放在生活形式（生存状况，生存境遇）上，来达到给予灵魂状态一个形式的目的。没有这一点，或忘记这一点，我们始终会或者把诗歌理解为空中楼阁，或者把诗歌看作是可有可无的东西，而这两种可能至今都仍存在。

（原载于《文艺评论》2000年第2期）

一个“生活”主题的诗歌简史

张未民

一

“生活”，即人存在的现实直接性，在20世纪的中国文学中得到不同程度的肯定和强调，它标示着20世纪中国文学走向现代的一种特殊方式。

中国古代传统中“生活”一词的使用频次较少并且不显日，大抵指世俗底层的生计、生涯、生存之义；[①]今天我们所说的生活概念则是指“人为了生存和发展而进行的各种活动”[②]这样的总体性把握。

20世纪崛起的现代性的“生活”概念，连同时代、现实、社会等几个总体性概念的出场，搭建了中国现代性思维和语言兴起的某些方面的基本框架。我们之所以进入一个现代的社会，正是依赖于像“生活”“社会”“现实”“时代”这样几个总体性的中性、理性词汇，才得以描述现代语境，确认我们和事物的内含与边界。自此以后，“中国人开始把很低层地把握的‘生活’，把自己与之纠缠不清的日常性‘生活’，加以对象化，而置

① 据《辞源》解释“生活”条：a.生存。孟子尽心上：“民非水火不生活。”汉书萧望传：“年逾六十矣，老人监狱，苟求生活，不亦鄙乎？”b.犹言境况、生计。宋书索虏传：“复何知我鲜卑常马背中领上生活。”c.原指一切饮食起居活动。中华书局1983年修订本第1版，第2095页。

② 据《现代汉语词典》解释“生活”条：a.人或生物为了生存和发展而进行的各种活。b.进行的各种活动。c.生存。d.衣食住行等方面的情况。商务印书馆1983年第2版，第1025页。

诸主体／客体的认识框架上来把握了”[①]。从而将文艺从“生活”中升华出来，成为一种生活的“教科书”“批判书”，或者审美对象，这也可以称作20世纪中国文艺的生活论、生活美学，也是20世纪中国相对于传统中国的一种“生活转型”的结果。但这样一种所谓的生活论，由于其主客二分的思维定势，其生活概念的阐释中，在将“生活”整体性地加以对象化的同时，也将生活整体踩在了主体的脚下。因为在现代性工具理性思维影响之下，它试图区分在我们的生活中本来区分不开的“日常生活”和“非日常生活”，试图区分物质生活和精神生活，区分个体生活和社会生活，而问题是在中国语境中，这个“生活”概念里来自古典用法的基于日用、生计、生命性生存的基因并不能挥之而去，我们总是要在一个总体性的“生活”概念上来谈问题，而这个总体性的生活概念，在中国人的观念和基本理解中，又总是和人的基本生存的欲念和作为一个生物人的“活”分不开，中国人甚至认为这个“活着”的“生活”乃是人之为人更为重要的基本面，是不能轻易加以否定的。[②]如此我们来到中国历史的新时期，来到了新世纪，新一轮的生活转型使我们大家无论尊贵或者贫穷都一夜之间跌入了“生活”，一种在我们的观念中，在新的语境中需要重新定义的“生活”，一种似乎是更加回到中国本土意义理解上的“生活”。虽然“生活”一词依然如旧，但我们和我们的语境、问题已全然改观了。“生活”，这个汉语词，在古典时期的不自觉地忽略和看低之后，在20世纪的自觉的强化和拔高之后，我们还将如何使用它？让我打开一部“生活”主题词的中国诗歌史吧。

---

① 拙文《生活概念、生活转型、日常生活的文艺学》(编读札记)，《文艺争鸣》，2004年第6期。

② 即便讲到“人心”，王国维也认为“夫人心本以活动为生活也”。见其《人间嗜好之研究》(1907)一文，《中国现代美学名家文丛·王国维卷》，浙江大学出版社2009年版，第109页。梁漱溟在其《东西文化及其哲学》(1921)中说：“所谓生物，只是生活。生活、生物非二，所以都可以叫作‘相续’。”“人的生活大半部分也都是本能的生活”。参见陈来主编：《北大哲学门经典文萃·梁漱溟选集》，吉林人民出版社2005年第1版，第37、39页。周作人在其《人的文学》一文中也认为：“我们相信人类以动物的生活为生存的基础，而其内面生活，却渐与动物相远，终能达到高尚和平的境地。”见《周作人散文全集》第2卷，广西师范大学出版社2008年第1版，第87页。

二

在中国古典时期，精神强大，远远超过物质基础。按照杜维明的说法，古典哲学（宗教）思想主要倾向是鼓励人们超越现世的，鼓励人们追求更重要的终极关怀，而现代世界应该是主张把人的思想倾注在现世关怀上，尤其到了21世纪这个人类的第二个轴心时代，人的存活问题成为核心问题，而人的存活问题的最重要的参照就是地球，有人说21世纪的先知就是地球，因为地球可以告诉我们能做什么不能做什么。[①]从杜维明的这个说法我们可以看出20世纪中国生活的过渡性。一方面，“生活”概念的崛起实质上是“生活”的重要性的显现和整体性的崛起，说明人们的关注点开始从古典的超越思维转移到关注现实生活上，生活的现代化、现代性意义首先是物质生活的进步，文明的物质尺度得到空前的强调，占据了现代性价值最显著的位置，这和古典精神相比可以看得异常明显。20世纪中国现代性的兴起的首要目标和实践冲动，是要国富民强，解决民生问题放在首位。另一方面，由于20世纪中国的特定历史，使它的“生活”崛起的初衷和生活现代性的既定目标往往被遮蔽，主客二分的西方现代性格局使认识集中到政治、革命、精神、启蒙的超越目标，从而使生活概念又受到了新的批判，在超越生活这点上，它和古典精神又“同流合污”了，而在否定的意义上甚至比古典时期走得更远。在百年之前，在20世纪初叶，王国维说：“人心之根柢实为一生活之欲”，“生活之本质何？欲而已矣。”[②]梁漱溟也说：“文化是什么东西呢？不过是那一民族生活的样法罢了。生活是什么呢？生活就是没尽的意欲。”[③]由此可见尽管近代以来我们一方面接受了西方科学理性烛照下的整体性“生活”概念，依此可以区分“精神生活”“物

---

① 参见《新世纪文化中国面临挑战，访新儒学代表人物杜维明》，《文学报》，2010年7月29日第31版。

② 王国维《人间嗜好之研究》及《人生及美术之概观》，见《中国现代美学名家文丛·王国维卷》，浙江大学出版社2009年版，第109、115页。

③ 梁漱溟《东西文化及其哲学》，见陈来编《北大哲学门经典文萃·梁漱溟选集》，吉林人民出版社2005年版，第21页。

质生活”“社会生活”“个人生活”，等等，[1]并以此来求得对现代化进程的规划布局，但同时，王国维、梁漱溟等人还是不自觉地坚持着中国古代对“生活”的仿佛很生物、很低层，也很圆整不分的理解，虽然从这种用法中他们也尽力在与现代化的致力于物质生活建设的基本面达成肯定性的一致，却又容易导致人们援用西方式的精神-物质二分思维方式去批判、否定作为很低层的“意欲的生活”（意欲的生活似乎很相似于西人的“日常生活”）。正是在这种纠结着中国传统和西方现代式的“生活”理解中，“五四”一代诗人发出了更为决绝的对生活的咒诅。

在20世纪二三十年代，诗人李金发和徐志摩各自写了下名为《生活》的诗。

李诗为：

……君不见高丘之坟冢的安排？有无数蝼蚁之宫室，在你耳朵之左右，沙石亦遂消磨了。皮肤上老母所爱之油腻，日落时秋虫之鸣声，如摇篮里襁褓之母的安慰，吁，这你仅能记忆之可爱。我见惯了无牙之颚，无色之颧，一切生命流里之威严，有时为草虫掩蔽、捣碎，终于眼球不能如意流转了。

徐诗为：

阴沉、黑暗，毒蛇似的蜿蜒，生活逼成了一条甬道：一度陷入，你只可向前，手扪索着冷壁的粘潮。在妖魔的脏腑内挣扎，头顶不见一线的天光，这魂魄，在恐怖的压迫下，除了消灭更有什么愿望？

这是典型的“五四”一代人文感伤的个体知识分子的诗化生活观，渗

① 如梁漱溟在《东西文化及其哲学》(1921)中就分列出物质生活、社会生活、精神生活等，参见《北大哲学门经典文萃·梁漱溟选集》，陈来编，吉林人民出版社2005年第1版，第115、116页。周作人在《人的文学》(1918)也分列出物质的生活、道德的生活以及内面的生活、理想的生活、灵肉一致的生活等说法。参见《周作人散文全集》第2卷，广西师范大学出版社，2008年第1版第87页。王国维《人间嗜好研究》(1907)中也提出“物质上与精神上之生活”这样的提法，比梁启超、周作人等更早。

透骨髓般的死亡意识（李诗）和妖魔化的毒蛇感受（徐诗），共同发出了对生活的诅咒。应该说这么决绝的精神令人惊异似乎有难以企及的悲愤高度，但他们在悲愤的同时也就拒绝了生活，而只剩有精神的单一顽强而伤悲脆弱的维度。李金发和徐志摩笔下的生活的丑陋不堪和罪恶，已不存在一丝希望于人间。这种状况在古典诗歌还从未有过。古代诗歌的确忽略了“生活”，诗人们也不用“生活”这一概念的，但却很少如此地弃绝生活，相反，更多时候还以“超越”的名义而给“闲适”类诗歌开辟了通道，以儒家伦理哲学和入世情感而写下了大量日用生活伦理之乐的“生活诗”。自陶渊明的回归田园和发现自然中的生活之乐后，中国文学中的孤独意识就大打折扣了。古代诗人更多地从“生”或“人生”的角度来替代表达对“生活”的感受，但其对“生活”的反对、疏离与感伤至多不过是像《古诗十九首》中写到的那样：“人生寄一世，奄忽若飙尘”；“生年不满百，常怀千岁忧”；“人生忽如寄，寿无金石固”，即便是写到“出郭门直视，但见丘与坟”，也是内心沉静的，虽然感伤却没有偏激。相比之下，作为“五四”一代人的李金发和徐志摩就显出了与现代生活的格格不入的矛盾状态了，他们将“生活”作为诗的主题并用以代替了古代诗人对“生”的生命感受，偏执地在悲愤决绝之路上延续古典生命悲情，而在现代的意义上简化地、片面地理解了作为现代概念的“生活”，将现代的广阔而实在的总体性的“生活”概念仅仅等同于简单的“人生”感叹或一点“生”的感受，偏执于“生”而忽略了“活”。从中我们既可以看到中国文人传统的“生活”理解的影子，生活被缩减为“生”，被抽象为普遍性的“生”，同时也看到在现代性的物质文明脚步下都市进程中中国文人对现代性的某种抵触与感伤，看到真正的物质现代性和所谓的审美现代性的悖论，后者乃是对现代性的拒绝与感伤，这在19世纪的波德莱尔那里就已开始了，[①]因此也毫不奇怪，在李金发和徐志摩这里，也算现代的中国生活形式之一。

① 有关波德莱尔和“审美现代性”，参见［英］马泰·卡林内斯库《现代性的五副面孔》，顾爱彬、李瑞华译，商务书馆2003年版，第62页。

三

然而19世纪末以来，对“生活”概念的正面理解和热情拥抱，成为这个时代燃烧着的行动和激情。“生活”一方面被总体化地加以对象化、加以拥抱和讴歌，具有超越性的某种社会隐喻的神圣魅力；另一方面其语义在具体语境的使用中又被习焉不察地相当程度地简化着，缩小着，尽力地排除着旧习惯中的语义用法。这是在“五四”后的另一审美路向中，人们开始区分出一种“大众生活”“工农生活”乃至“底层生活”。并依此区隔确认一种贵族生活、上层生活、知识分子生活，进而强调了一种“革命生活”的出场，在这种走向时代前台的革命生活中，知识分子、革命者要强调深入大众生活，与工农生活相结合，在文艺上则强调社会现实生活是文艺的源泉。而因为要在革命中改变现实生活，因此又要求文艺成为革命的工具，文艺遂必须具有“高于生活”的意蕴和姿态。正是在这一路向中，艾青写下了《大堰河：我的保姆》：

> 大堰河，为了生活，在她流尽了她的乳液之后，她就开始用抱过我的两臂，劳动了。……大堰河，含泪地去了！同着四十几年的人世生活的凌侮，同着数不尽的奴隶的凄苦。

这是“五四”后一代走向社会、睁开眼睛看生活的知识分子的对生活的控诉和否定，生活恰成苦难的处所。大堰河的“生活”，就是指很低层的基本生活的“活”，是一种基本的生计意义的困苦的、艰难的、无穷无尽的受凌侮的生活。在这里，生活一词可以被置换为“活着”，不仅是很“低层”地被理解的，同时也是很“底层”地被认识的。底层生活等于苦难，等于控诉，很自然地要指向一种被改造和革命的对象。比起徐志摩和李金发来，此处同样被否定了的生活一词，一方面有着总体性的超越性的概括力，同时又更具体地指向了底层的工农大众生活。这样的现实感走向斗争和革命也是历史的必然，革命和战斗也因之构成一种新的生活，一种不畏鲜血和死亡的生活。艾青在另一诗篇中写道：

> 当你们一天出发了，走向战场，你们不是也常常，觉得自己曾是生活着，而现在却应该去死——这死是为了，那无数的未来者，能比自己生活得幸福么？（《他死在第二次》）

这种对生活的拒绝和否定出示了一种那个时代的令人敬仰的崇高美学和英雄美学，向死而生，必将由死亡中创造出一种新的生活局面，无论如何，他们都是为了“生活”这个目标并为了在其前面加上“幸福”或者“美好”的修饰语的。

在当代，“新中国”是一个新的生活局面，因此在新中国成立后出现大量“拥抱”新生活的诗篇也是理所当然的。生活理想性得以昂扬出场，乌托邦之梦也从暗处浮现，使“生活”不免被崇高化、精神化、抽象化，其在精神上是对幸福的许诺，在道德伦理上被判定为高尚，在现实则被归为革命、斗争、战斗和建设。此时，以“生活”的名义，向困难进军，延续战争年代的“革命”热情和理想精神，生活的生产建设性转型持续着高歌狂进的态势，另一方面，战争和革命时代的生活思维也延续过渡到新的生活格局当中，生活的理想塑型为理想生活，不断革命、阶级斗争思维下的革命生活、阶级生活则人为地愈演愈烈。生活的政治化和意识形态化也就一定程度上压抑了本该逐步从紧张状态舒缓下来的日常生活，只从“革命”的意义而很少从“生活”的意义来理解、阐释社会主义，这种道义上即便值得肯定的“生活”理想也因对生活的过于片面和狭窄的理解，导致让革命、政治和生产全面覆盖生活领域，对生活日用的讲究则被指为资产阶级生活方式而遭到批判。诚如郭小川的《向困难进军》中的诗句：“真正的生活开始了。”而就实际情况讲，这“开始”却可以溯源至艾青写“他死在第二次”的那个时代的“革命”。比如早在20世纪30年代中期，具有左翼倾向的诗人蒲风在一首题为《生活》的诗中写道：

> 两条轨，无穷的展开在前面，当作轰轰烈烈的列车我前进吧。让西北风吹打，穿过幽暗的隧道，跑上崎岖的山，颓丧，悲哀的只是道

旁的树林呵！什么，黑夜张开她的翅膀？什么，大地蒙上了薄薄的白纱？——不要慌，加强马力前进吧！让列车永远永远擒住两条轨，莫怕前面的无穷，难捉摸，没煤燃烧时才是最后的终点哩！——啊！这就是生活！

在蒲风这里，“生活”已被观念化，是一种不停歇地永远向前进取，具有崇高的悲剧意味的精神姿态。10年之后，40年代已到延安的何其芳写下了他那首著名的《生活是多么广阔》，则要实在得多，也热情和浪漫得多：

生活是多么广阔，生活是海洋。凡是有生活的地方就有快乐和宝藏。去参加歌咏队，去演戏，去建设铁路，去坐在实验室里，去写诗，去高山上滑雪，去驾一只船颠簸在波涛上，去北极探险，去热带搜集植物，去带一个帐篷在星光下露宿。去过极寻常的日子，去在平凡的事物中睁大你的眼睛，去以自己的火点燃旁人的火，去以心发现心。生活是多么广阔，生活又多么芬芳，凡是有生活的地方就有快乐和宝藏。

比之蒲风，何其芳的“广阔的生活”，是在“寻常的日子”中的不平凡的生活，是在寻常的大众群体性的生活中遗忘或超越个人生活的困囿，由打开个人心窗、迈步到社会所获取的融入集体的社会生活。在这里“生活”一词的使用当中其实暗含着的是在个人性生活与社会生活、集体性生活之间的辩证与纠结。

何其芳在1942年还创作了一首《多少次呵我离开了我日常的生活》，明确地区分出为“争取自由”而战的伟大的“生活”和个人性的“狭小的生活”，他写道：

多少次呵我离开了我日常的生活，那狭小的生活，那带着尘土的生活，那发着喧嚣的声音的忙碌的生活，走到辽远的没有人迹的地方，把我自己投到草地上，我像回到了我最宽大的母亲的怀抱里，她不说一句话，只是让我在她的怀抱里静静地睡一觉，然后温柔地沐浴着我，用河水的声音，用天空，用白云，一直到完全洗净了我心中一切琐碎、重压和苦恼，我像一个新生出来的人……但很快我又记起我那日常的生活，那狭小的生活，那满带着尘土的生活，那发着喧嚣的声音的忙碌的生活，我是那样爱它，我要急急忙忙地走回去，我要地走在那不洁净的街道上，走在那拥挤的人群中，我要去和那些汗流满面的人一起劳苦，一起用自己的手去获得食物，我要去睡在那低矮的屋顶下，和我那兄弟们一起做着梦，或者一起醒来，唱着各种各样的歌，我要去走在那些带着武器的兵士们的行列里，和他们一起去战斗，我和他们的命运紧紧地联结着，没有什么能够分开，没有什么能够破坏，尽管个人的和平很容易找到，我是如此不安，如此固执，如此暴躁，我不能接受它的诱惑和拥抱！

在这里，诗人首先将个人超越性的知识分子生活与日常的个人性的生活对立起来，他终于不能割断自己与日常生活，大众生活的忙碌庸俗的联系，但他又从个人性的忙碌庸俗的日常生活中很快（没有过渡地）上升到了为了自由的与广大劳苦民众共命运的连结之中，将日常性个人生活在实在的生活中超越到了一个伟大的意义上。这个生活过程以及对生活的态度转变在那一代知识分子虽然不免突兀却应该是真实的和真诚的。1937年，周扬引入俄国思想家、文学家车尔尼雪夫斯基的“美是生活”观念，这一观念的流行，使“生活”在美和艺术的批判、压抑之上有了一个得以翻转的机会，车氏强调生活比艺术更高，“任何东西，凡是显示出生活或使我们想起生活的，那就是美的”。[①]但很快，生活由于其与日常性的纠缠不清，由于生活这个总体性概念在理想生活的意义上被强化，毛泽东在《在延安文艺座谈会上的讲话》中提出文艺源于生活、高于生活的简明而有力的论断，[②]从而使生活一方面继续在宏大叙事方面充当革命理想的代名词，受到政治诗情的拥抱，另一方面，在实质上，又成为革命及其艺术必须依赖同时也必须超越之物。这种依赖倾向于“生活”概念的纯洁化，去其糟粕（意欲）而趋向于理想性实践，同时，这种超越又使总体性的生活概念往过

① 引自北京大学哲学系美学教研室编《西方美学家论美和美感》，商务印书馆1980年5月第1版，第242页。

② 参见《毛泽东选集》（合订本），人民出版社1968年版，第818页。

度和激进的方向发展，最终不免被抽干活生生的内容，趋于空洞的理念。进入到50年代，“生活”的“新”与“旧”、真正的生活与虚假的非生活开始被人们看作具有重大意义的大是大非。1957年，诗人穆旦在《葬歌》中所要“埋葬”的就是那种“骷髅”般的旧生活，而他所表示要追求的是“过过新生活”，在同志们的唤起后，“像只鸟飞出长长的阴暗的甬道，我飞出会见阳光和你们”，“同志们，请帮助我变为生活！”于是面向“新生活”，我们“渴望生活”（王蒙《青春万岁》序诗），于是，“生活像海浪一般推进”（郭小川《甘蔗林青纱帐》），一边唱：“在这生活乐谱中，永远是一样美妙的强音”；一边唱：“我要下去啦，小河呀我要同你一同走向喧闹的生活，我要下去啦，人们需要我像作战般工作。”（《山中》）革命和政治、生产全面压抑生活最终形成了生活的紧张局面，在令人们精神饱满、高昂之后终不能持久。这就是从20世纪30年代开始，直到70年代的诗歌中的“生活”状况的一个主流侧面。与徐志摩和李金发的象征方式不同，蒲风在生活的意象铺陈设喻之后，就直截了当地采用了肯定的判断句式：“这就是生活！”而何其芳也同样以判断句式的肯定句“生活是多么广阔”来表述毋庸置疑的语气和意向。尤其在50年代开始了一种激进的有关什么是“真正的生活”的辩论，在这种生活辩论的逻辑之下，广阔的生活，这个由何其芳所欢呼的“广阔的生活”，其实质是被简化了，革命、政治、启蒙、精神、生产、建设这些宏大概念成了生活的全部，只有它们才是真正的生活，而个人性的、身体性的、百姓吃住拉撒都不是“真正的生活”。这样的生活中没有死亡，也没有爱情，更没有亲情，这样它最终就走到了一种理念化的空洞世界之中。而正是在这空洞之中，呈现了20世纪五六十年代社会主义与生活之间的紧张，产生了革命与生活的矛盾与危机，我们从郭小川和贺敬之等人的诗歌名篇中都感受了对日用平常生活与伟大的、火热的、真正的生活的义正词严的辨别和真理的宣布。

四

在这样的历史背景下，1978年后当人们读到一位朦胧诗人题为《生活》

（北岛作）的诗篇时，其惊愕的程度就可以想见一般了。这首诗只用一个词“网”来表达对生活的感受，醒目惊心，仔细想来，大概是恢复和延续了“五四”一代知识分子的人文感受和人文精神，一方面舒缓了用革命、政治、生产解释“生活”的紧张状态，另一方面也恢复了正常人性中的对生活的感伤情怀，生活的忧郁一面得以显露恰恰表示了生活的正常化趋势，宽容的、开放的、多面性和人文性的生活解释开始了，生活的复杂性和多种可能性也将走进诗歌，诗歌开始长出一双“生活”的眼睛。即便如此，经过了20世纪的长久革命的积极洗礼的诗人们，再也回不到“五四”时期那种对生活的绝望和诅咒了。他们最多是感到生活“出了差错”而人们仍然“热爱生活”：

> “对于生活的热爱，像是一枚生锈的针头刺入静脉。”“超越于青春的青春之母，开始生活却并不热爱生活，我只是在数着心跳的次数时出了差错。”（梁小斌《出了差错》1983）

韩东的《一个真理》则开始将重新归来的更加平实的“生活”进行了“哲学”的超越，急忙出示“真理”：

> 风鼓动这窗帘，夜已很深，有人在梦中，看见那不可知的地方，我的灯还亮着，生活，在每个夜晚降临……你无论怎样深刻，都是在这块土地上，你的脚会像根一样烂掉，一片永恒的月光，父辈们已经成为肥料，和发甜的空气，是他们，更深入地认识了我们的土地，并学会用风发出自己的声音，用月光看见万物的影子，接近你，告诉你一个真理。

这里已没有了李金发、徐志摩式的悲愤和阴郁，也没有多少“生活——网”式的人文批判和无奈的忧郁，而是在用一双与生活平行的眼睛来陈述生活的过程，紧张状态开始消失。当我们读到小君的《春天》的时候，他低吟的“春天来的时候，我安于每天的生活”，“在我沉思默想的时候，我坚信我快乐甚至幸福”等诗句，所表达的生活性感受，平静，世俗的快乐开始呈现出来。如果说韩东尚站在生活之外静观生活的整体，那么经由这种静观凝视，小君的诗已开始站在“生活”之中来写生活的状态了。那是80年代，人们开始专注于过一种被称为“日子”的平民百姓的生活，而且这种生活感渗透到了诗歌中。今天看，这该是“生活”的“进步”。

不把生活踩在脚下或放到对立面，而是把自己的生命放置融入当下的生活之中，仿照王国维的“无我之境，以物观物”的说法，“生活转型”后形成的世俗民生的生活观走入诗界，很可能就是像这样的以“生活”之眼来观“生活”的方式。在生活之中，我们对生活的态度也会更宽容、智慧。生活的边界在扩大，日常性的生活开始以一种具体可感的、扯不断的情感方式进入诗歌，正像当年何其芳说过的，“我要走在那不洁净的街道上”，开始接受世俗的生活，（但他又从这世俗不洁净的生活很快走向了洁净的革命生活），来到新世纪，我们读到了蓝蓝的《让我接受平庸的生活》：“让我接受平庸的生活，接受并爱上它肮脏的街道，它每日的平淡和争吵，让我弯腰时撞见，墙根下的几棵草，让我领略无奈叹息的美妙。生活就是生活，就是甜苹果，曾是的黑色肥料，活着，哭泣和爱——就是这个——深深弯下的身躯。”蓝蓝强调生活的本然状态的不可解释，它不必辩论或宣告：“这就是生活”，只需要承认“生活就是生活”。我们读到了雷平阳的《生活》：

> 我始终跑不出自己的生活，谁能跑出这落在地上的生活，我就，羡慕他；如果谁还能从埋在土里的生活中跑出，我就会寂然一笑，满脸成灰，已经三十九岁了，我还幻想着，假如有一天能登上一列陌生的火车，到不为人知的地方去，我一定会拆下骨头，洗干净了，再蒸一蒸……已经尽力了，整整三十九年，我都是一个清洁工，一直在，生活的天空里，打扫灰尘。

“跑不出生活”的雷平阳自然不用“深入生活”，他自甘一个生活的“蒸骨”打扫的“清洁工”，应该说这积极的生活精神可令肺腑感动。同时，我们也看到，雷平阳在将“生活”表述为“无边的生活”之时，同时也依然将生活看成是超越性的，“生活”依然是我们为之钟情不弃的执着理念。我们读到了郑小琼的《生活》：

你们不知道，我的姓名隐进了一张工卡里，我的双手成为流水线的一部分，身体签给了，合同，头发正由黑变白，剩下喧哗，奔波，加班，薪水……我透过寂静的白炽灯光，看见疲倦的影子投射在机台上，它慢慢地移动，转身，弓下来，沉默如一块铸铁，啊，哑语的铁，挂满了异乡的人的托付与期待，这些在时间中生锈的铁，在现实中颤栗的铁——我不知道如何保护一种无声的生活，这丧失姓名与性别的机械的生活，这合同包养的生活。

郑小琼使“生活”回到了一种具体可感的生活，所谓“打工生活”。作为一个打工者，她出示了大量生活的真相和细节，她还这样地说到“生活”：

铁块与胶片抚摸着她命运的暮色，啮咬的机床断残的食指交颈默立，她命运的暮色在一个流离的词语间哭泣，她血肉模糊的疼痛询问着命运，啊，这零乱的生活，充满了对命运的愧疚。啊，原谅微薄的工资，原谅曾经的理想，原谅反反复复的过错，原谅手中的次品，原谅客户的投诉，原谅机台上的青春，啊，我……缓慢的打工生活。（《黎明》）

其实她这里的“原谅”正是一种坚强，这坚强中没有仇恨，有无奈，也显露了自我疏解的积极生活的智慧。在雷平阳和郑小琼的生活之诗中，继承了过去的启蒙性传统的积极精神和批判精神，生活的伦理和正义，生活的信念和希望依然存在，并获得了新时代的表述。这种新表述就在于，它已没有了“革命”的激进，而可以由个体性的、积极入世的“生活”之心给予某种软化，获得了生活的真正的质感；同时，它依然在新的时代发现了、见证了骨头和铁的硬度，从而又避免使“生活”在一片软绵绵的气氛中失去方向。30年来，“生活”的含义在不知不觉中已发生了质变。日常性的俗世生活又回归到中国新诗之中。这种在古典诗情中曾得到普遍表现的日用性，在20世纪中国新诗中却明显地受到了排除，被指斥的低调的生活和被宣扬的高调的生活，共同构成了那个时代的精神遗产，在这个意义上，雷平阳从积极生活的人文理念层面、郑小琼从批判生活的具体生活真相的指认层面，无疑成为当今“生活”崛起的一个历史的“中间物”，也成为当今大生活中的一种有价值的生动的样态。

五

于是，包括雷平阳和郑小琼在内，新世纪的“生活”在整体性地崛起。此时的生活，作为一种大生活，不应该是压抑和抛弃日常性生活的那种被简化和抽象了的宏大叙事，同时也不应是只用日常性和庸俗细节来全面覆盖生活，仿佛生活的超越性和理想性也从此可以绝迹了。不是这样的，因为生活本身不是这样的。生活是整体性的。新世纪的中国生活和诗歌，正在建立一种整体性的生活语境。面对“生活”的崛起，我们谁也没有超越生活，你的超越最多也是在生活中的超越。而首要的，则是诗歌的生活认同，以及对整体性的生活的多侧面的表现。在对生活的整体性的观照中，诗人尹丽川的诗作《生活本该如此严肃》和《另一种生活》向我们展示了“生活”的日常性体验。这是她不无反讽的“严肃的生活”：

> 我随便看了他一眼，我顺便嫁了，我们顺便乱来，总没有生下孩子，我顺便煮些汤水，我们顺便活着，有几个随便的朋友，时光顺便就溜走，我们也顺便老去，接下来病入膏肓，顺便还成为榜样，“好一对恩爱夫妻”……祥和的生活，我们简单地断了气，太阳顺便照了一眼，空无一人的阳台。

这是她的“另一种生活”，也是“无名”的生活：

> 去南方不知名的小城，气候温良的就好，找一份幼教的职业，也可以开一家冰店，嫁一个眉清目秀，干干净净的男人，性生活合谐，在月光柔和的晚上，抹净桌边，不经意谈一些旧事。我完全能够这样去生活，只要我不绞尽脑汁，要给这生活取一个名字。

尹丽川与郑小琼、雷平阳都同样表现了生活——个体性的生活状态，但她的生活观念采取了一种“向下”的姿态，并由于“向下”的低姿态而获得了展现芸芸众生状态的可能性，展现了生活的个性多样性和生活的日常性，这里的生活天空被压得很低，低到近乎无所谓的、一波不兴的生活，其静止的淡味之后，掩藏了多少当代青年生存奔波与奋斗的艰辛，依然能让我们感受到一种难以平复的遮盖，这诚如一流行歌所喊：“生活就像爬大山，生活就像趟大河。”这已不是高歌而是咏叹。但这咏叹之中仍有对“生活”的超越性把握，因为，“生活”概念本身就是一个具有总体性的超越性概念。在我们不能用革命、战斗、启蒙来强制日常生活和个体生命的时候，我们还有“生活”这个概念可以凭依超度；我们似乎早已抛弃了“大我”，而只有“小我”，但“生活”这个概念本身成为我们的“大我”。“生活”在主题的意义上真正是富有了。而张执浩则在多年平庸的“生活”中依然不能忘情于“一棵白菜”，他这是在生活的日常性、常识之外，又加上了一个情感性的体验与理解维度：

我有过每天都去菜场转悠的经历，从正门进去，打侧门出来，这往往要花去，你们一天中最美好的那段光阴，而我依然会乐此不疲，我是一个那样的人，这样生活了许多年，竟然还那样去梦想和追寻——一个农民的儿子，把青春贱卖给了城市，现在，他想从另一位农民的手中赎回，我理解衰老在此刻的意义，他老的既快又明智，如同偏西的太阳，洒落在昏聩的梦乡，而我，一觉醒来，发现更老的父亲还在沉睡……他来的时候这座城市正在薄雾中打滚，马路边的大排档前，吃夜宵的人，歪斜着鼻眼，仿佛偏瘫的鬼魂，他停下，板车，俯身在水龙头下面喝水，撒尿，顺手将软皮管洒向干渴的菜叶，可我知道赤脚的白菜浑身是泥啊。城市欢迎灰尘，并不欢迎灰尘的父亲，就像我们欢迎蔬菜，却一再拒绝，送蔬菜的人——他走完了拖泥带水的一生，最后与板车一道翻倒，在我们备受谴责的恶梦里，在我们难以下咽的喉管里。在那里，或者在这里，总之，在空气中，到处都晃动着一棵白菜贫贱的身影，当我往返于体内的四季，看见时光的，糟糠之妻双手紧拽着沾满泪水的衣襟，我只能抱歉地说“请给我称一斤新泥！”（《一棵白菜》）

这些情感的表达，是渗透溶解在这个时代的物质生活之中的，因此用诗的方式，诗人们重述了有关这些人物与物质的情感和体验，如果说这些诗中的物质性是情感的、精神的，如一棵带泥的白菜，那还不如说它首先是“生活”的。正是这种情感体验，使我们的生活感具有了现实感的实在性，连接起底层生活而使生活超越着个体的局限而趋于社会性的情感纽带，从而趋向生活的整体性。这个时代的诗歌，由此也可以定义为一种“体物的诗歌”，对物质和物质生活的体验、体悟逐步地成为我们生活的核心，成为诗歌的中心问题，对物质的追问，对物质的态度，是人们精神“痉挛”的价值观念的晴雨表。关于这个时代的物质生活的情景和定义，诗人杨克首先将其描述为一种“广场”的变迁：

在我的记忆里，“广场”，从来是政治集会的地方，露天的开阔地，万众狂欢，臃肿的集体，满眼标语和旗帜，口号着火，上演喜剧或悲剧，有时变成闹剧，夹在其中的一个人，是盲目的，就像一片叶子，在大风里，跟着整座森林喧哗，悸动乃至颤抖。而溽热多雨的广州，经济植被疯长，这个曾经貌似庄严的词，所命名的只不过是一间挺大的商场，多层建筑。九点六万平米，二十世纪末，蛰动萌发，事物的本质在急剧变化，进入广场的都是些懒散平和的人，没大出息的人，像我一样的人，生活惬意或者囊中羞涩，但他（她）的到来不是被动的，渴望与欲念朝着具体的指向，他们眼睛盯着的全是实在的东西，哪怕挑选一枚发夹，也注意细节……南方很少值得参观的皇家大院，我时不时陪外来的朋友在这走上半天，这儿听不到铿锵有力的演说，都在低声讲小话，结果两腿发沉，身子累得散了架，在二楼的天贸南方商场，一位女友送过我一件有金属扣子的青年装，毛料。挺括。比西装更高贵，假若脖子再加上一条围巾，就成了五四时候的革命青年，这是今天的广场，与过去和遥远北方的唯一联系。（《天河城广场》）

杨克给了这物质的“广场”生活以如此具有历史感的说明，对物质的体验走上前台，革命和启蒙时代的广场被重新定义为“体物”的广场，人们正在试穿、试戴着层出不穷的新衣和围脖。然后，杨克也由此历史变迁的沧桑感而似乎领悟了高出他人的深刻性：

> 现代的伊甸园拜物的，神殿我愿望的安慰之所，聆听福音感谢生活的赐予，我的道路是必由的道路，我由此返回物质回到人类的根，从另一个意义上重新进入人生，怀着虔诚和敬畏祈祷，为新世纪加冕，黄金的雨水中灵魂再度受洗。（《在商品中散步》）

在这种“体物的诗歌”中，我们的生活回到了物质的根，生活需要重新进入，叙述需要从头再来。物质生活，这难道不是20世纪初中国开始迈入现代性社会时最为本初的起点吗？不是那时开始启用、流行“生活”概念的一个最基本的思路吗？进而不也是20世纪一切革命和启蒙所给了我们的理想生活的许诺吗？同时，物质性不也是中国古代一切生活理解的基点吗？至此，通过对生活的个人性、日常性、常识性、情感性、物质性的描摹与体悟，诗人们正以“生活”的隐喻逐步接近当代生活的整体性现实，重塑了整体性的生活情境。

六

找回物质的生活之根，出示这个时代以及所有时代的生活的日常性之真和物质之本，并不能万事大吉，完全解决问题，相反，日常的平淡和连绵不尽，物质带来的更可能是枷锁，新的困厄比之以往的生活困厄可能是更加的严重了。也许诗人们过于自信“生活就是生活”，似乎生活本身并不用反思。但是生活的新的困厄却促使人们新的反思，这个物质性，正如同过往时代的唯精神性一样，却是需要理性、需要批判、需要反思的。诗人王小妮说：“生活不是诗，我们不能活反了。我们要先把自己活成一个正常人。”[①]是的，建立在物质基础上的人是正常的人，归根结底，我们不能把精神活成物质，但物也不等于人的一切，生活的一切。这是被物质的强大

① 王小妮《诗不是生活，我们不能活反了——答〈南方都市报〉记者问》，《南方都市报》，2004年4月14日。

挟持的生活吗？物质并不可怕，起码诗人阿坚没有感到可怕，他感到可怕的却反而是由物质问题解决之后的“自由”：

……种种机会我都没有遇到，我渴望强大的夹持，像渴望一件天衣，我裸体奔跑，把耳朵也张得像嘴那么大，但所有的召唤都不是对我的，我孤然一身，是一个没有理想的人，是一个童弹子都闷成石头弹的人。在连续的荒年，撑死人呐，我只好顺手捡起了自由，所谓的，我没有能力怀疑这所谓的自由，就算自由夹持着我吧，我其实明白，我是姑且赖在自由这儿。（《没有强大夹持的生活》）

但物质性得到满足和实现的生活是平静的，也是卑微的。而即便这样平静的居家私生活，没有革命年代的壮怀激烈，是如此的卑微，依然有诗。诗歌当然不会改变生活的卑微，而且诗歌本身也如同生活一样卑微。在卑微的生活中，诗人的超越首先只能依靠其情感性的体验之途，它可能最先使敏感的诗人流下了眼泪：

我写下的都是卑微的事物，青草，黄花，在黑夜里飞起的纸片，冬天的最后一滴雪……我写下它们，表情平静，心中却无限感伤——那一年，我写下“青草”，邻家的少女远嫁到了广东，我写下“黄花”，秋风送来楼上老妇人咳嗽的声音，而有人看到我笔下的纸片，就哭了，或许他想起了失散已久的亲人，或许他的命运比纸片更惯于漂泊，在这座小小的城市，我这个新闻单位卑微的小职员，干着最普通的工作，却见过太过注定要被忽略的事，比如今天，一个长得很像我父亲的老人，冲进我的办公室，起初他茫然四顾，然后开始哭泣，后来自然而然的跪了下去，他穿得太少了，同事赶紧去调高空调的温度，在那一瞬，我的眼睛被热风击中，冬天最后的那一滴雪，就从眼角流淌出来。（《我写下的都是卑微的事物》）

生活的卑微构成平静，而平静就是卑微，但无论卑微和平静都会有感动，不仅会有感动，而且还会有圣洁的想象，这都缘于今天人们的生活之心。我们和诗歌不但要有一颗情感心，还应有一颗理智心，所谓“圣洁”，就是我们生活之心的理性表述。

> 为了让更多的阳光进来，整个上午我都在擦洗一块玻璃。我把它擦得很干净，干净得好像没有玻璃，只剩下空气，过后我陷进沙发里，欣赏那一方块充足的阳光。一只苍蝇飞出去，撞在上面，一只苍蝇想飞进来，撞在上面，一些苍蝇想飞进飞出，它们撞在上面。窗台上几只苍蝇。扭动着身子在阳光中盲目地挣扎，我想我的生活和这些苍蝇的生活没有多大区别，我一直幻想朝向圣洁的一面。

这是宇向的诗《圣洁的一面》，苍蝇是诗人自我卑微的隐喻，但苍蝇的想象却朝向圣洁的一面。在诗人提供的有关“窗玻璃”的意象中，生活的物质性被诗化想象成为透明的，而在透明的生活中，被撞得头破血流乃至粉身碎骨的“苍蝇”们，它们朝向看不见透明之墙的另一面所作的“超越”性努力，仿佛使我们一下子回到了20世纪，回到了中国古典诗歌的超越性理想境界，面对生活的物质性，中国诗人没有像波德莱尔们那样的绝望，今天他们也不像李金发、徐志摩那样视生如死，他们将生活的卑微和圣洁、物质和超越贯通起来，统一于“生活”一词之中，这个词更加富有弹性和表情，更加细致和有容乃大了。“窗玻璃”隐喻着在物质和精神之间只是一种透明的一体化，但终究还是基于物质的这一面，起码最终尸体要丢在物质和俗世这一面。然而它们毕竟在“透明”中“统一”为一体了，尽管这“透明”可能只是一种诗的“想象”和诗人自己的“幻想”。他们如此这样地在诗的想象中融于生活之中，我想也可历史地得出结论，他们如此“生活”是得益于20世纪中国生活的“超越性”的教益，得益于中国人伟大的“生活”传统的实用理性的“积淀”，尽管我们的祖先谦虚地总不愿意谈论“生活”二字。这不是超越生活，而是生活中的超越。而生活中的超越，大概可算作中国诗学的固有血脉本色之一。

七

“生活”是个绝妙的词语。它是个总体性的大词、大概念，可以超越具体而囊括巨大的空间，包容无所不在的人的生存状态，一切人生内容和形式；而在它这样地站在普遍性的天空上的时候，它又向各式各样的多层面的具体的人的生存样态敞开，个体生活和社会生活、精神生活和物质生活、上层生活和低层生活、精英生活和大众生活、超凡生活和世俗生活、国家民族生活和社会生活、社区生活，乃至你的、我的、他的生活……生活，又是一个最具感性意味、最具体和最具活气的词汇，我们正是让这个总体性概念在其普遍性与具体语境之间不断穿梭，织就了20世纪以来“生活”主题的诗歌简史，构造诗歌的生活语境地图。“生活”这个词，起码在诗歌中，搭建了中国人的情感和意义的平台，古典用法，20世纪的用法，以及新时期和新世纪的用法，其间的转换与妙笔生花，丢失、找回、开拓、生发出种种意义空间，在这百年的中国新诗中，生活一词鲜活如初，正如分析哲学的一句名言，“意义即用法”，①我们正是在诗歌语言的使用中，让“生活”一词嵌入了诗句，深深嵌入了我们的诗生活，乃至我整个的生活方式的历史过程和语言背景中。千百年来，“生活”这个词没有变，而且其内蕴的意义、语用语境、问题指向却在20世纪中国发生了剧烈的挪移、变迁、缩小或扩张，也许它还将变化下去。

也许我们终归要感谢生活。而感谢生活首先要感恩“生活”这个词，对“生活”一词保持足够的敬意。我们应该感谢古人使生活一词具有了“活”的欲念生计的基本义，使我们在20世纪无论如何挣扎也不能使其脱离这种限制。我们感谢20世纪以来使生活一词赋予了更加宽广和积极的崇高的意蕴，从此我们可以不再鄙视生活而更加坦然地面对生活。我们要感谢那种在“生活”一词前加注限定词如“精神生活”“物质生活”“大众生活”之类的分析性用法，不仅使我们的表达趋于精确，而且也使我们能在

① 参见[美]M·怀特编《分析的时代》，杜任之主译，商务印书馆1981年6月第2版，第230页。

一个现代性的宏大历史和现实面前不再摸不着头脑，可以多少走进生活和事物的内部，但是我们在学会分析性地思维着的同时，还是要不时回头来到整体性的生活表述旗下，我们知道“生活”一词终归趋向于把握与认识的整一。百年来我们总是千方百计地试图清除、洗刷掉生活一词中的“意欲”的本义，百年后我们发现这一“基本意欲”的本义不但没有去除掉，反而更加稳定、牢靠，乃至更加公开而张扬了。当它携带着20世纪新添加的积极信息和语义走向新世纪时，“生活”已不仅仅是一个概念，而是意味着我们的一种思考维度、一片生存视域和支点、一种坦然面对的活着的理由，它就是我们的生存方式本身。

其实，“生活”的主题，就是以生活的名义说话，而当我们一旦以生活的名义说话，其实就什么都不用说了。早在20世纪90年代初，在激进的思想观念终于如云流散，人们终于开始流行和吟唱这样的词句：

> 生活是一团麻，却也是麻绳拧成的花，生活是一根线，却也有那解不开的小疙瘩，生活是一条路，怎能没有坑坑洼洼，生活是一杯酒，饱含着人间的酸甜苦辣。生活是一条藤，总结着几颗苦涩的瓜；生活是一首歌，吟唱着人生的悲喜交加！（电视剧《篱笆女人和狗》主题歌词《苦乐年华》）

这里只有隐喻而已。生活概念总是指向整体的、复杂的、悖反的情境，在指向整体的路途中，又并不能一言而尽，不能一言而尽时，我们只好开始使用并创造隐喻。从此我们生活在“生活”的隐喻之中，诗成为一种生活的智慧，也是生活的理由。当生活以生活之眼观之，当生活成为生活，当诗歌成为一种生活，于是，真正的无边的生活开始了。

（原载于《中国现代文学研究丛刊》2011年第6期）

诗歌：在日常生活中探寻审美向度

王巨川

自20世纪80年代开始，西方各种文化思潮对中国的政治、经济、文化等方面产生了多方面的影响。其中，日常生活审美化思潮从学术的探讨到广泛的实践过程中，在改变以往的消费文化和审美观念的同时，也深刻地影响了诗歌的创作观念和发展路径，诗歌创作正逐渐远离诗学传统构建的美学标准，朝着日常生活审美化的道路行进。无疑，日常生活审美为诗歌的创作提供了广阔而新鲜的实践空间，这个日常生活空间所承载的精神向度、美学因子和丰富的生命体验等待着我们去开掘，毕竟诗人的敏锐感知与精神体验需要在日常生活的基础上突入与展开。但也有更多的诗人在日常生活审美的道路上渐行渐远，他们不再对诗学传统顶礼膜拜，以语言之诗去呼应和感受生命世界，而是以暴力姿态和颠覆精神拒绝诗意的人文关怀，把诗歌从崇高圣殿抛向民间烟火萦绕的日常现场。对日常生活的异化阐释和审美泛化使诗歌的崇高精神和典雅形态被日常生活的琐碎事物和形而下的庸俗经验所遮蔽，本应是陶冶人类灵魂、升华人格精神的诗歌成为倾倒“口水”的垃圾现场和“断句、分行”的文字游戏，无怪乎有学者困惑质疑：“诗，是否正在成为一种退化的文学器官？”①

① 沈奇《口语、禅味与本土意识》,《沈奇诗学论集》,中国社会科学出版社2005年版,第5页。

一、日常生活审美化:“新的美学原则”与诗学经验

日常生活审美化是在西方后工业社会发展和消费文化急剧膨胀的背景下通过文化显现出来的美学思潮,它源自费瑟斯通的题为“日常生活审美化”演讲,他认为日常生活审美化正在消弭艺术和生活之间的距离,在把“生活转换成艺术”的同时也把“艺术转换成生活”。而后,韦尔施、霍尔等文化学者纷纷著书论言,积极推动日常生活审美思潮全球化的形成。日常生活审美思潮进入中国是缘起于国内学者对文艺学学科的反思,在借鉴费瑟斯通关于“日常生活的审美总体必然推翻艺术、审美感觉与日常生活之间的藩篱”的观念和韦尔施建立“超越美学的美学”学科新形式言论的基础上,[①]认为今日中国的“审美活动已经超出所谓纯艺术/文学的范围、渗透到大众的日常生活中。占据大众文化生活中心的已经不是小说、诗歌、散文、戏剧、绘画、雕塑等经典的艺术门类,而是一些新兴的泛审美/艺术门类或审美、艺术活动,如广告、流行歌曲、时装、电视连续剧乃至环境设计、城市规划、居室装修等。”并且“日常生活的审美化以及审美活动日常生活化深刻地导致了文学艺术以及整个文化领域的生产、传播、消费方式的变化,乃至改变了有关‘文学’‘艺术’的定义。”[②]在国内学者畅想着“新的美学原则”的崛起的同时,日常生活审美化也造成了美学边界的无限扩张,呈现出一种泛化了的文化审美现象并引起了学者们的省思和批评,韦尔施针对全球日常生活审美化的现象指出:“毫无疑问,当前我们正在经历着一场美学勃兴。它从个人风格、都市规划和经济一直延伸到理论。现实中,越来越多的要素正在披上美学的外衣,现实作为一个整体,也愈益被我们视为一种美学的建构。”[③]国内有学者发出了日常生活审美化中的

① [英]迈克·费瑟斯通《消费文化与后现代主义》,刘精明译,译林出版社2000年版,第103页。

② 陶东风《日常生活审美化与文化研究的兴起——兼论文艺学的学科反思》,《浙江社会科学》2002年第1期。

③ [德]沃尔夫冈·韦尔施《重构美学》,陆扬、张岩冰译,上海译文出版社2002年版,第3页。

"日常生活"到底是谁的日常生活的诘问。[①]更有学者认为今日中国"并没有进入消费主义时代","从这个意义上说,今天的所谓'日常生活审美化',绝不是中国今日多数人的幸福和快乐"。[②]不管学界对日常生活审美化思潮的讨论如何激烈,它对当下文化艺术创作所产生的巨大影响已经显现。其中,当下诗歌创作的日常生活审美转向便是显著一例,并且表现出与诗歌传统中的日常审美有着本质的区别。

在中国诗歌的历史上,诗歌创作中从未缺少对日常生活的审美活动,最早的《弹歌》:"断竹、续竹、飞土、逐肉"即是对人类原初阶段日常狩猎活动的真实描写。《诗经》中绝大多数诗歌也都以日常生活和本真经验为创作素材,朱熹《诗集传》中有"凡诗之所谓风者,多出于里巷歌谣之作"的说法。如《女曰鸡鸣》写一对夫妻在黎明醒来时的枕边对话展开一天的生活情境,在细致简练的对答中表现平常朴实的生活气息和温情恩爱的生活场景;《七月》完整地展现了农民们一年四季的种田、养蚕、纺织等辛勤的劳动生活;《芣苢》是采收车前子的妇女们一边劳作一边唱的歌,表达了欢快美好的劳动场景;《桃夭》是女子出嫁时演唱的歌诗,用桃树的枝叶茂盛、果实累累表达对婚姻生活的希望和憧憬。

诗歌鼎盛的唐宋时期,许多诗人同样在日常生活场景中寻找诗意的审美灵感,杜甫、陶渊明、孟郊、韩愈等诗人用优美的诗歌语言营造了大量描写日常生活的诗意篇什。如:"白露黄粱熟,分张素有期。已应舂得细,颇觉寄来迟。味岂同金菊,香宜配绿葵。老人他日爱,正想滑流匙"(杜甫《佐还山后寄三首》之二),写的是杜甫向杜佐讨要粟米的生活俗事。《阌乡姜七少府设鲙戏赠长歌》写诗人在冬时接受县尉姜七宴饮和厨师做鱼的过程。《羌村》更是用"老夫卧稳朝慵起,白屋寒多暖始开。江鹳巧当幽径浴,林鸡还过短墙来"这样的日常场景来描述自己的闲适生活。此外,诸如"慈母手中线,游子身上衣"(孟郊《游子吟》)、"日高丈五睡正浓,军将打门惊周公"(卢仝《走笔谢孟谏议寄新茶》)、"种豆南山下,草盛豆苗稀。晨兴理荒秽,带月荷锄归"(陶渊明《归园田居其三》)、"新年都未有芳华,二月初惊见草芽。白雪却嫌春色晚,故穿庭树作飞花"(韩愈《春

① 姜文震《谁的日常生活?怎样的审美化?》,《文艺报》2004年2月5日。

② 童庆炳《"日常生活审美化"与文艺学》,《中华读书报》2005年2月16日。

雪》）这些诗句都从日常生活起兴，通过雅致的语言和精巧的意象赋予日常极俗事物以高雅的韵致。这些诗句之所以能够流芳百世，正是诗人在日常生活状态中用心灵去体验、用思想去感知，从日常生活中提炼诗歌因子，表现出诗人的关怀之情与敏锐之思，或状物感怀，或言志咏史，无不在“俗言俗世”的情境中感染自己、感动后世者。由此而言，这也正是传统日常生活审美体验之诗与当代诗歌日常生活审美化的不同之处，历代诗人对日常生活描绘求真求实的同时并没有使诗歌走向世俗化、庸俗化，而是呈现了传统知识分子精神追求中“化俗为雅”的审美取向。现代诗人也不乏对日常生活审美的情动与书写。如徐志摩的《乡村里的音籁》一诗将日常生活中的体验升华为诗：“小舟在垂柳荫间缓泛——一阵阵初秋的凉风，吹生了水面的漪绒，吹来西岸村里的音籁。”通过素朴、节制的日常语言展现出清新、闲适、恬静的南国水乡风光，给人返朴归真的精神体验。周作人也常常把日常生活中极平淡的事物在自我体验中以清隽的诗写出来，使人感到美妙：“阴沉沉的天气，香粉一般的白雪，下得漫天遍地，天安门外，白茫茫的马路上，全没有车马踪迹，只有两个人在那里扫雪”（《两个扫雪的人》）。“车外整天的秋雨，靠窗看见许多圆笠，——男的女的都在水田里，赶忙着分种碧绿的秧身。”（《画家》）赵景深写道：“我好似忽而到了寂寞的雪地，忽而走在道上，忽而过那萧瑟的秋天；一句句使我读着好似看见了一幅画图，虽然他说他不是一个画家。我们常见的事实取材这样佳妙，令人因他的诗得着愉快的安慰，未始不是文学简洁之功。”（《新诗年选》）

通过上述列举可见，中国诗歌传统中的日常生活审美创作与当下诗坛日常生活审美化倾向有本质的区别。前者更倾向于在日常生活中寻求一种理想的纯审美状态，强调个人感官的真实体验并实现对感官体验超越后的审美自由与精神愉悦，这种诗歌审美追求更趋同于朱光潜先生提出的“人生的艺术化”的美学观念。而当下诗坛的日常生活审美创作主体是在大众消费主义熏陶下带有鲜明的感官享乐体验，强调的是视觉冲击与感官体验过程中所激发的世俗欲望，并沉迷于欲望的满足之中。简单来说，二者的根本区别在于：一个是通过日常生活的审美活动凸显人生价值和提升精神人格，从而进入诗意的境界；一个力图将“艺术转换成生活”，使艺术扬弃诗意的审美性格从而回归日常现场。

由此来说，当下日常生活审美化思潮对那些代表着崇高精神象征和荡涤人类灵魂的纯艺术形态是一个严峻的存在考验。对于诗歌而言，日常生活审美化对文化领域介入的“双刃效应”同样起着作用：一方面，诗歌身份或者说姿态的形而下可以让更多的人有成为诗人机会，满足了普通大众的文化享受和精神愉悦，草根诗人、打工诗人等曾被拒于诗坛的民间身份也因此获得承认，他们用原汁原味的日常经验来写诗，使诗歌这种少数精英拥有的高雅艺术更加贴近大众文化，成为普通民众也可以创作的文学形式；另一方面，从诗坛的内部来看，庙堂、广场和民间三分天下，话语权力的斗争也在“民间立场”和“知识分子写作”中展开。“民间立场”以倡导民间写作、回归日常生活审美为契机，认为“把日常生活视为庸俗的、小市民的、非诗的，把诗视为与之相对立的某种鹤立鸡群的高雅部分，这在诗歌真理中正是属于庸俗的和非诗的。”[①]由此颠覆了诗歌作为精英文化的神圣地位。无疑，“民间立场”的诗人们试图通过对日常生活的描写来唤醒人们在秩序化的精神生活中日益僵化的想象力，并由此创作出一批优秀的诗歌作品。但也正是让日常生活审美无限度地泛化并走向“异化”，促使越来越多的诗歌创作处于一种语言的“贫血”状态和情感缺失的尴尬境地，诚如埃伦·迪萨纳亚克在批评后现代主义者们时所说的那样：他们“背弃了高雅艺术的昂贵而丰盛的大餐，转而提供了乱七八糟、无味也没有营养的小汤。而且很奇怪，尽管后现代主义的目标是挑战旧的精英秩序，但其蛮横无理、难以让人理解的理论即使对心地善良的普通读者来说也远比高雅艺术的辩护者所创作的任何东西更加晦涩和难以接近。”[②]同样，当代诗人拒绝了诗歌的终极关怀和颠覆精英话语权力之后，那些用日常琐事堆砌、直白语言铺陈的诗歌语言和形态中已然找不到能够称之为诗的生命内核和撼动心灵的基本品格，更不用说是对诗语的锤炼或意境的营造了，从而使当下诗坛依旧萦绕着“令人气闷”和“头晕”的魅影。

① 于坚《棕皮手记 1997 ~ 1998》,《于坚集》卷 5,云南人民出版社 2004 年版,第 50 页。

② 转引自孙媛《尴尬的话语移植——谈“日常生活审美化”及其中国之旅》,《海南大学学报》2008 年第 2 期。

二、“诗学圣殿的重构”：诗歌日常生活审美转向的两条路径

从当下的诗坛状况来看，诗歌的日常生活审美化转型呈现出两种不同的审美风格——诗化审美和异化审美，这种不同的审美路径使得诗歌的发展也呈现出两种相互背离的发展路径。

首先，日常生活的诗化审美自第三代诗人已然开始，在他们那里，诗歌不再追求内视角的生命体验和理想主义启蒙价值，更多的是关注于日常生活中的自我个体、琐碎事物，并把体验转化为诗意的美学创作。后来的诗人们延续了这种审美理念，如丁当的《回忆》、王小龙的《真实的生活》、韩东的《雨衣、烟盒、自行车》、里墨的《在平淡的日子里》、马青山的《日子》等诗歌，构成了诗歌日常审美的开端。诗歌不再是少数精英统治的形而上的高雅艺术，而是任何人都可以用来“点缀”生活的“闲言碎语”，并从中寻求哲性思考和精神栖息的诗意空间。

这一类诗歌追求日常生活的本真体验和干净、平实、直白、简练的语言风格。被誉为“能在司空见惯的日常生活中有所发现”（李福春），并在创作中“重视诗歌对现实的介入”（王光明）的卢卫平是这一类诗人的代表，如《异乡的老鼠》关注打工者在城市底层日常生存的体验；《楼道的灯坏了》写诗人从黑暗的楼道中打开家门后的发现：“我发现，我的家竟然，那么亮堂，多少年视而不见的东西，也在闪闪发亮”，日常生活的诗意在诗人的瞬间感受中得到了永恒价值。戴巧平认为：“在诗歌中展示一幅日常生活图景，诗人向我们所展示的不仅有我们平常所见到的，更有为我们所‘视而不见’的——生活中平常的感动，家庭琐碎中的温馨，触动心灵的每个细节。这里面有诗人的一颗对平常事物保持敏锐感知的心，更有对生活的热爱和诚意。”[①]《再数一遍》是将日常生活体验提升为哲思的代表作品，诗人在“回到故乡”后发现，“那么多星星，那么多我三十年前，数错的星星，一直等着在城里埋头干活的我，抬起头来，把他们再数一遍”。诗人通

① 戴巧平《当代日常生活诗歌艺术审美价值初探》,《中国现当代文学研究》2009年第11期。

过“星星”的意象，在三十年的时间跨度中呈现出生存体验的思考，诚如诗人自己说的：“使小的东西变大，使细节变得显著，使日常变得珍贵，使被忽略的部分得到关注和拯救。”①

娜夜的《生活》从自我生活体验出发，用儿时吃“黑糖球”这一镜像表达出诗人对生活时光流逝之快的叹息；王小妮在《喝点什么呢》中记录了自己在日常生活中的瞬间感受：“什么样的流动，能够配的上我现在这种绝妙的感觉。没有一种为瞬间而生的液体。时间就是短的。……飘飘的人尝不到飘飘的水，我很快，就将变回一个平凡了。”《活着》是一种姿态，是一个“心平气和的闲人”在日常琐事中的存在状态，日复一日的生活就是在这种心平气和中悄悄流逝了，“不为了什么，只是活着”，而这种表象的活着状态并不是诗人所想要的，因此在择菜、淘米、做饭的过程中她“试到了，险峻不定的气息，正划开这世界的表层”，并“卒章显其志”：“我的纸里，永远包藏着我的火”。从日常生活提炼美学元素并转化为诗的意境，这在当下的诗歌创作中已经显得尤为难得，因而崔卫平称赞王小妮“在陷入日常生活的种种琐事之后还能保持自己独立的天地”②。另外，孟醒石的《城中村》、伊沙的《鸽子》、于坚的《尚义街六号》《远方的朋友》等等，都坚持在日常生活中寻找诗意的哲思，用这些作品展现诗学发展的另一种可能。

应该说，日常生活的诗化审美在语言的提炼、意象的撷取和节奏的把握等方面达到了较好的程度，诗人们在精神上以积极的生活态度、新颖的语言风格去体现自身的心灵体验，不论是司空见惯的生活家常还是瞬间的现实感受，都能够在日常口语的叙述中获得诗意的阐扬，因而，这一类以日常生活为诗意审美的诗歌与口水化、庸俗化的异化审美就有了本质的不同。

其次，日常生活异化审美是在商业美学与消费文化大行其道、功利色彩浓重的社会竞争中产生的，在这样的社会背景中，许多人的精神之花日渐枯萎，诗歌的审美活动往往会进入急功近利的“焦虑”之中。我们看到，当

---

① 卢卫平《向下的诗歌》,《第三届华文青年诗人奖获奖作品》,漓江出版社2006年版，第34页。

② 崔卫平《苹果上的豹·编卷者序》,北京师范大学出版社1993年版。

下的诗歌在表象繁荣和喧嚣中透射出无奈的孤独与落寞，对日常生活无限制撷取与非理性张扬，使诗歌走上了审丑的、庸俗的异化之路，无论是已经成名的还是正想成名的诗人，在社会与精神的内外交困中总是掩饰不住浮躁的急功近利的心理，企图通过这种方式得到别人的认可或争取话语权。例如通过把自已喻为“老鼠”“青蛙”“蚂蚁”“蚯蚓”等“非人化”状态来实现表达底层的生存状态：“我很卑微，让不该入诗的老鼠，爬进纸格，然后对它们大加赞赏，我早已被它们感动，看它们日以继夜，找寻求生门路，迫于无奈，干些偷鸡摸狗的事……”（张守刚《老鼠》）。如果说这种非人化的日常审美表达的是诗人对生活在底层人群的关注或悯怀，那么，另一种异化可谓是对日常生活审美异化的极端之作。无意义的生活状态和浅白语言使诗歌成为一连串的“口水”：“毫无疑问，我做的馅饼，是全天下，最好吃的”（《一个人来到田纳西》）；“一只蚂蚁，另一只蚂蚁，一群蚂蚁，可能还有更多的蚂蚁”（《我终于在一棵树下发现》）。与之类似的还有阿斐的《高尚的人们都在干吗呢》：“高尚的人们都在干吗呢，不知道，大概，都呆在家里给老婆做饭，给孩子喂奶、吃喝拉撒，偶尔出来跟情妇聊聊天，切磋一下床上功夫，顺便写篇短文、做首短诗、抒点小情吧！”乌青的《对白云的赞美》：“天上的云真白啊，真的，很白很白，非常白，非常非常十分白，特别白特白，极其白，贼白，简直白死了，啊———”当代诗人的生活无非是“早晚各进一次地窖看看”，“想一想将要到达的流行感冒”（海波《一个当代诗人的日常生活》），已经如蛇缠身一样腻歪和无聊，在这样的状态下，诗人深深地感到了自己“痛”的根源：“我的痛是无聊之痛，是空虚之痛，是走神之痛”（孙文波《痛》）。

另外，在以“非非崇原、下半身崇下、垃圾派崇低、看见写作崇现场”的一系列崇拜中，诗歌审美异化使得这些诗歌在日常生活中寻找创作激情的时候，唯独没有对诗歌原有艺术审美的崇尚追求，而是走向形而下的“肉体”狂欢。例如以“先锋”“诗歌大师”自称的“下半身”写作扯去了温情的外衣，赤裸裸袒露着身体，认为只有身体才能给予诗歌乃至所有艺术以第一次的推动，……因为它干脆回到了本质。在“下半身”的理念中，这些所有的一切与心灵和精神相关的元素都成为诗歌发展的障碍，他们要的只是下半身，因为他们认为这才是真实的、具体的、可把握的、有意思的、野蛮的、性感的、无遮拦的。而这些，正是当代诗歌艺术所必须具备的基本品质。“诗歌从肉体开始，到肉体结束为止”成为下半身写作的标尺，理论宣言与创作实践的错位、矛盾和失衡，构成世俗挑战高雅、民间颠覆精英的极端狂欢，使诗歌已然失去了缪斯女神那庄重、典雅的光辉。谢有顺对“身体”参与文学创作曾阐述说：“古代的‘诗言志’，当代的‘文学为政治服务’，这些文学主张从来都是反身体的，它们所注重的是那个文学之外、作家主体之外的‘志’和‘政治’，至于文学身体本身是否真实、是否具有艺术的美感，这并不重要，重要的是那个说出来的‘志’和‘政治’是否正确和高尚。”

认为没有“用身体去感知，用身体去发现，用身体去创造”的作品是凌空蹈虚的。所以，“强调身体在写作中的意义，其实是强调作家写作时个人的在场。‘身体’是个人在场的标志之一”[①]。谢有顺强调的“身体写作”是要求作家必须用自己的身体参与到创作中，去体验日常生活和感悟生命过程，从而创造出有血有肉、可感可知的文学作品，避免那种“假大空”式凌空蹈虚的写作，这种观点是值得倡导和践行的。然而，许多诗人却把身体的感官刺激与精神享乐作为唯一的审美的标准，把大量世俗的丑陋之物和精神的异化审美当成创作的内容，这对诗歌而言只能是野蛮的戕害。

打开各大诗歌网站以及各类文学刊物，上述列举的这类诗歌数不胜数，如果诗歌把日常生活的琐事和无聊的情感当作唯一的诗学审美化创造，那么诗歌必然会失去应有的艺术审美性与生命创造力。韦尔施曾意识到日常生活审美化所带来的负面效应，他认为全面的审美化或审美的泛化只会给人带来感觉的剥夺，“我们的知觉不光需要活力和刺激，同样也需要延宕和宁静的领地，也需要间断。这一法则宣告了当今流行的美化趋势的失败。全面的审美化会导致它自身的反面。万事万物皆为美，什么东西也不复为美。连续不断的激动导致冷漠。审美化剧变为非审美化”[②]。这段话对当下诗歌发展同样具有反思的借鉴意义，当诗歌不再是人类灵魂的栖息之地，给人以心灵的慰藉、精神的高蹈和生命的尊严的时候，放弃了美学的追求

---

① 谢有顺《先锋就是自由》，山东文艺出版社 2004 年版，第 34—36 页；《从世俗中来，到灵魂里去》，郑州大学出版社，2007 年版，第 104 页。

② [德]沃尔夫冈·韦尔施《重构美学》，第 44 页。

和责任的担当，而只是在日常生活中“以诡谲或调侃的姿态”进行语言的游戏，无疑就使“诗人成了小丑，诗歌也就成了笑话”①。

三、“回归诗意的栖息地”：诗歌日常生活审美转向的思考

徐迟曾说：“我们在生活中要善于寻找集中点，找最集中的漩涡，那里旋转着诗”（《黄山谈诗之二》）。中国诗歌历来有追求崇高的精神境界和形而上的现实关怀的诗学品格，诗人在精神领域探索的同时，用诗意去“营造理想的殿堂，追求精神的终极关怀”（吴思敬）。然而，这一诗学品格在90年代以后开始发生裂变。

从社会格局来看，虽然社会意识形态的一元化体制仍是主导，但人们的价值观念、道德标准等方面已经趋向多元化，日渐显现的社会弊端和浮躁心理使人的精神陷入一种困惑的境地，人们追求的不再是崇高的精神价值而是钱、权、利等物质化的现世享受。在这样的文化语境中，文学话语权力也发生逆转：反崇高、反主流力量的崛起颠覆了业已建构的精英话语。在现实与理想的双重压力中，诗歌的崇高价值和精神追求日渐消沉。当代诗歌叙事越来越多的是在感官体验、精神放逐中沉迷于日常琐事和语言游戏中。如何使日常生活经验与诗歌审美追求融通，从而让诗歌发展走上和谐的审美之路，重新回归本体的艺术形态，成为当下诗歌创作者和研究者们思考的重要命题。也许杜威的话能给我们以启示，即“恢复审美经验与生活的正常过程间的连续性”，“回到对普通或平常的东西的经验，发现这些经验中所拥有的审美性质”②。在这样的诗歌美学思路中，要求我们在日常生活中发现美的事物，从而在工业化、商业化和消费化时代的围困中寻找“诗意”，使得诗歌创作走向真正意义上的日常生活审美化才是当代诗歌发展的关键所在。因为“在真正意义的审美活动中，人们能够把握世界的真理，能够触及世界的秘密，能够在刹那间获取永恒的感受，能够达到自我与世界的统一。自我与世界，不再是对立的隔绝的，而是一种融合——

① 刘波《重新恢复诗歌的难度》,《诗选刊》,2011年第2期。

② ［美］杜威《艺术即经验》,高建平译,商务印书馆2005年版,第9页。

不是儿童的没有自我意识的融合，而是拥有更高智慧之后的复归。”①

首先，虽然日常生活是人类赖以存在的空间，但“诗意的生活”并不能等同于诗歌的呈现，它只是诗歌存在的基础，在这个基础上，诗人发现能够给人以心灵愉悦的“诗意”和能够让精神荡涤的诗的因子，并通过“章节的匀整与流动”呈现出来。我们用前文的《对白云的赞美》与北岛的《云啊，云》做一比较即可证明：

> 你漫步在广漠的沙洲上，为小艾草遮住赤裸裸的太阳。你让兀鹰栖息在肩头，用露水洗净它淌血的翅膀。你为死去的秋天送葬，默默地垂下一线哀悼的目光。你追随着街上瘦小的孩子，飘送无数个洁白晶莹的幻想。纵使闪电把你放逐，化作清水一泓，面对天空，你也要发出正义的回响。（北岛：《云啊，云》）

同样是在日常生活中对“云”的感受，二者的叙事却表现出不同的“诗意”,《对白云的赞美》只有一个唯美的名字，在“口水”一般的拖沓中没有人能够感受到诗歌所带来的精神享受和诗意想象。而《云啊，云》是诗将自然意象的感官体验提升为精神感悟，用拟人化的手法赋予“云”以正义的道德内涵，正是这种用心灵体悟的创作，才能让读者感受到诗歌的精神力量和语言美感。

其次，诗歌语言是以日常语言为参照系加以锤炼、提升而形成的独立存在的语言系统。对于诗歌来说，语言就是诗的灵与肉，真正意义上的诗人就是语言的魔术师，穷尽自己的智慧雕塑语言的圣殿，就像生活中一般不会说“黑夜给了我黑色的眼睛”一样，但诗人可以，日常生活语言经过内在精神的提炼与词的组合转化成诗的语言，并让读者产生心灵的共鸣和精神的震撼，因为“诗绝非是把语言当作在手边的原始材料来运用”（海德格尔语），而是“对已有词语的改写和对已发现事物的再发现”（翟永明语）。反之，诸如《一个人来到田纳西》《对白云的赞美》这一类完全运用“口水化”的同样清楚明白的词语组合，就不能称其为诗，或者说只是“徒具诗形的诗”。诚如维特根斯坦所说：“当一个句子被称为没意思时，并不

① 李晓林《审美主义：从尼采到福柯》，社会科学文献出版社2005年版，第228页。

是可能说它的意思没意思，而是一种字词的组合被排除在语言以外，撤出了语言的沟通。”[①]这类“口水化”的语言是应当被排除在诗歌语言系统之外的，因为它是没有“诗意”的语言，而且并不能够起到诗人与读者之间心灵沟通桥梁的作用。

再次，诗歌在贴近“世俗化的、现世的、小市民的、小家庭的、琐事、肉感、庸常的”日常生活同时，其内核不应抛弃那些神性的、形而上的、终极意义的精神价值取向，应具有现世性的社会承担和人文关怀。2008年那场永存记忆的大地震之后，很多诗人在悲痛中用诗歌表达出炽烈的道德责任感，从不同的角度和层面表达了对大地震带来的灾难和民族面临的苦难考验的哀伤、追索，涌现许多优秀的诗歌作品，如《地震八首》（巫昂）、《来不及向你们告别》（东荡子）、《今夜，写诗是轻浮的》（朵渔）、《佛诞日的废墟》（安琪）、《2点28分的鸣响》（王小妮）、《被地震惊走的鸟儿又飞了回来》（徐颖）、《穿越》（郑小琼）等等。我们曾经一直都以为中华民族是一个不缺少诗歌的民族，但是为什么诗歌的道路越走越窄，以至于现在很多人都认为现代中国已经没有了诗歌。也许，通过2008年的这场灾难后，诗歌的集体出场所引发的诗潮已经有了答案。文学评论家谢有顺分析这一现象时说：在个人的领地，诗歌可以是语言的结晶体，诗人可以在那里对一个词反复打磨，但面对一个紧迫的公共语境说话时，诗歌毫无疑问承担着另一种使命。诗人和作家要勇敢地面对自己，面对众人，面对现实；他写的作品不仅要与人肝胆相照，还要与这个时代肝胆相照，只有这样的诗，才是存在之诗，灵魂之诗。[②]

四、结语

综上所述，人们对日常生活审美化的日益关注使当下诗歌创作中的日常生活审美成为一种独立而鲜明的诗学态度，日常口语和生活琐事已然成为诗歌的创作常态和叙事策略。面对这样的诗学状态，我们一方面通过日

① [奥]维特根斯坦《哲学研究》，汤潮、范光棣译，三联书店1992年版，第190页。

② 《汶川地震引发的诗歌热潮》，《南方日报》2008年6月1日。

常生活的审美呈现来努力探寻诗歌美学标准的生成空间，同时也需要在国家大力倡导发展社会主义先进文化的新形势下反思诗歌审美异化和庸俗化倾向的弊端。毕竟诗歌是高雅的文学艺术，它是在日常生活中获取的诗意因子通过语言的创造和锤炼从而产生刹那感受的永恒呈现，也就是古人所说的“情动于中而形于言”。虽然生活中的各种事物、感受、经验等都可以成为诗歌创作的素材和内容，并且诗歌也无法逃离日常语言的围困，但并不代表这些素材和语言都可以成为人们所认知的诗。钟嵘在《诗品》中说：“气之动物，物之感人，故摇荡性情，形诸舞咏。照烛三才，晖丽万有，灵祇待之以致响，幽微籍之以昭告。动天地，感鬼神，莫近于诗。”徐迟在谈自己写诗时也说：“写诗要在感情升到沸点的时候，要在非写不可的时候写。因为这时，在沸腾的热情中，诗句就像闪电似的来了，巧妙的构思就在这里产生了”（《黄山谈诗之二》）。诗人需要用敏锐的心灵和独特的方式去体验日常生活中的诗意之境，当整个心灵受到这诗意的撞击后而如火山喷发般呼之欲出时才能产生优秀的诗歌。同时，诗歌的表现形式和书写内容可以在诗人的精神体验和心灵感召中丰富多彩，但绝对不能失去撑起诗歌生命力和创造力的东西，那就是一个民族的文化品格和审美特色。因此，当下诗歌的日常生活审美化的转向并不是重建诗歌美学的终极目的，其最终指向依然是在日常的语言结构和生活空间中寻找诗歌的诗意所在和审美向度，拒绝庸俗的审美趣味，时刻感知时代的召唤，唯有如此，才能让无数次撼动人类灵魂的语言魅力和精神力量回归缪斯的圣殿。

（原载于《中国社会科学院研究生院学报》2012年第2期）

未来诗歌：为人们重建生活的有机性

唐晓渡

西方环保诗与“道法自然”的中国艺术

一德国诗人曾问我：当代中国有没有环保诗，有没有环保诗人？我是这样回答的：直接以环保为主题的诗，目前中国还真的不多，可能对紧迫感的感受不同，关注的重心不同；对中国诗人来说，更急迫的是着眼于大的生存环境，争取更大的创作自由，首先要改变或改善自己内在的精神生态，对所谓“绿色生活”，我们更多是从心灵的角度去理解。

工业革命后，人和自然加速度地分离，人类狂妄地坚持自我中心，对现代性的盲目追求及工业化、城市化浪潮，无不使人越来越背离外部的自然和内心的自然，后果严重。这是西方环保诗诞生的语境。

相对而言，当代中国确实少见那种集中探讨环保主题的诗，但这并不意味着当代中国诗人缺失环保意识，中国古典艺术乃至文化，其哲学基础或最主要的特征，就是追求“天人合一”，其内在地包含了“道法自然”的生态观，可以说这是我们绿色的根，绿色的种子。譬如说，风景画在欧洲直到18世纪才臻于成熟，基本上是现实主义的笔法衍生，直接再现客观景物，用笔略带些写意，就称为浪漫主义风格，而中国画的山水都是被人文化的山水，而不是本身意义的山水。即使在声称要画真山真水的当代画家笔下，我们看到的仍然是人文化的用墨、皴法、点染。西方风景画建立在焦点透视的基础上，从原理上说，焦点透视以画者的视点为中心，但视点毕竟是人的一种机能，看似非常写实的风景画，其实却未真正触及自然。中国画讲平远、高远、深远，画家的视点是流动的，视角聚散不定，即便用工笔，也具有叶维廉论说中国古典诗歌时强调的那种具有水银灯下舞台表演的效果，是情境本身的自我呈现。中西绘画不同，源于对自然不同的理解。中国传统的人与自然的关系基于宇宙本体论的认识，道生一，一生二，二生三，三生万物。人法地，地法天，天法道，道法自然。自然作为最高的哲学范畴，并非外在于我们，而是与我们自身融为一体。

中国传统艺术的背后有天人合一的背景。天坛，从建筑功能上用于皇家祭祀，风格更接近道家，但它的理念——天圆地方却是中华民族共用的神话原型。九级台阶，九个层次，与自然相关的文化都和谐地汇集于此。中国人一到天坛，就会被一种集体无意识唤醒，咫尺之间，就可感受到宇宙自然。中国传统绘画的笔、墨、纸，三者之间的关系也像心和自然。纸象征着虚空，笔、墨是黑白两道，借助中国画的特殊材料运笔，构图的虚实，着色的以黑记白，包括墨生五色也非常考究。

中国传统诗歌有严格的形式要求，律、绝，或词牌都有规定，多少行，多少字，平仄关系如何。类似的规定细究起来可不简单。人类最早的文化形态都以诗的方式出现，最早的祭师、巫师、萨满同时担当诗人、哲学家、历史学家的角色，他们以诗为载体讲述宇宙的起源、民族的故事，人类的想象。在后来的发展过程中，诗人们把对世界和人类自身关系的理解凝聚成不同的认知和表现模型，形式也越来越精致。中国古典诗歌结构上要求的起承转合、句法上讲究的对仗包括正对反对流水对，正积淀着这一美的历程。如七律诗，本身就近于一种宇宙模型，是万物关系的象征表达。以此为框架，表达上可以收到以一当十、当百、当千、当万的效果。中国几千年的文化史，也可以说是一部诗歌史，诗歌始终作为一种魂魄存在。

人类是自然的结果，又是自然的一环。古人察天象，一个人在旷野上，仰望星空时，会意识到，个体生命与广袤浩瀚的宇宙比起来算什么呢？在这样的观察中你会感觉到自然的神情、自然的体温，自然的变化无穷而又秩然有序，将这种观察和认知转化为内在自然，就成了最高的标准和尺度。司空图《诗品》里将“雄浑”标为第一，雄浑和浑沌相似，包含了人类最早的自我认知，也包含了对宇宙的起源、混茫的自然的猜想。庄子说“七窍开混沌死”，混沌的自然状态可能是原真状态。我们的每一句话、每一个表情、每一个动作和转念，一旦发生便永远归于消失，而我们却又想留住那些对我们至关重要的所谓“永恒的瞬间”。

诗歌正是试图抓住这种生死瞬间的语言造型，为了让读者更好地穿透生活，从而感知生活背后的“浑沌”。诗歌既澄明又遮蔽，呈现了一部分的同时又遮蔽了一部分。所谓“清水出芙蓉，天然去雕饰”是一种相当理想化的表达。玉出于璞，且“不琢不成器”，诗亦如此。与其说这是艺术的最高境界，还不如说是人类生存的本来之意。若艺术真可以做到“道法自然”，那么，我们也应该像自然一样——自然而然地生活。

昆德拉问，现在还有像勒内·夏尔那样能让我们感知到自然存在，感知到人类与自然共生，让我们看到田畴里的小径、听到水里蛙声的诗人吗？还有这样的诗人吗？大家都在关注都市，书写日常生活和内心的碎片，人和自然再也不能做到不分彼此。长此以往，会真有自然在我们的诗歌中、艺术中不声不响死去那一天吗？这并非一件不可思议的事，因为我们内心的自然正在死去，甚至早已死去。真正可怕的是，这种死亡一点也不暴烈，它的发生是日常的、难以察知的，似乎也是“自然而然”的。当然，聪明的人类总能想出办法，比如我们可以使用诸如奥运公园里的假山、花圃那样的替代品，心安理得地去享受“人造自然”。

诗歌的责任：帮助人们重建与生活与自然的有机性

一个人怎样对待自己，就会怎样对待外部环境。当我们背离自然，当我们以征服者的名义出现，当我们强调人定胜天，最后得到的可能只是报应。人们看到山秃了，江河污染了，空气变糟了，才开始关环保这一切身的、致命的问题。未来诗歌的责任却要比一般的环保主题更生动、更广阔：通过关注自己内心的变化来重新思考与自身、他人、社会、自然，至少四个层面的有机关系，从而象征性地为我们重建一种生活的整体性。这是一种更高意义上的自然，也是更难达成的自然。白天写些落花扫雪、充满禅意的诗句，到了晚上却钻到小酒馆里蹲在长条凳上喝酒，然后吵得一塌糊涂，以致互挥老拳，最后出来当街撒尿，如此的生活方式，如此的写作和生活关系，片面地看都挺“自然”，然而合在一起，却蕴含着某种深刻的分裂。

生活在农业时代的人们看起来很可怜，世世代代都被拴在土地上，其实未必。那时人和自然的关系有严酷的一面，然而彼此间也自有一种互为怀抱的温情。至少人们可以直接感知自然，四季演化的节奏应和着人们内心生活的节奏。一套足够完整的神话系统和诸神谱系使得人和自然的精神维系变得更为具体和丰富，同时也使人们懂得敬畏。诸如此类。工业社会就不同了，异己的力量对人的生存造成了极大的压抑。工业社会的第二自然本身就是以非自然的面目出现的：都市、工厂机器、写字楼。你整天被关在大房子里面，不能在田野上自由地呼吸，并且一切都被制度化了。制度是人类为自己更有序地生活制造出来的力量，一个相对好的制度更应该像一个现实的人，具有生命的有机性，且有自我修复的能力，但看来这只是一个有关制度的乌托邦。现代制度的本质就是一部大机器，人类越来越不能控制它，反而被它所控制，其结果必然就是生活的单维化，心灵的抽象化、贫乏化、碎片化。人们整天在奔命，活得越来越没意思。与此同时，敬畏感越来越无迹可寻。

诗歌一直致力于揭示并维护人类生存的整体性，它的有机和丰富。今天这成了一种审美的乌托邦，也可以说是制度的“反面乌托邦”，一种至少是平衡的力量。如果人类真的在进化，或有进化的可能，那一定是朝着审美的方向进化。帮助人们重新恢复生活的弹性，重新建立对自然，尤其是内心自然的关注和敬畏，这是诗歌的责任。

诗歌，献给无限的少数人

当然，我们也不该持有一种妄念，认为诗歌拥有直接改变人和人生的力量。人类更多地是在经历了灾变，而不是读了某一首诗后，才有真正的警醒。社会发展本身有它的盲目性，而现实利益的驱动力确实要远远大于审美和形而上的思索。诗歌要献给“无限的少数人”，听起来像是一个悖论，然而这正是诗歌存在并产生影响的方式。诗歌的力量并不在于身居要津，手握权柄，人多势众，而在于深入人心，发现可能，不断揭示、刷新我们内在的生存和世界图像。它紧紧抓住语言的枢机，却在我们发不出声音或被迫沉默的领域工作；它诉诸“润物细无声”的道途和“涟漪效应”，一点点改变或改善我们的感知方式、情感方式、表达方式和生活态度。

现在很多人不再读诗，而更多地关注自己能挣多少钱，买多大的房子，什么时候买车；或怎样挣更多的钱，买更大的房子、更好的车。对现代性的盲目追求使人人都成了现代性的打工仔：员工给老板打工，老板给利润、效率打工、给福布斯排行榜打工，都在追求财富占有的无限，老板一点儿也没有比员工生活得更幸福，就内心的贫乏和被物质支配的程度而言，他们其实活得都一个样——没有纵深，没有弹性。

诗歌可以帮助人们重建与生活与自然的有机性，这当然需要通过阅读，却不可能是任何意义上的强制阅读。只有完全在自发的精神需要的情况下，一个人才会去读诗，也才能有效地读诗。我们不能指望诗歌能像国家指示一样渗透到社会各个层面，但如果是一个真想对人民负责的政府，一个恰好决心为社会服务的领导人，在这方面还是可以有一些作为。比如像布罗茨基曾经建议过的那样，在政府接待部门，在宾馆、在候车室，总而言之，在可能的公共空间，放上一些免费的诗歌小册页，为那些有阅读欲望的人提供方便。这花不了多少钱。每年乱吃乱喝的，漏一点下来就可以了。为什么不呢？一个经常读诗的人与一个从不读诗的人看待世界和自我的方式肯定不同。这里的“人”包括社会底层的劳动者，也包括诸多的政客和资本家。

（原载于《绿叶》2010年第Z1期）

第二辑　诗歌教育与批评

现代汉诗的诗教功能需要重建

王 珂

在新时代，新诗更应该被称为现代汉诗，它是采用现代汉语和现代诗体，抒写现代情感和现代生活的现代艺术，通过倡导现代精神和现代意识来让中国人和中国更现代。用现代汉诗取代新诗，是为了强化诗人的现代人意识和为中国梦作贡献的使命意识，强调这种已有百年历史的抒情文体在特殊时代具有建设现代中国和培养现代中国人的诗教功能。

我一直认为，诗教功能和诗疗功能是今日中国新诗最重要的两大现实功能，是由广义的诗、狭义的新诗和特殊的现代汉诗三种文体的文体特征和文体生态决定的。今日中国新诗具有诗、新诗和现代汉诗三种文体的各自元素，是三种文体的互相融合又互相纠缠的特殊文体。两大功能中最重要的是诗教功能。而诗疗功能中的最初功能，是让人通过诗疗获得道德情感和道德愉快，让人获得更好的身份认同，与诗教异曲同工殊途同归，完全可以归入诗教功能。

不管把文学视为人学或者美学，不管是主张“为人生的艺术”还是“为艺术的艺术”，文学创作都有一定的功利性。写出“冬天来了春天还会远吗”的英国浪漫主义诗人雪莱特别推崇诗教功能。“诗的功能有二重作用：一重功用是给知识、力量、快乐创造新的资料；另一重功用是给心灵产生一种愿望，要去再度产生这些资料，并依照所谓美和善的某种节奏和秩序，来安排这些资料……一个伟大的民族觉醒起来，要对思想和制度进行一番有益的改革，而诗便是最为可靠的先驱、伙伴和追随者。”①

新时代是比20世纪初的觉醒时代更重要的时代，中华民族不但要觉

① 雪莱《诗辩》，伍蠡甫《西方文论选》下卷，上海译文出版社1979年版，第56页。

醒，还要复兴。在20世纪初的觉醒时代，新诗确实成了“最为可靠的先驱、伙伴和追随者”。新诗实质上扮演了急先锋，成了乱世中的“英雄”。“中国现代文学中这种反传统的立场，与其说来自精神上或者艺术上的考虑，还不如说是出自对中国社会——政治状况的思考。”［李欧梵：《文学潮流（一）：追求现代性（1895—1927）》］

最早的新诗和最重要的文学革命及新诗革命的文章都发表在李大钊、陈独秀主编的《新青年》上。如胡适《文学改良刍议》、陈独秀《文学革命论》、刘半农《我之文学改良观》等。

后来刘半农在《新青年》第3卷发表了《诗与小说精神上之革新》，这一时期的诗和小说能够成为社会改革的“先驱”，诗人和小说家能够成为如雪莱所言的“立法者”，与诗和小说都高度重视通过诗和小说的精神建设来建立诗教有关。梁启超在1902年11月14日写出了《论小说与群治之关系》，高度肯定了小说改造国民的特殊作用。“欲新一国之民，不可不先新一国之小说。故欲新道德，必新小说；欲新宗教，必新小说；欲新政治，必新小说，欲新风俗，必新小说；欲新学艺，必新小说；乃至欲新人心，必新小说，何以故？小说有不可思议之支配人道故。”①

紧随小说界革命的诗界革命及白话诗运动培养出的新诗，也在相当长一段时间内与“新小说”一起承担起了改造旧国民和打造新中国的时代重任。新诗问世和新诗革命爆发可以用关系式表示：文人生存方式变化——汉诗功能变化——汉诗文体变化。科举制度的取消是这个关系链中的重要环节，改变了文人的成才方式和生存方式，带来了汉诗功能及文体的巨变。诗体革命是诗人追求人生自由与诗歌追求文体自由的结果，是社会大动荡与文化大碰撞的结果。诗界革命的保守和白话诗运动的激进与当时的政治局势及诗歌的生态有关。诗界革命时期的新诗与现代汉诗体系中的新诗在文体上，特别是在诗体上有质的区别。晚清诗人对时局的绝望导致了诗体上的保守，加上政治改良运动的推波助澜，诗界革命应运而生。白话诗运动是继诗界革命后对古代汉诗的第二波致命攻击，格律诗体等定型诗体被极端否定。很多人想通过诗体革命来推动文化发展，追求的不全是诗的体

① 梁启超《小说与群治之关系》，郭绍虞、罗根泽《中国近代文论选》上册，人民文学出版社1959年版，第151页。

式的变革，而是诗的内容及功能的变革。

新时代应该在中国诗歌的诗教传统基础上，重建现代汉诗视野下的新诗教。新时代需要新的文化出现了跨界文学及跨界艺术。新时代的新文化的一大任务就是增强中华民族共同体意识，通过文艺振奋民族精神。中国是诗国，尤其是在上个世纪80年代，新诗创作风行全国，很多小说家、散文家、戏剧影视作家都是以写诗开始文学创作的，如孙甘露；现在还有小说家在写诗，如贾平凹。诗也极大地影响了其他文体，形成了散文诗、诗体小说、诗剧。举一发而动全身，20世纪初中国新文化运动以诗为突破口取得了重大成功。当时的策略是以新诗革命带动文学革命，以文学革命带动文化运动。这次运动被称为20世纪中国的文艺复兴运动，新时代的中国也需要通过诗的改革来带动21世纪的文艺复兴运动。

现代汉诗的诗教建设首先要关注生活问题。诗不仅要反映和记录现代人，准确点说是当代人的生存境遇，还要给社会和人提供实用的生活帮助。前者可以通过诗的启蒙，甚至宣传功能来完成。后者可以通过诗的抒情功能，甚至治疗功能来实现。但更多还是在前者，只有通过诗的精神重建才能完成汉语诗歌在21世纪的现代性建设的时代使命——促进中国的现代性建设。21世纪的新诗现代性建设必须吸取20世纪的新诗革命的教训，只有把它限定为稳健的现代汉语诗歌改良活动，而不是激进的现代汉语诗歌革命运动，才能通过新诗的现代性建设促进中国人的现代性建设和中国社会的现代性建设。只有通过新诗的现代性建设带动新诗文体现代性建设，通过新诗的文体建设带动整个新诗的建设；通过改善诗歌生态来改善文学生态，通过改善文学生态来改善文化生态，才能完成新诗现代性建设、培养现代公民和建设现代国家的神圣使命，才能拓展新诗的功能，完善新诗的文体，提升新诗的价值，净化新诗的生态；让现代诗真正现代，让新诗真正新。

现代汉诗的诗教建设应该采用这样的策略：今日的新诗现代性建设必须强调现代性面孔的丰富性，一定要重视现代性中庸甚至保守的一面。新诗现代性建设的目的是为中国的现代化建设服务，为培养现代中国人和建设现代中国作贡献。要把这种先锋性与世俗化、启蒙性和审美性并存的文体，真正建设成为用现代汉语和现代诗体，抒写现代生活和现代情感，具有现代意识和现代精神的语言艺术。

考察中外诗本体论，尤其是梳理诗的定义和诗人的定义及诗人的形象的流变过程，不难发现现代汉诗的最大特点是一种推崇现代的抒情文体。这种在人类历史上已经存在了数千年的抒情文体在百年间发生了质变，正是“现代性的动力”起着神奇的作用。诗歌文体在特定时代对现代的追求，正是国人对现代，乃至国家对现代的追求。

朱自清以现代诗人的眼光来反思诗言志论强化出的源远流长的诗教传统：“‘诗言志’一语虽经引申到士大夫的穷痛之处，还不能包括所有的诗。”①但是从古至今，谁也无法否认“诗言志”这一中国诗歌最早的本体论，强化了汉语诗歌的诗教传统，堪称可以视为汉语诗歌确立诗教传统的开山纲领。

现代汉诗的诗教与古代汉诗的诗教有异曲同工之处，都强调诗的教化作用，但是也有质的差异。前者强调思想、情感、人格、心理的全面教育，促进人的全面发展，尤其是促进人的创新能力的开发和批判精神的培养。后者强调思想忽视情感，在思想方面也更强调维护大一统的伦理，过分强调道德教化。所以古代汉诗主要写相对稳定的情感，现代汉诗主要写不稳定的情绪。情感可以被道德化，情绪却比较难做道德上的价值评判。

百年来，用现代汉语写的诗歌在不同时期被称为白话诗、新诗、现代诗、现代汉诗等，既是由它的文体特征决定的，更是由它的文体价值及文体功能决定的。生态决定功能，功能决定文体，文体又反作用于功能。现代汉诗在强调现代功能下，应该多元化，也应该与时俱进，具有主旋律的功能。现代汉诗的功能研究，重点在现代性建设研究、诗人的创作伦理研究和诗歌精神的重建研究上。研究的难点在如何通过功能建设来提高现代汉诗的思想性，强化诗人的创作伦理，提升诗作的高度。尤其要重视三大现实功能：启蒙功能、治疗功能和审美功能。既要高度重视现实功能及实用性，把诗教功能视为主要功能，诗疗功能视为重要功能，还要将诗疗功能的高级情感需要与诗教功能的启蒙宣传功能有机结合，异质同构地建设时代特有的诗教。这种诗教高度重视现代汉诗的思想性，倡导现代意识和现代精神，强调诗人的创作伦理和使命意识。

① 朱自清《诗言志辩》，上海古籍出版社1956年版，第39页。

改革开放40年来，诗教的地位随着诗歌生态的变化而变化。20世纪80年代中国诗坛高度重视诗教，诗人要重视使命意识和诗要重视启蒙功能甚至宣传功能是诗论家们的口头禅，尤其是“使命意识”一词以极高频率流行于诗坛。20世纪90年代最流行的词语是“生命意识”和“个人化写作”，诗教功能受到极度轻视。21世纪10年代，虽然仍然是“个人化写作”流行的时代，一些诗人仍然坚持“在差异中写作”（王家新语），甚至还有诗人主张诗歌要“献给无限的少数人”（翟永明语）。从某种意义上看，这种对诗人的主体性和诗的自主意识的重视，极大地提高了诗人的思想难度和诗的艺术高度。

正如八九十年代新诗研究界兴起的新诗文体学研究，不仅改变了新诗研究界的学术形象，此前流行“不能做学问就去当诗评家”的说法，也强调诗人的文体意识，提高了新诗的艺术质量。

不可否认，近年致力于新诗文体研究的一些学者表面上在谈形式，实际上在谈内容；表面上在研究诗的文体，实质上是在研究诗的功能。提出新诗需要建设定型诗体的人，是想通过诗体上的定型来强化思想上的一致性。

五四时期的白话诗运动和改革开放初期的朦胧诗运动，都具有这样的特点，表面上是诗歌风格或技巧上的变革，实质上反映的是整个社会的实际变革。但是这种诗出侧面的隐晦的表达方式，很容易被人，尤其是普通读者认为诗的体裁比诗的题材更重要，怎么写比写什么重要，个人化写作比公共性写作更重要。还导致另一批人的极端反驳，过分强调诗的社会功能，形成争论的两极。

在中国梦已深入人心，每个中国人都想为中华民族的伟大复兴添砖加瓦的特殊时代，新诗界在重建现代汉诗的诗教时，我们不仅关注个人的命运，更要关注国家民族的前途。既有个人化创作，也有社会化创作，既有生命意识，也有使命意识。新时代的现代汉诗建设，正是要推崇这样的现代精神，建设这样的实用功能。今日诗坛，正呼唤这样的能够为现代汉诗的诗教建设和中国精神建设写出好诗的大诗人！

（原载于《朔方》2022年第6期）

中国诗教传统的现代转化及其当代传承

方长安

中国新诗发生于“五四”前后，其生成、发展与现代文化传播、开启民智、社会革命动员等始终联系在一起。新诗的传播教育与其自身发展密切相关，而诗歌的传播教育问题，就是传统意义的诗教问题。由于“诗教”作为一种诗学传统、教育传统，自“五四”开始就遭受质疑和否定，因此诗教传统与新诗发展的关系长期以来一直处于被遮蔽状态。两千多年的诗教传统在现代诗歌发展史中的命运如何，现代新诗建构究竟承续哪些具体的中国传统诗教观，以《诗经》为底本的中国古代诗教传统在当下是否仍具有积极意义，对之该如何进行传承和创新，这些问题在以往多被忽略，值得展开深入研讨。

一、诗教传统及其现代转化

“诗教”是中国传统文化中一个核心概念，“孔子曰：入其国，其教可知也。其为人也，温柔敦厚，《诗》教也。”[①]这表明“诗教”概念出自孔子，其核心是“温柔敦厚”。历史地看，诗教是他为中华民族开创的一种诗歌教育传统，并深刻影响中国诗歌的发展走向。

诗教由“诗”和“教”组合而成，其意是以“诗”为“教”。

在孔子看来，《诗经》所书写的内容、表达的情感和思想可以通过阐释而传播，以规范人们的思想与行为，通过人们的广泛参与实现对社会政治、

① 郑玄注，孔颖达正义，吕友仁整理《礼记正义》，上海古籍出版社2008年版，第1903页。

伦理的建构。“小子何莫学夫诗？诗，可以兴，可以观，可以群，可以怨。迩之事父，远之事君；多识于鸟兽草木之名。”《诗经》虽是情感表达的结晶，却具有“兴”“观”“群”“怨”等特点，能“事父”“事君”，具有维系人际秩序的政治功能。不仅如此，在《论语·为政》里，孔子称《诗经》“思无邪”；[①]在《论语·八佾》中认为《关雎》“乐而不淫，哀而不伤”，[②]谓《韶》“尽美矣，又尽善也”；[③]在《论语·雍也》里，认为“质胜文则野，文胜质则史。文质彬彬，然后君子”，[④]所以，“不学诗，无以言。”[⑤]这些是孔子的《诗经》观，也是其诗教观。孔子之后的儒者，诸如孟子、荀子、郑玄、孔颖达、朱熹等，不断注疏、阐述并践行这些理念，在中国诗歌教育史、文化史上形成“诗教”这一源远流长的传统。

所谓诗教传统，简言之，就是孔子以降，以《诗经》为底本，以孔子的《诗经》思想为原则，延续两千多年的教诗、传诗以言志的文化传播、生产机制，是在中国古代社会以儒家思想为正统、维系社会结构稳定的文化传统，其内容包括诗教实施主体、诗教原则、诗教方式、诗教目的，以及诗教性质等。诗教实施主体，由春秋战国以降两千多年里以儒者为主体的不同阶层成员构成，多数人默默无闻，也包括赫赫有名的经学大儒，诸如孔门弟子、孟子、荀子、孔安国、董仲舒、司马迁、毛苌、卫宏、郑玄、孔颖达、程颐、程颢、朱熹、王阳明、顾炎武、黄宗羲、王夫之、戴震、康有为，等等。他们既是接受者，又是阐释者、传播者，其人生和思想构成了两千多年来诗教的重要内容。《毛诗大序》承袭了孔子的诗教思想，认为“风，风也，教也；风以动之，教以化之”，“上以风化下，下以风刺上”，突出《诗经》的讽谏教化作用，但应“发乎情，止乎礼义”，[⑥]即以“礼义”为其限度。郑玄注释《周礼》《仪礼》《礼记》，将“礼”引入诗教，在《诗谱序》中认为“论功颂德，所以将顺其美；刺过讥失，所以匡救其

① 杨伯峻《论语译注》，中华书局1980年版，第11页。

②《论语译注》，第30页。

③《论语译注》，第33页。

④《论语译注》，第61页。

⑤《论语译注》，第178页。

⑥ 毛公传，郑玄笺，孔颖达等正义《毛诗正义》，上海古籍出版社1990年版，第14—19页。

恶”，[1]将《毛诗大序》的讽谏说发展成美刺讽谏说。唐孔颖达领衔编纂《毛诗正义》，突出“温柔敦厚”思想，指出“温，谓颜色温润。柔，谓情性和柔。《诗》依违讽谏，不指切事情，故云温柔敦厚是《诗》教也”。[2]《礼记·经解》曰：“温柔敦厚，《诗》教也。”“此一经以《诗》化民，虽用敦厚，能以义节之，欲使民虽敦厚不至于愚。则是在上深达于《诗》之义理，能以《诗》教民也。故云‘深于《诗》者也’。”[3]将“温柔敦厚”定位为诗教核心，要求以“义理”教化民众，一定程度上规范了中国社会的人格建构和诗歌发展。朱熹虽然也倡导温柔敦厚之教，但重点则在“思无邪”。朱自清认为：“朱子可似乎是第一个人，明白地以‘思无邪’为《诗》教。”“《诗》虽有参差，而为教则一。经过这样补充和解释，《诗》教的理论便圆成了。”[4]孔国安、朱熹等人对“兴观群怨”等也有特别的理解：“兴”，孔安国注为“引譬连类”，朱熹概括为“感发志意”；[5]“观”，郑玄注为“观风俗之盛衰”，即“观”的对象是风俗，它“不只是单纯理智上的冷静观察，而是带有情感好恶特征的”；[6]“群”，则指《诗经》具有组织社会、“使群体生活和谐协调”[7]的功能，强调艺术通过情感抒写以感染人群的特点；“怨”，孔安国注为“刺上政也”，就是在仁的前提下，对不良社会现象，“发牢骚”。[8]显然，“温柔敦厚”“思无邪”“兴观群怨”“止乎礼义”、美刺讽谏等，是被历代儒者反复倡导的最重要的诗教原则。

诗教是借《诗经》言志，其方式是赋诗、教诗和引诗。按萧华荣的解释，赋诗偶为新作，多为吟诵《诗经》中的篇章；教诗就是教授《诗经》，阐述《诗经》之义；引诗基本上是引用《诗经》中的诗句。[9]赋诗、教诗、引诗就是以《诗经》为底本言说己志。孔子在《论语·泰伯》中曾说：“兴

---

①《毛诗正义》，第3页。

②《礼记正义》，第1904页。

③《礼记正义》，第1903—1905页。

④ 朱自清《诗言志辨》，广西师范大学出版社2004年版，第114—115页。

⑤ 李泽厚、刘纲纪《中国美学史》第1卷，中国社会科学出版社1984年版，第122页。

⑥《中国美学史》第1卷，第125—126页。

⑦《中国美学史》第1卷，第128页。

⑧《中国美学史》第1卷，第130—133页。

⑨ 参见徐中玉主编，萧华荣著《中国古典诗学理论史》(修订版)，华东师范大学出版社2005年版，第4—6页。

于《诗》，立于礼，成于乐。”[①]在《论语·季氏》中说“不学诗，无以言”，“不学礼，无以立。”[②]在《论语·子路》中说：“诵《诗》三百，授之以政，不达；使于四方，不能专对；虽多，亦奚以为？”[③]可见，从起源上说，诗教就是要以礼义教人，规范人的言说，培育君子人格。诗教的本质就是政教。在先秦的政治外交生活中，人们往往以赋诗述政治目的，这在《诗大序》中表述得很清楚：“故正得失，动天地，感鬼神，莫近于诗。先王以是经夫妇，成孝敬，厚人伦，美教化，移风俗。”[④]诗教旨在维系社会伦理秩序，具有政治道德教化功能。张少康概括说：“孔子的文学思想以‘诗教’为核心，强调文学要为政治教化服务，认为文学是以仁义礼乐教化百姓的最好手段。”[⑤]这种思想贯穿中国诗教史，不只是对《诗经》的阐释，其他种类的文学也渗透这种政教思想。特别是宋代以后，“温柔敦厚”说也用于文之教，杨时在《龟山集》中认为“为文要有温柔敦厚之气”，[⑥]“文以载道”应运而生，朱自清甚至认为宋以后“‘文以载道’说不但代替了《诗》教，而且代替了六艺之教”[⑦]。这种观点在某种程度上夸大了“文以载道”的覆盖面，不过，宋以后，诗教的含义确实泛化了，其“诗”不再仅仅指《诗经》，而是指包括《诗经》在内的所有诗歌作品，诗教的外延更为广大，凡是以诗歌作品为底本对人进行教育，传扬“温柔敦厚”“思无邪”等观念，以礼义规范人的言行维护政治伦理秩序，使社会机体得以有序运行的行为，都属于诗教。在漫长的历史长河中，诗教不断演变成为中国诗歌创作与传播的一大特点，并最终沉淀成为中国诗歌和教育的重要传统。

然而，“五四”前后，绵延的诗教传统遭遇“三千年未有之大变局”，开始失去传延的固有土壤。在“五四”激进反传统的语境里，孔孟之道被认为是妨碍中国社会转型、进步的深层文化原因，吴虞、鲁迅、陈独秀、

① 朱熹《四书章句集注》，中华书局1983年版，第104—105页。

②《四书章句集注》，第173—174页。

③《四书章句集注》，第143页。

④《毛诗正义》，第16—17页。

⑤ 张少康《中国文学理论批评史》上卷，北京大学出版社2005年版，第22页。

⑥《诗言志辨》，第115页。

⑦《诗言志辨》，第115页。

李大钊、钱玄同、郭沫若等无不撰文批判儒家文化；[①]鲁迅甚至说中国书“多是僵尸的乐观”，劝告青年人“要少——或者竟不——看中国书”。[②]然而，诗教观念经一代又一代人的文化实践，却被沉淀、铭刻在中国历史深处，融化在中国人的血液里，成为一种文化传统，“形成为民族的集体意识和集体无意识”。[③]所有这些构成中国文化教育最深沉的精神形式，且与诗歌创作密切相关，深刻影响中国的君子人格构造和审美谱系。这些不是轻易就能推翻的。

晚清以前，诗教传统以儒家文化重要组成部分的身份参与文化和诗歌建设，作为君子人格培育、诗歌创作和批评的核心原则而存在。“五四”以后，传统文化被批判与否定，失去正统的文化身份和位置。诗教从一代人的显在意识中消失，然而这“并不蕴涵他们已经与中国社会与文化的遗产隔绝”，[④]以鲁迅为代表的知识分子，“对于在传统构架崩溃以后尚能生存、游离的、中国传统的一些价值之意义的承认与欣赏，是在未明言的意识层次（implicit level of consciousness）中进行的”。[⑤]这表明诗教传统在向西方学习的整体性反传统语境里虽未被明言，但在主体意识活动深处还是得到承认与欣赏——诗教隐身于诗人意识系统深处，完成身份转变，不再以原来正统、显在的方式直接发声。被迫隐身但并未退场，作为“不死的民族魂”，[⑥]诗教精神仍隐性存在，并一直产生不可忽略的重要影响。

传统诗教“强调诗歌与政治教化之间的联系”，[⑦]具有强烈的政治伦理教化功能，这使得读诗、写诗和吟诗与天下安危始终联系在一起，这是中国诗歌长期以来在文学谱系居中心位置的原因。两千多年的诗教历史可谓

---

① 当时报刊发表了大量批判儒家文化的文章，如守常的《自然的伦理观与孔子》（《甲寅》1917年2月4日“社论栏目”）、吴虞的《吃人与礼教》（《新青年》第6卷第6号，1919年）、易白沙的《孔子平议（上、下）》（分别刊于《青年杂志》第1卷第6号，1916年；《新青年》第2卷第1号，1916年）、陈独秀的《旧思想与国体问题》（《新青年》第3卷第3号，1917年）等。

② 鲁迅《青年必读书》，《鲁迅全集》第3卷，人民文学出版社2005年版，第12页。

③ 庞朴《文化传统与传统文化》，《庞朴文集》第3卷，山东大学出版社2005年版，第265页。

④ 林毓生《中国传统的创造性转化》，三联书店1988年版，第150页。

⑤《中国传统的创造性转化》，第151页。

⑥《文化传统与传统文化》，《庞朴文集》第3卷，第265页。

⑦《中国文学理论批评史》上卷，第25页。

是治国平天下观念的阐释构建史，或者说经一代又一代人阐释、践行，治国平天下的政治抱负成为传统士大夫意识深处挥之不去的情结，甚至是他们文化心理结构的核心部分。“五四”前后，历史进程发生了根本改变：随着西学东渐，人们在观念层不再认为，通过古典诗歌学习能培养出理想的人格结构；不再相信，《诗经》是救国救民的圣经，①读诗、吟诗不再是修身、齐家、治国、平天下的有效途径；甚至完全相反，他们开始大力声讨儒家文化，“对‘文以载道’和儒家诗教大加鞭笞。”②于是，西方经典取代了中国的四书五经，新式学堂取代了私塾，现代纸媒传播取代了歌楼酒肆的吟唱——传统诗教赖以展开的底本被解构，诗教实施的旧式通道被堵塞，这无疑是文化的大变革、大变局。然而，两千年来诗教的核心——政治伦理文化、入世治世的政治情怀——早已内化为中国读书人的文化精血，其精神并未因新文化运动而改变。有学者说过：任何精神传统，“绝对不是一个静态的结构，而一定是一个动态的过程；只是这个动态的过程受到冲击以后，它可能变成潜流；有的时候在思想界被边缘化，但它总是在发展的过程中；甚至有的时候断绝了，但它的影响力在各个不同的社会层级中是存在的”③。“‘重教化’所包含的实用功能观念仍存留于现代诗人的意识之中，而赋予了新的时代内涵。”④吴虞、李大钊、陈独秀、鲁迅、胡适、郭沫若等激烈地反对儒家正统文化，但在他们内心深处，却始终激荡着诗教传统所置重的“治国”“平天下”等政治情怀。鲁迅激烈反传统，其动力是“我以我血荐轩辕”；⑤郭沫若为五四新文化运动所激荡，“个人的郁积，民族的郁积”化而为诗，⑥民族之忧是其创作爆发的驱动力；闻一多无论写诗还是论诗，其心始终在国运民生；戴望舒抗战后不再写《雨巷》《我的记忆》之类的作品，而是另起炉灶写下《狱中题壁》；穆旦为民族解放弃文从

① 钱玄同曾在《论〈诗经〉真相书》中认为《诗经》“与什么‘圣经’是风马牛不相及的”（顾颉刚编著《古史辨》第1册，朴社1926年版，第46页）；胡适也在《谈谈诗经》中直言“《诗经》并不是一部圣经”（顾颉刚编著《古史辨》第3册，朴社1931年版，第577页）。

② 龙泉明《中国新诗流变论》，人民文学出版社1999年版，第630页。

③ 杜维明《对话与创新》，广西师范大学出版社2005年版，第125页。

④《中国新诗流变论》，第630页。

⑤ 鲁迅《自题小像》，《鲁迅全集》第7卷，人民文学出版社2005年版，第447页。

⑥ 郭沫若《序我的诗》，《沫若文集》第13卷，人民文学出版社1961年版，第121页。

军，写下《森林之魅——祭胡康河上的白骨》；艾青奔赴延安，将诗歌与抗战救亡直接连在一起；袁水拍的《马凡陀的山歌》以诗歌介入现实政治……现代诗人身上炽烈的救国情怀与两千多年来儒家诗教传统所主张的入世观念、政治理想无法分开，或者说这就是传统诗教之政治伦理情怀在现代新文化语境中的全新表现。

人们也许会问，现代诗人是接受西方思想熏陶的一代，他们入世的政治情怀为何被认为来自诗教传统而不是西方思想？诚然，西方现代科学民主思想、民族国家观念等对他们影响甚大，是其从事新文化运动、新诗创造时重要的思想武器；但思想是观念层面的，新思想可迅速置换旧思想，成为主体外在行为的一种观念基础；而情怀则是一种与更深层的文化结构相关的心理现象，思想可以很快发生变化，情怀则是相当稳定的文化心理。正是在此意义上，我认为，现代诗人的政治伦理情怀主要来自绵延两千年且已沉淀于民族文化心理结构深处的诗教文化，由西方输入的现代理念是其实现深层政治伦理文化情怀的思想方法。不仅如此，现代诗人之所以能接受西方思想，也与其入世救国的政治情怀分不开。正因此，有人认为，“现代‘启蒙文学’与古代‘教化文学’具有深刻的精神联系”，“现代启蒙传统是古代教化传统的继承和发展”。①

二、现代诗教与新诗建构

长期以来，我们习惯于孤立评价白话新诗运动，其实中国新诗是中国诗史发展的最后一个阶段，只有将它纳入中国文化新旧转型进程中考察，置于中国几千年来诗教大传统中评判，才能更深入认识其价值与意义。现代诗教的主体是新文化启蒙者、社会革命者，他们传承了诗教传统修身、齐家、治国、平天下的政治伦理情怀和精神，不断更新文化观念，表现出自觉的担当意识和历史责任感，以新文化启蒙或者现代社会革命动员为诉求，逐步建构起中国现代新诗体系。

① 何锡章《中国现代文学“启蒙”传统与古代“教化”文学》，《中国现代文学传统》，人民文学出版社2002年版，第116页。

首先，现代诗人釜底抽薪式解构了《诗经》的经学本质，使古代诗教失去赖以进行的底本，在此基础上倡导白话新诗运动，为新文化启蒙清理场地。20世纪初，梁启超、胡适、钱玄同、俞平伯、吴虞、傅斯年、鲁迅、郭沫若、闻一多、郑振铎、顾颉刚等深刻认识到中国旧式教育对人自然天性的戕害，认为以《诗经》为代表的儒家经典已无力塑造现代新人。鲁迅早年就在《摩罗诗力说》中指出，“盖诗人者，撄人心者也”，“污浊之平和，以之将破。平和之破，人道蒸也”，“如中国之诗，舜云言志；而后贤立说，乃云持人性情，三百之旨，无邪所蔽。夫既言志矣，何持之云？强以无邪，即非人志。许自繇于鞭策羁縻之下，殆此事乎？”[①]这是对孔子关于《诗经》“思无邪”学说的质疑，是对“温柔敦厚”诗教观的批判。梁启超曾说：“治诗者宜以全诗作文学品读，专从其抒写情感处注意而赏玩之，则诗之真价价乃见也。”[②]认为《诗经》只是抒写真情的诗歌作品集，其价值体现在文学审美上。而在钱玄同眼中，“《诗经》只是一部最古的《总集》，与《文选》《花间集》《太平乐府》等书性质全同”[③]。胡适在倡导白话新诗时，认为孔子并未删订《诗经》，《诗经》“确实是一部古代歌谣的总集，可以做社会史的材料，可以做政治史的材料，可以做文化史的材料。万不可说它是一部神圣经典”[④]。郭沫若是“五四”最重要的诗人之一，他就认为《诗经》不过是古代优美的平民文学集。20年代初期，郭沫若以新诗体翻译《诗经》，还原其民间文学性。顾颉刚、鲁迅、傅斯年、闻一多等均将《诗经》视为古代的歌谣集。[⑤]将《诗经》定位成古代歌谣总集，定位成文学性作品，也就是“批倒了封建经学思想，恢复了《诗经》的本来面目”，还原其“文学艺术价值”和“历史学史料价值”。[⑥]俞平伯、闻一多、鲁迅、郭沫若等是在传统熏陶中成长起来的现代知识分子，《诗经》等经典

① 鲁迅《摩罗诗力说》，《鲁迅全集》第1卷，人民文学出版社2005年版，第70页。

② 梁启超《要籍解题及其读法》，清华周刊丛书社1925年版，第155页。

③ 钱玄同《论〈诗经〉真相书》，顾颉刚编著《古史辨》第1册，第46页。

④ 胡适《谈谈诗经》，顾颉刚编著《古史辨》第3册，第577页。

⑤ 他们那时均写了相关文章和著作，如顾颉刚的《〈诗经〉在春秋战国间的地位》（《古史辨》第3册）、鲁迅的《选本》（《鲁迅全集》第7卷）、傅斯年的《〈诗经〉讲义稿》（上海古籍出版社，2012年）、闻一多的《诗经的性欲观》（《闻一多全集》第3卷，湖北人民出版社，1993年，第169—190页）。

⑥ 夏传才《现代诗经学的发展与展望》，《文学遗产》1997年第3期。

是他们文化生活与审美活动的依托，是他们文化情感所系，对《诗经》等经典的质疑，也就是对自己审美生活的颠覆。在他们的构想中，新诗同样需要具有“兴观群怨”的品格，但绝对不等于“思无邪”“温柔敦厚”“存天理、灭人欲”等封建性质。现代诗人期望通过新作品的创作与传播，开启民智，重振国人精神，重塑民族性格，在此意义上，他们的志向与面临的困难，与中国古代诗人相比，不可同日而语。古代诗人只是沿着孔子所定的诗教思路，诠释、讲述、传播《诗经》，他们的话语路径和修辞方式是给定的，有范本可依；而现代诗人则要重造全新的诗歌，以之重塑中国形象，这是天翻地覆的政治、文化事业。所以，解构《诗经》的经学性，倡导白话新诗运动，是一种空前的历史担当行为，其内在的心理支撑力和驱动力，在很大程度上都源于诗教传统的政治伦理情怀。

其次，现代诗人以文化启蒙、现代社会革命为诉求，思考现代新诗发展问题，建构现代诗学观念，积极创作具有现代诗教功能的作品。文化启蒙是传播现代新文化，启民众之蒙；现代社会革命是宣传革命理念，促进社会解放。传播现代文化，宣传社会革命思想，是现代诗教观念重要的体现，它规约了现代诗学和现代诗歌的历史走向，并不断赋予后者以现代诗教的品格。

从内容层面看，现代诗教要求以个性解放、劳工神圣、爱国主义、婚姻自由、阶级解放等现代思想，取代传统诗教所主张的温柔敦厚、思无邪、止乎礼义等观念，使新诗作品参与现代人的解放和社会革命。郭沫若说：“诗是人格创造的表现”“个性最彻底的文艺便是最有普遍性的文艺，民众的文艺”。[①]将人格创造、个性解放与民众的文艺联系起来，就是要培育民众的独立人格。宗白华在《新诗略谈》中提出：“新诗人的养成，是由‘新诗人人格’的创造，新艺术的练习，造出健全的、活泼的，代表人性国民性的新诗。”[②]邓中夏在20世纪20年代初就要求，诗人“须多做能表现民族伟大精神的作品”，[③]康白情也认为，“‘平民的诗’是理想，是主义”。[④]中

① 郭沫若《论诗三札》，杨匡汉、刘福春编：《中国现代诗论》（上），花城出版社1985年版，第52页。

② 宗白华《新诗略谈》，杨匡汉、刘福春编：《中国现代诗论》（上），第31页。

③ 邓中夏《贡献于新诗人面前》，《中国青年（上海1923）》第1卷第10期，1923年。

④ 康白情《新诗的我见》，杨匡汉、刘福春编：《中国现代诗论》（上），第44页。

国诗歌会则直接要求诗人站在阶级立场反映现实，“捉住现实”，“歌唱新世纪的意识”。[1]总体而言，“五四”以降各种现代思想涌入中国，诗人秉持不同的立场，认同不同的现代思想，现代三十年里各种文艺思想的论争，某种程度上就是不同的现代诗教观念之间的论争，出发点都是希望借助新诗传扬各自不同的现代理念，以达到教化民众的目的。现代诗教观念影响了新诗创作，《教我如何不想她》《凤凰涅槃》《天狗》《孩儿塔》《别了，哥哥》《新梦》《哀中国》《大堰河——我的保姆》《赶车传》等作品，都传播了不同的现代思想，具有文化启蒙或社会革命动员的功能。它们填补了《诗经》等传统经典缺席后留下的历史空白，为读者提供了新的解读、吟诵材料，为阐释现代启蒙、社会革命理想提供了新的诗教底本。

从形式层面看，白话新诗自出现起，走的主要是一条大众化之路。孔子主张“有教无类”，[2]认为平民享有与贵族一样受教育的权利，主张诗教对象是包括平民在内的所有人。所以随着历史的演进，中国诗体不断解放，从三言、四言向五言、七言以及长短句演进，目的就是让诗能被更广大的民众记诵，寓教于乐。自“五四”开始，胡适、陈独秀、李大钊、刘半农、沈尹默等提出以白话替代文言、以自由体替代格律体，创作全新的白话自由诗，向平民大众传播现代思想，目的是让广大民众能读懂新诗，接受新诗所承载的思想。“五四”以降至20世纪40年代，大众化一直都是新诗形式探索、建构的基本走向。[3]郑伯奇曾说：“启蒙运动的本身，不用说，蒙着很大的不利。于是大众化的口号自然提出了。”“中国目下所要求的大众文学是真正的启蒙文学。”[4]郑伯奇的观点揭示出大众文学兴起的原因，以及大众文学与五四启蒙文学的传承关系——为了启蒙民众。郭沫若的表述更直接，他说，之所以倡导文学大众化，是因为五四文学、五四新诗是“新式的‘子曰诗云’”，大众看不懂，失去了教育大众的功能；而大众文

① 穆木天等《〈新诗歌〉发刊诗》，《新诗歌》第1卷创刊号，1933年2月11日。

②《论语译注》，第170页。

③ 白话新诗自发生时起，选择的是一条大众化之路，但以白话创作自由诗这一大众化之路所导致的非诗性现象，使其内部演绎出一条纯诗化探索之路，自20年代中后期至40年代绵延不绝，在客观上弥补了大众化的不足。关于二者关系，值得研究，但因逸出本文主题，按下不表。

④ 郑伯奇《关于文学大众化的问题》，《大众文艺》第2卷第3期，1930年3月1日。

艺就是“教导大众的文艺”，大众文艺作者是“先生”“导师”，“老实不客气的是教导大众，教导他怎样去履行未来社会的主人的使命”。[①]

在坚持白话书写和自由体这两大原则的基础上，不断看取中国诗歌的小传统，向民间歌谣学习，是新诗大众化的基本路径与方法。1920年北大成立歌谣研究会，“开始了现代新诗‘歌谣化’的努力”，[②]刘半农、刘大白等还专门创作了歌谣体新诗。30年代，中国新诗会承续五四新诗歌谣化传统，要求“诗歌成为大众歌调”，[③]希望吸纳歌谣“普及、通俗、朗读、讽诵的长处，引渡到未来的诗歌”。[④]抗战爆发直到40年代后期，解放区、国统区不少诗人借助民间歌谣形式创作新诗，为抗战宣传服务。值得特别注意的是，闻一多提出新格律诗主张，其实就是希望改造中国诗歌格律这一中心传统，使中国诗歌固有的音乐美、建筑美、绘画美实现现代转化，在自由中实现大众化。但遗憾的是，这类探索太少，也少有成功案例。不过，诗人血液里流淌的诗教意识，没有因五四时期“打倒孔家店”的口号而消失，而是与现代启蒙理念和革命思想相融合，成为他们倡导、践行现代启蒙思想和革命理念的先在文化心理。

从实践形式来看，古代诗教以“诗”为教，读者吟诗、解诗是传播诗之思想的基本途径与方式。与之相对应，现代诗教的实践形式则主要表现在以下两个方面：一是以新诗为阐释对象的批评活动。新诗发生不久，新诗批评就出现了，其主要目的是解读新诗、敞开新诗的文化精神和诗性。现代文学三十年里，围绕《蕙的风》《女神》《尝试集》《草儿》《冬夜》《泥土之歌》《叹息三章》《王贵与李香香》《马凡陀的山歌》等开展的批评活动，对李大钊、郭沫若、李金发、殷夫、蒋光慈、戴望舒、徐志摩、闻一多、田间、艾青、何其芳、蒲风、穆旦等人诗歌创作的文化和诗学评论，在不同层面发挥了类似传统诗教的教诗、解诗的功能。汪静之的《蕙的风》出版后，遭到胡梦华等人攻击，认为其伤风败俗，[⑤]不久，鲁迅、周作人、

---

① 郭沫若《新兴大众文艺的认识》,《大众文艺》第2卷第3期,1930年3月1日。

② 钱理群《中国现代文学三十年》,北京大学出版社1998年版,第124页。

③ 穆木天等《〈新诗歌〉发刊诗》,《新诗歌》第1卷创刊号,1933年2月11日。

④《我们底话》,《新诗歌》第2卷第1期,1934年6月1日。

⑤ 胡梦华《读了〈蕙的风〉以后》,《时事新报·学灯》1922年10月24日。

章洪熙等撰文予以回击；[①]李金发的《微雨》《为幸福而歌》《食客与凶年》出版后引起多方讨论和批评，甚至一度被喻为“笨谜”，[②]林宪章则套用孔子诗教话语，称李金发的诗“尽美矣，又尽善也”；[③]艾青的诗集《大堰河》出版后，茅盾发文《论初期白话诗》，肯定其以沉郁的笔调对底层妇女的描写。[④]与古代诗教不同的是，这些以新诗为对象的批评是在公共空间即报纸杂志上进行的，不是三朋四友小范围的诗歌活动，在客观上起到了向广大陌生民众阐述现代理念与价值观的功效。这种“现代诗教”不是为了塑造“思无邪”的臣民，而是期望通过新诗批评启蒙大众，将他们从封建蒙昧中解放出来，成为具有现代理性精神的新人。新诗是发生不久的一种新型诗歌，关于它的批评，最初主要集中于创作技术方法讨论，重点是论证新诗取代旧诗的历史合法性问题。将新诗的合法性讨论与其内在思想的发掘阐释结合在一起，将启蒙大众与引领创作同步进行，这是与古代诗教解诗、传诗不同的突出特点。这种以新诗为底本的“现代诗教”实践，不断发掘新诗内在的思想价值，张扬其艺术精神，使新诗形成了相应的审美品格，深刻影响了现代新诗的历史建构。[⑤]

现代诗教的第二种实践形式是新诗书面作品的广场化、声音化趋向，以及由此出现的街头诗、朗诵诗等现象。抗战时期，救亡代替了启蒙，新诗的主题与形式都发生了变化，一个突出现象就是诗歌走向田间地头，走向街头民众，出现了目的更为明确的诗歌传播与教育活动，这可被看作一种更为直接的“现代诗教”实践。抗日民主根据地、国统区都掀起了大规模的朗诵诗、街头诗运动，高兰、沈从文、穆木天、光未然、锡金、冯乃超、梁宗岱、朱自清等积极参与朗诵诗运动；田间、柯仲平、林山、艾青等参与领导了街头诗运动，延安的文学青年几乎都参与过街头诗活动，重

① 鲁迅《反对“含泪”的批评家》，《晨报副刊》1922年11月17日；作人《什么是不道德的文学》，《晨报副刊》1922年11月1日；章洪熙《〈蕙的风〉与道德问题》，《湖畔诗社评论资料选》，华东师范大学出版社1986年版，第113—115页。

② 胡适《谈谈“胡适之体”的诗》，《自由评论》第12期，1936年2月21日。

③ 林宪章《爱的图圄·“致李金发信”》，《美育》第3期，1929年。

④ 参见茅盾《论初期白话诗》，《文学》第8卷第1期，1937年。

⑤ 参见方长安《中国新诗(1917—1949)接受史研究》，中国社会科学出版社2017年版，第3—5页。

庆、桂林等地的街头诗也声势浩大。朗诵诗、街头诗都是以诗鼓舞民众投入抗战，诗歌的抗战教育功能成为首位，诗被要求直接作用于现实，由此形成空前的盛况。高兰是朗诵诗的代表诗人，在《诗的朗诵与朗诵的诗》中，他说："所以在我们中国古诗，诗和诵，不但在意义上不可分，即使外形上也是可以通用的。例如《诗经》上的'家父作诵，穆如清风'，楚辞上的'道思作诵，聊以自救兮'，直以诵字代替诗字，认为诗是诵的，能诵的语言才是诗。"① "诵"是中国古诗的重要特征，可惜"五四"以后这一传统基本消失。朗诵诗、街头诗固然是抗战使命要求的结果，但从中国诗歌传统看，它们与"诵"这一诗教传统特征有着深层的历史关联，或者说抗战现实照亮了诗教传统，使它找到了新的表现空间与形式。

古代诗歌、音乐、舞蹈往往三位一体，诗歌是一种听觉艺术，格律、押韵是其能够有效传播、完成教化使命的有效保障。然而，新诗从发生那天起，就明确提出不刻意追求押韵，有韵无韵不是衡量诗歌的标准，诗歌由视觉加听觉的艺术变为单纯的视觉艺术，这既不利于新诗传播，也窄化了新诗诗性的营造空间。朗诵诗运动使诗人们开始重新思考诗歌之歌吟性，高兰说："朗诵的诗，为了容易上口，容易记忆，是特别需要韵律的。"②沈从文的《谈朗诵诗》批评当时的朗诵诗不尊重汉语自身特点，抽象空洞，或照搬外国押韵方式，未能利用汉语自身优势，认为新诗要在朗诵上成功，"至少作者必须弄明白语言文字的惯性"，"想要从听觉上成功，那就得牺牲一点'自由'，在辞藻与形式上多点注意，得到诵读时传达的便利"③。朱自清是新诗人和新诗史家，也是新诗理论家，他主张"为己的朗读和为人的朗读却该同时并进，诗才能有独立的圆满的进展"④，认为朗诵诗是"一种听的诗，是新诗中的新诗"⑤，赋予朗诵诗极高的地位。街头诗运动作为"现代诗教"的一种实践形式，同样推进了新诗艺术的发展。《街头诗歌运

① 高兰《诗的朗诵与朗诵的诗》,《时与潮文艺》第4卷第6期,1945年2月15日。

②《诗的朗诵与朗诵的诗》,《时与潮文艺》第4卷第6期,1945年2月15日。

③ 沈从文《谈朗诵诗》,《沈从文文集》第11卷,花城出版社1984年版,第250—252页。

④ 朱自清《朗诵与诗》,《朱自清全集》第2卷,江苏教育出版社1988年版,第395页。

⑤ 朱自清《论朗诵诗》,《朱自清全集》第3卷,江苏教育出版社1988年版,第255页。

动宣言》指出，街头诗可以“使诗歌走到真正的大众化的道路上去”[①]。艾青在《开展街头诗运动——为〈街头诗〉创刊而写》中认为：“诗必须成为大众的精神教育工具。”要求将诗从颓废主义、神秘主义、色情主义里解救出来，使之真正接地气，用“群众日常的口语写诗”，反对“弱不禁风的文体”，使诗保持“粗犷和野生的力量”，[②]成为人民的艺术。在此意义上，街头诗可谓是“五四”以来新诗大众化的新发展，是大众化新的表现形式。遗憾的是，当时关于自由与韵律、辞藻与形式、口语与诗性、阴柔与阳刚等新诗艺术发展的多方面探索未能深入下去，尤其是未能在创作上体现出来。今天，我们应将它们置于诗教传统中进行综合研究，才能使其被遮蔽的诗学价值与意义得以充分显现。

三、现代诗教理念的历史局限

诗教传统的现代转化是在学习西方和反传统语境下发生的。百年后，回望历史，我们发现，诗教传统的这一转化处境与方式难免存有局限。

首先，“五四”反传统观念使现代诗人未能心平气和地审视诗教传统。现代新诗之所以发生，与近代以来中国被动挨打的现实直接相关。胡适、刘半农、刘大白、李大钊、郭沫若等人当时孜孜不倦从事新诗试验，就是为了以新诗开启民智，而传统诗教之目的也是以诗育人，这意味着近代以来的启蒙在路径上与传统诗教有相通之处，是可与后者相衔接的，或者说可发掘传统诗教的某些有效途径、方式，为现代启蒙事业服务。新诗倡导者主张以白话代替文言进行写作，并身体力行地艰难试验，就是为了利于新诗被普通大众接受。然而，在全面反传统的思潮下，新诗人未能自觉研究民族传统中的诗歌教育理念，未能思考诗教形式与现代启蒙方式对接的可能性，未能在现代语境下重新审视并开掘传统诗歌“兴观群怨”的重要矿藏，更没有继承传统诗歌教育体系中有助于开发民智的某些原则与方法。

① 边区文协战歌社、西北战地服务团战地社《街头诗歌运动宣言》，《新中华报》第3期，1938年8月10日。

② 艾青《开展街头诗运动——为〈街头诗〉创刊而写》，《解放日报》1942年9月27日。

即便是鲁迅“也没能更进一步探讨在他底隐示的、未明言的意识层次中，他所‘发现’至今尚存的传统文化中一些成分的理知与道德价值的意义”。[①]现代诗人一味强调向西方学习，人为地将西方文化与民族传统相隔绝，甚至对立起来，因此难以有效培育和民族诗歌精神相统一的新生命。

其次，现代诗人将眼光转向海外，西方诗歌成为效仿的主要对象。西方文艺复兴后不同流派的诗歌经验一下子进入新诗人视野，使他们眼花缭乱很难消化，而重视个体自我书写的思想又特别能满足其破除封建压迫的心理，一些诗人将诗歌创作看成是自我心理释放的个体行为，不知不觉背离新诗大众化这一启蒙初衷。李金发曾说：“我作诗的时候，从没有预备怕人家难懂，只求发泄尽胸中的诗意就是。”“我的诗是个人灵感的纪录表，是个人陶醉后引吭的高歌，我不能希望人人能了解。”[②]在他看来，别人不理解是一种正常现象。诗歌创作不断个人化、小众化。在一些诗人那里，诗与外在社会现实的关系日益疏远。于是，传统诗教所主张的“兴观群怨”理念相当程度上被边缘化，诗教空间被大大压缩。

再次，如果说以诗启蒙、以诗从事社会革命动员是现代诗教理念，那么这种现代诗教理念建构是在弃置以《诗经》为代表的古代经典前提下，以白话新诗作品为阐释对象而展开的。白话新诗只是“五四”前后才出现的新型诗歌，整个现代时期优秀的白话新诗作品并不多，现代诗教理念建构所依托的阐释对象并不厚实，这在一定程度上制约了现代诗教理念的建构，许多问题未能被实践有效检验，因此并未形成相对完整的现代诗教理念。

另外，进入20世纪30年代后，民族危机加深，诗歌的教育功能虽受到重视，但急迫的救亡任务使诗人来不及深入研究如何以“诗”教育人的问题。街头诗、朗诵诗在一定程度上改变了新诗不重视诗教的状况，但由于现实太严峻，诗人无暇顾及诗歌本身的问题，更多时候只是简单以诗歌口号去动员民众，如何实现诗教传统的转化同样被搁置。所以，现代诗人虽大多继承了中国读书人的入世精神，却没有自觉研究现代新诗的传播问题，诗教意识更是相对淡薄。

---

①《中国传统的创造性转化》，第158页。

② 李金发《是个人灵感的纪录表》，《文艺大路》第2卷第1期，1935年11月29日。

诗教传统的现代转化的局限，致使新诗创作出现一些不足，主要体现在新诗的格局、境界方面。格局有大小，境界有高低。我们必须将现代新诗置于其发生、存在的具体情境中，以历史的眼光考察它与历史主题的关系，才能辨析其格局大小，论述其境界高低。鸦片战争后，中国逐步进入半封建半殖民地社会，启蒙与救亡成为时代的核心主题，或者说是最大的政治，这是新诗发生发展的社会情境和面临的时代主题。诗人置身其中，只有感同身受，将中国与世界、自我与社会、个人与国家等结合起来观察、思考与书写，才能创作出格局阔大、境界高远的作品。郭沫若、李大钊、闻一多、朱自清、殷夫、蒋光慈、戴望舒、田间、艾青、蒲风、李季等诗人的创作，无不以现代世界与中国关系为背景抒情言志，将自己的诗歌创作与民族国家命运相结合，思想解放、启蒙救亡、抗战建国等成为重要主题，《凤凰涅槃》《死水》《发现》《狱中题壁》《大堰河——我的保姆》《王贵与李香香》《黄河颂》等，无不是民族启蒙救亡中的伟大乐章。然而，如果以诗教为视野，从诗歌教育维度进行更深入具体的考察分析，则不难发现现代新诗格局和境界上存在的问题。现代诗人未能处理好民族传统与西方资源关系，一味压制中国诗歌传统，即便是将眼光转向传统，强调的也是边缘小传统，诸如歌谣、民谣等，在一定程度上窄化了新诗的资源空间，影响了中国现代诗歌的发展。与之相关，在现代诗教建构过程中，对民族传统资源发掘和利用不够，中国历史尤其是文学史上具有原型意义的核心意象、形象没被照亮，史诗性作品缺乏，史诗性英雄人物缺失。一些诗作虽然宣传、表达抗战精神，但多停留于表面，格局有限，境界不高。与此同时，因缺乏厚实的民族传统作支撑，一些作品对西方文化、文学精神的理解存在局促、急迫等不足，误读错读现象明显，与中国现实问题脱节，与中国读者的阅读期待、审美习性冲突，西方文学精神与经验在多数时候未能被创造性地转化为符合中国新诗创作需要的资源，导致作品格局小，缺乏历史的大格局和大气象。此外，多数诗人对中国苦难现实的认识不深，历史动向把握欠缺，更多时候停留于个人喜怒哀乐的书写，对民族遭受的苦难缺乏刻骨铭心的体验，只有闻一多、艾青、穆旦等个别诗人创作出深刻表现中国苦难现实的伟大作品。换言之，现代诗坛少有与民族灾难相匹配的伟大作品。再者，“思无邪”和“兴观群怨”是一对辩证关系，绝大多数诗人未能深入认识二者关系，未能开掘二者对于现代诗教建构的可能性价值，更谈不上创造性转换和利用，以致现代时期既少有深刻的批判现实主义诗作，又缺乏正面想象、书写未来中国理想图景的伟大作品，将自我意识和国家观念有机结合，并进行理想人格塑造的作品更少。

诗教传统现代转化的另一不足表现为现代新诗的文质相分离。孔子曰："质胜文则野，文胜质则史。文质彬彬，然后君子。"[①]质与文是一对矛盾关系，二者相统一的理想状态，构成孔子诗教思想体系中理想的君子人格结构和文本创造原则。孔子之后，人们用文质关系来评说文学艺术，文质相统一是文人墨客追求的理想境界，文质相分离的作品不符合诗教要求，不属于理想的作品。现代新诗主张以白话口语写诗，以自由体承载诗思，其重要前提就是认为传统文言格律诗文质分离，文胜质，虚浮不实，所以要以俗语抒情言志，改变文质之分离现象，使所言之情志能被一般民众接受。但"五四"的反传统语境使现代诗人将注意力大多集中在国外诗歌经验上，新诗创作基本上是另起炉灶。五四新诗之"质"主要表现为缘于西方的现代理念、诗人历史转型过程中的情感阵痛，以及诗中之社会现象的反映等。虽出现一些优秀诗歌，诸如《教我如何不想她》《我是一条小河》《再别康桥》《雨巷》《赞美》等，但更多作品未能做到"文质彬彬"。加上为启蒙宣传和动员大众，现代诗人往往直接套用民间歌谣，未能以白话营造诗意诗性。于是出现下述几种情况，加剧了新诗的文质分离。

第一，初期白话新诗潮中出现的状物写景之作，以朴实无华的白描和具体的写实为特点，诸如胡适的《人力车夫》、刘大白的《卖布谣》、刘半农的《学徒苦》和《铁匠》等，客观场景、具体细节突出。在这些作品中，诗人本望以"具体的写法"去暗示"抽象的材料"，[②]但事实上很多作品正如沈雁冰所言"病在说尽，少回味"，"明快有余而深刻不足"，[③]内容过于琐碎化，匍匐于地，缺乏诗歌想象之灵动，质大于文，未给读者留下阅读想象空间。

第二，五四时期相当多的诗歌作品以西方的科学民主、个性解放等理

①《论语译注》，第61页。

② 胡适《谈新诗——八年来一件大事》，《星期评论》纪念号，1919年10月10日。

③ 茅盾《论初期白话诗》，《文学》第8卷第1号，1937年1月1日。

念为依据，过度书写主观理念，常出现口号式宣讲，未能实现以诗的方式言情达意，抽象说理多。例如胡适的《威权》、周作人的《中国人的悲哀》、郭沫若的《天狗》和《我是一个偶像崇拜者》等诗作，多为呐喊呼告，缺乏必要的节制，在一定程度上表现为质胜文，即观念大于"诗"。

第三，象征派、新格律派诗歌，都与检讨初期新诗过于直白、散文化有关，虽均有一些为人称道的诗作，但也都存在文胜质的情况。例如李金发的诗歌受西方象征主义影响，重视暗示、隐喻、象征的运用，有意追求"远取譬"，[①]并喜欢夹用文言语词，而由于汉语本身就具有象征、暗示功能，这样，诗之"质"时常被掩埋在一堆象征文字里，"文"的经营过度，令读者阅读受阻，于是出现文胜质的情况。20世纪30年代，卞之琳、何其芳、废名的诗歌也有这种倾向，如卞之琳的《鱼化石》、废名的《十二月十九夜》等。正如有人说："一部分诗人的作品内容的过分狭窄，有一些诗本身思想苍白，艺术表达也肤浅，水平很不平衡。"[②]闻一多倡导新格律诗，实质上是想延续旧诗创作经验，在传统艺术范畴里开掘、创造新诗艺术形式。但是，所谓音乐美、绘画美、建筑美比旧格律的平仄等要求更为复杂，即对"文"的要求更为苛刻，所以新格律诗的优秀作品很少。

第四，抗战初期的一些朗诵诗、街头诗，多为质胜文之作。诗歌由文字视觉艺术回归声音听觉艺术，由书斋走向街头巷尾，这一大众化现象不是诗歌本身建构逻辑使然，也非抽象的理论推理使然，而是由民族抗战需要所决定。新诗传播方式的改变，为新诗解决脱离大众的问题提供了历史机遇。然而，诗歌越是过于粘连现实，功利性越强，其诗性的生成空间就越发逼仄，与诗歌的凝练、含蓄特性存在冲突，所以属于质胜文的作品。正如有人所言，抗战初期，"由于一些诗人'创造力的贫弱'与'感情'和'思想力'的'不够深沉'，肤浅的作品里面多是'一些伪装的情感，和仅只是一些流行的概念的思想'；创作时间的仓促，使得一些诗人尚来不及把自己的热情转化为艺术形象；大众化文艺的提倡，诗歌大众化运动的推行，又使得诗的创作受到接受者的水平的制约；新诗因此出现了以空泛的政治

① 朱自清《新诗的进步》，《新诗杂话》，作家书屋1947年版，第10页。

② 孙玉石《20世纪中国新诗：1917—1949》，《中国现代诗学丛论》，北京大学出版社2010年版，第270页。

口号的叫喊代替丰厚的艺术创造的普遍现象。”[1]

四、探索建构当代诗教文化

从中国文化新旧转型的历史看，五四时期对儒家诗教传统的质疑和否定是可以理解的，当时的文化态度与选择有利于中国文化全面更新与现代化。但这并不意味着诗教传统在今天仍只能隐身其后。我认为，置换旧的封建内容，剔除其在历史沿传中所沉积的糟粕，古代诗教对当代文化建设、新诗发展而言，依然具有积极意义。

诗教传统的正面价值，不是体现在“教”的内容上，而是体现在其重视诗歌对个体人格培养、诗歌对家国情怀培育的精神向度上，体现在它所创造的“文本阐释——阐释原则——阐释目的——作品再创造”这一诗歌教育、生产的结构模式上，这是当代需要充分发掘与创新转化的优秀传统文化遗产。今天，我们已经形成共识：“中华文化积淀着中华民族最深沉的精神追求，包含着中华民族最根本的精神基因，代表着中华民族独特的精神标识。”“中华传统文化是我们民族的‘根’和‘魂’。”[2]诗教是中国历史上形成的在文明创造史上具有核心地位的文化传统，是中国诗歌教育传统之“根”与“魂”。今天，我们应站在民族文化自信的立场，重新研究并发掘诗教传统精髓，阐释诗教传统中的正面价值，使之得以传承与创新，并积极探索建构具有现代意识的当代诗教文化。

所谓当代诗教文化，与传统诗教是一种血亲关系。它将创造性转化传统诗教与现代诗教在教育途径和方式上的成功经验，重视诗歌精神维度建设，强调以诗化人的理念，突出作品的审美教育性。但是，当代诗教在本质上不同于传统诗教和现代诗教，它将以社会主义核心价值观为原则，以古今中外那些彰显人类文明、具有现代意识的优秀诗歌作品为阐释对象，以培养放眼世界、立足中国、关注人类命运和中国问题的时代新人为目标，旨在推进当代新诗创作发展。作为“文学中的文学”，诗歌相较于其他文体

①《20世纪中国新诗：1917—1949》，《中国现代诗学丛论》，第272页。

②《习近平总书记系列重要讲话读本》，学习出版社、人民出版社2014年版，第100页。

篇幅更加短小精悍，语言格外凝练深邃，意象更为灵动精妙，便于传唱的同时更能深入人心，对人的精神、灵魂具有更强的穿透力。因此，当代诗教虽注重“以诗为教”，但其精神也可以拓展并灌注到小说、散文、戏剧等文体的创作和教育中，与广义的“文教”并行发展。

大体而言，当代诗教文化由传诗之维和创作之维两方面构成。传诗之维，就是阐释、传播既有的优秀诗作，发掘其现代文化精神，以审美教育方式，参与现代人格建构与文化建设。当代资讯文本泛滥，不断干扰人们的认知与判断。鉴于此，我们可以积极思考“思无邪”“温柔敦厚”等传统诗教精神的当代传承，将古代经典诗歌和现当代诗歌精品引入民众生活，将现代文化精神注入传统诗教理念之中，使之融入当代诗教文化体系。例如可以在不同媒体播放解诗、吟诗节目；在街道、小区设置经典诗作墙；将诗人塑像、诗歌作品作为元素置于公园景点；在地铁通道镶嵌经典诗歌作品；在小区播放舒缓的诗作等。我们还应该以现代理念重新阐释《蒹葭》《击鼓》《子衿》等诗歌经典，以现代视角解读《蜀道难》《春望》《念奴娇·赤壁怀古》《示儿》《永遇乐·京口北固亭怀古》等表达古代人民忠贞、爱国等美好情感的伟大诗篇，照亮其固有的诗性空间，使其有效参与当代文化建设。鲁迅的《自题小像》、刘半农的《教我如何不想她》、闻一多的《发现》、徐志摩的《雪花的快乐》、艾青的《我爱这土地》、余光中的《乡愁》、舒婷的《致橡树》、海子的《面朝大海，春暖花开》等优秀新诗作品张扬了现代家国情怀和人文精神，我们同样可以立足新语境，将其与新时代主题相融合，转化成当代文化建设、人格培养的底本。

创作之维，就是当代新诗创作。当代诗教文化要求诗人树立当代诗教意识。诗教意识的重要内容是读者意识，即为谁而写的问题，这是中国百年诗歌史上一个重要命题。20世纪30年代，中国诗歌会曾针对新月派、象征派、现代派的创作进行批评，要求诗歌反映伟大的时代：“一般人在闹着洋化，一般人又还只是沉醉在风花雪月里。”“把诗歌写得和大众距离十万八千里，是不能适应这伟大的时代的。”[①]艾青曾说：“诗人的‘我’，很少场合是指他自己的。大多数的场合，诗人应该借‘我’来传达一个时代的

① 任均《关于中国诗歌会》,《月刊》第1卷第4期,1946年。

感情与愿望。”[①]别林斯基坚信：“任何一个伟大诗人所以伟大，是因为他的痛苦和幸福深深扎根于社会和历史的土壤之中，因此，他成为社会、时代、人类的喉舌和代表。”[②]然而，20世纪90年代以来，中国诗坛盛行个人化写作、私人化写作，只写个人一己的私密空间、私人生活，写个体生理性欲望、潜意识中恋父恋母情结等，完全无关他人，无关社会，更无关民族国家，将“小我”极端化，这是当代诗教文化应该警惕的。“小我”可以写，但必须以“小我”表现“大我”。诗人要将写什么和如何写与人民阅读接受结合起来思考：当代诗歌要重点书写广大人民的现实生活，反映人民的喜怒哀乐，表现他们的精神世界与理想愿望；要以诗歌提高人民的审美能力，满足人民对于艺术的渴望，这是新时代诗人应该有的创作态度与理想抱负。

当代诗教文化要求诗人具有现代文化胸襟，以历史为背景，与世界不同文明对话，思考中国社会发展问题，描写中国波澜壮阔的历史画卷，表现中国的现实人生，创作出大格局、高境界、厚情怀的作品。中国是一个文化传统深厚的国家，历史上出现过无数伟大的人物，如尧、舜、禹、屈原、杜甫、岳飞、文天祥、林则徐等，他们是中国文化的关键词；有许多家喻户晓的故事，从精卫填海、大禹治水、女娲补天，到岳飞精忠报国，再到鲁迅弃医从文，等等。新时代的诗人应站在国家文化战略高度，以当代文化照亮历史，激发家国情怀，向世界自信地讲述中国历史故事，塑造中国文明形象。改革开放以来，中国社会发生了惊天动地的变化，作家应深入火热的现实生活中，聆听生活，观察人生，反映社会大变革、大发展，张扬爱国主义、理想主义、英雄主义，将诗歌创作与国家文化建设结合起来，以“小我”表现“大我”，创作出体现中国当代文化精神的、能作为当代诗教底本的杰出作品。

传统诗教重视诗歌的传播性，重视其审美愉悦功能。当代诗教文化同样要求诗人重视诗美创造，追求思与诗的统一。古代诗人多从诗歌传播教育的维度思考诗歌的艺术创造与审美经营。现代诗歌从发生之日起，就面临思与美如何统一的问题。因此，当代诗人在新诗创造过程中，不仅要继

---

① 艾青《诗论》，《艾青全集》第3卷，花山文艺出版社1991年版，第40页。

② 别林斯基《杰尔查文作品集》，《别林斯基选集》第5卷，辛未艾译，上海译文出版社2005年版，第166页。

续开掘民间歌谣等文学资源，开掘“五四”以来的新诗资源，还应以前所未有的民族文化自信心，去研究中国诗歌艺术的大传统，反思性地发掘、阐释格律诗歌诗美创造的经验，对之进行创新性转化，以创作出诗与思、诗美与传播相统一的优秀作品。

当然，在发掘、传承民族诗歌艺术传统的同时，还应以开放的胸襟自觉研究和吸纳其他民族国家的优秀诗歌艺术。现代新诗与外国诗歌关系非常密切，外国诗歌资源推进了中国新诗现代性的建构。但长期以来新诗对西方现代文化的表现多停留在抽象理念层面，西方文化几乎未能转化为承担中国现实问题的诗歌形象，与中国文化的融合不够，甚至与中国文化之间形成某种冲突关系，这也是当代诗人应警惕的。总之，剔除诗教传统的封建糟粕，发掘并阐释其正面价值，以提高国家文化软实力为目标，探索建构当代诗教文化，推进当代新诗健康发展，无疑是新时代的重要课题。

（原载于《中国社会科学》2019年第6期）

诗歌批评应该是一种生活批评

刘 波

有一位作家朋友，在他的博客上发表了一点“小感想”，他说，写诗的人，是开飞机的；写小说的人，是开火车的；写散文的人，是开汽车的；写评论的人，则是赶马车的。他的这种即兴感想，或许正是对当下文坛现状一种形象的描绘。先撇开文体歧视这一点，如果单从速度上来看，这种说法就是很有道理的。相比于创作，评论的滞后性一直以来就是困境，且这种困境在所难免，一部分是因为其客观现实（只有作品先出来，评论家才能得以作评）造成的，另一方面也是因为当下的文学批评文章本身不能令人信服所致。

一些诗歌批评家或研究者，在学术体制的召唤与诱惑下，放下批评的批判立场和审美原则，真的做起诗歌的“学问”来了，但这些人以诗歌的名义所写出的只有他自己和期刊编辑等极少数人看的“研究”文章，于我们当下的先锋诗歌写作现场又有什么相干呢？如果他们的批评对于我们的诗歌写作现场不能提出一些建设性的具体意见和有效的看法，我们的诗歌批评在“自说自话”，又有何用呢？不及物的诗歌批评，大而空的诗歌史研究，不能深入本质的表象观察等，正在一步一步地蚕食诗歌批评的灵魂。我们是不是到了该反省与思量陈旧的批评态度的时候了？我们是不是到了应该让自己的批评文字能公开出来接受诗人的检验的时候了？从制造垃圾的“学术”现场里回过头来，弄清楚当下的先锋诗歌与我们的生活现场、我们的时代社会到底处于一种什么样的关系。

现在，那些总是热衷于谈论诗歌技巧与艺术的年轻一代批评家们，正以学术研究的名义“自说自话”，并以文学拯救者的角色自居，其实到头来也是自欺欺人而已。他们连公众起码的诗歌趣味都没弄明白，就在高谈阔论能指与所指、符号与结构，这对那些刚入诗歌门槛的大众读者来说，真如同天方夜谭。或许连批评家们自己都没弄清楚这些西方文学理论术语和概念的意思，就在那儿囫囵吞枣地照搬硬套，最后弄不好把自己都裹在里面出不来了。以专业的方式进入，以公共的方式出来，这是做学问的高境界，同样也适合诗歌批评。这样的方法，说起来简单，可是又有几个能真正做到呢？尤其是当下的教育和学术体制，似就很难培养具有创新能力的批评人才，被灌输的知识越多，可能束缚就越多，自我限制也越多，最后都成了量化学术体制下的论文生产机器。

我很推崇于坚在《真相：关于“知识分子写作”和新潮诗歌批评》一文中对欧阳江河的评价，他说：“欧阳江河的特长在于理论和批评，写诗对于他可能是一个误会。最近有批评家把他划为批评家，是对的。并且他是一个很不错的批评家，他的一篇《89后国内写作：本土气质、中年特征与知识分子身份》[①]竟然如此深远地影响了九十年代的新潮诗歌批评，以至新潮诗歌批评言必引用之，几乎成了一本新潮诗歌批评语录。他对张枣一首短诗的细读，尽管阐释过度，也比那些拾人牙慧的批评家高明。”这对于当下的诗坛和诗歌批评界，真是一次绝大的讽刺：真正懂诗的，只有诗人，而不是诗歌批评家。话虽绝对，但对诗歌批评家也应该是一种警醒和促动。

我不反对阐释，但我反对过度阐释，尤其是“新批评”那种扒皮拆骨式的所谓“细读”，貌似有理，条分缕析，概念术语一堆，有的让人根本无法看下去，而出于专业需要，还必须你强迫自己“细读”那些文字，却发现他说了那么多，根本不知道到底说了些什么。文学之事、诗歌之事，他在当科学分析，没有真心的参与，何以让人有灵魂的触动呢？更让人不解的是，有些人除了信奉细读批评，对其他类型的综合批评均视而不见，责难起别种类型的批评来，还振振有词，将话说得一点回旋的余地都没有。说实话，做诗歌批评的人，怎么就见得会比诗人更高明呢？掌握了批评的话语权，这只是一份责任，不单单是权力。有些批评家，虽然掌握了话语权，却没有善待这一权力，最终将自己的批评之门给堵死了。在批评中，

① 全名为《1989年后国内诗歌写作：本土气质、中年特征与知识分子身份》，见欧阳江河《站在虚构这边》，生活·读书·新知三联书店2001年版，第45页。

误读是难免的，但是误读到跟诗人所想完全两码事，甚至走向了诗人写作目的的反面，这种误读，别说要求他对作品作准确地阐释，就是在道义上的“大致说得过去”都难以做到，的确是一种批评的悲哀。

有人认为，做小说批评可以大量复述故事情节，并作零星的点缀评述，这可成名成家。而从事诗歌批评，将一首诗摆在那，怎么解读呢？单纯从拆解语言入手，或者从惯常的解构入手，都显得唐突而没有底气。如果不得不这样，那么运用西方的批评术语和概念，就显得顺理成章，且颇觉时髦，洋洋洒洒也能写上几千字，美其名曰与国际接轨，但这样的论文，很有可能连诗人的心魂都没参悟到。而我们口口声声说要寻找诗歌的普世价值，与诗人进行对话，在这样的论文中又何以做到并得以成立呢？居高临下的俯视批评，不是隔靴搔痒，就是过度阐释，总以为真理在握，结果却摸不到诗人灵魂的边界。也难怪有西方批评家说：“诗歌不是一种生活批评，但是诗歌批评却是或者说应该是生活批评。”①我觉得“生活批评”这一提法说得极好，因为在学术批评泛滥的今天，将诗歌与生活批评结合起来，更能显出一种亲和力。做小说批评，可以做成生活批评。而进行诗歌批评，怎样与生活搭上关系呢？这还是要与诗人这个创作主体进行灵魂沟通和对话，才能真正进入一种生活批评范畴里。脱离了探索诗人创作目的和过程的批评，而一味地专注于艺术、技巧和理论，这样的批评难免会显得假大空，最后流于玄虚、枯燥而乏味，最终不得不自动退场。

所以，要研究作品，必须要研究这个作家和诗人；要研究作家和诗人，必得研究他的生活；而要研究作家或诗人的生活，必得研究他所处的时代和背景；研究时代和背景，也就得研究时代的政治、经济与文化。政治与文学，并不是水火不容的，并不是不能碰的禁区。古今中外的文学经典，大都关涉政治与人的终极生命。虽然于坚曾感慨地说过：“鲁迅为什么写到一半就写起杂文来了，在盘峰会议上我才忽然明白了，以前我一直是想学他弟弟那样写作的。在中国，一个诗人恐怕很难仅仅面对诗歌啊！”优秀的诗人，是语言的魔术师，也一定是独步天下的思想者，而非仅仅是在既定的语言轨道中玩文字游戏。深得人心的诗歌，至少要在语言过关的基础上

① [美] 哈罗德·布鲁姆《批评、正典结构与预言：事实性的悲哀》，载《批评、正典结构与预言》，中国社会科学出版社2000年版，第116页。

面对生活，而诗歌批评，同样不单是依附在诗歌作品上作些无关痛痒的概述，而也应该面对生活来进行有效的阐释。

很多职业化的批评写作，从术语、概念中进去，再从术语、概念中出来，中间填塞的全是套路与模式化的程序，根本就没有经过自己的心。这样的写作，却在当下风头正健，大行其道。不管是不是符合自己所评对象的特点，都可以义无反顾地往上堆砌词语，甚至还夹杂着英文或者其他国家的文字，是所谓与国际接轨。形式化的写作、概念化的写作占据了学术研究和批评市场上百分之八十的资源和版面。为了形式而形式，甚至还不是为了内容而形式。就我们的批评写作中这点可怜的原则，这点谁都知道是假象的遮羞布，可还是要抢过来遮一遮，蔽一蔽，以分得一杯体制的羹。

诗歌批评家沈奇曾以一种调侃的语气，但又不无道理地说过这样的话："与现行的学术产业保持一点距离，先学会读诗，然后学会写文章，再有一点自己的情怀加上一点问题意识，或许才是当代诗歌批评者该遵从的'学理'，也才谈得上对诗歌创作产生一点影响。"（《新世纪诗歌面面观》）这是非常实际的批评建言，而不是像很多诗歌批评与研究文章一样，说一些与诗歌无关的理论，概括和总结一些大而无当的"诗歌史"，而这对实际的诗歌创作，毫无意义。无效的批评之所以在当下诗歌批评界蔚然成风，是当下畸形的学术体制所造成的结局，同时也是批评家们缺乏创造力的批评惯性所致。激情被学术遮蔽，个性为研究让道，概念、术语受宠，而心灵的真实，在强大的西方理论面前溃败不堪。

波德莱尔早就讲过他对批评的设想："我真诚地相信，最好的批评是那种既有趣又有诗意的批评，而不是那种冷冰冰的代数式的批评，以解释一切为名，既没有恨，也没有爱，故意把所有感情的流露都剥夺净尽。"[①]在波德莱尔看来，"既有趣又有诗意的批评"，才是最好的批评，因为这里面有"感情"，能说到人心里去，而不仅仅是表象的"解释"。这种带着批评家真感受和真性情的批评，才是我们所期待的文学上的"生活批评"。

> "好的批评，应该有人的体温，有心灵的疑难，有灵魂的冒险，有对语言独特的敏感；它既是对文学世界的解释和发现，也是对自我、对

① [法]波德莱尔《1846年的沙龙》，广西师范大学出版社2002年版，第190页。

存在的反复追问和深刻印证。如同好的文学写作需要作家倾注整个灵魂的力量来进行一样，好的批评，同样需要在文字的后面活跃着一个丰富、有力的灵魂。抽离了这个灵魂现场，批评是单调的、僵死的，它所创造的，也必定是一个没有智慧和生命的枯干的世界。”①

“我也认为批评并非寻求公正，批评是冒险，是一个人的想象力的证明，它将文本中潜藏的可能性充分打开，澄清为明晰的意识和言说。在任何时代、任何文化中，文学都随时可能被贬损为对事物的已知方面的复述和模写，而批评家打开门，凿破墙壁，帮助文学走向广大的旷野，走向人的浩瀚生活和星空般的心灵，走向未知的、我们看不到或不愿看到的地方。”②

“批评的最高境界仍然是一种对话，哪怕它讲出的是公认的真实或者是少数的真理，这涉及评论者的态度，文字在脱离了论者之后仍然带着言说者的气息，它的形式，它的气质，它的风范，它是雍容的还是卑琐的，是清正的还是狡黠的，是厚道的还是刻薄的，白纸黑字，无法涂抹。所谓炼字，到最后仍然是人的冶炼。人与文的这种直接关系，在批评文字中，较其他文体都坦白真实，那种直线的来去，那种非虚拟的表达，是非有赤子之心不可为的。批评，是件坦诚的工作，它要求工作者必须诚实，不欺人亦不自欺。能够做到于此的，通常不是志得意满的公正，而是真正说出‘我’要说的话的人的谦逊，这个个人性价值的强调在于，多年以后你不会为你曾说过的话脸红，因为那是你个人的独有发见，不是人云亦云。时间终会认证，如果每个作批评的人都能讲出真话，道出真情，那么文字世界的真理或许会更多一些，它的图景一定也会因为真实而更多元灿烂。”③

这些批评家的论述，都堪称肺腑之言，而且都不约而同地强调了批评的个性和真实，这种真实，不仅是语言和表达上的真实，更是批评者心灵

① 谢有顺《对人心和智慧的警觉——论李静的写作，兼谈一种批评伦理》，载《南方文坛》2006年第5期。

② 李敬泽《必须捍卫文学》，载《为文学申辩》，作家出版社2009年版，第246页。

③ 何向阳《批评的构成——〈立虹为记〉自序》，载《立虹为记》，作家出版社2009年版，第2页。

的真实。而批评的个性，也是建立在真实基础之上的个性。

自由主义学者殷海光曾经说过："中国的学问，或有中国成分的学问，除知识传授以外，还要耳提面命地生活在一起，这样才有一种性灵的感应，才能进入心灵的深处。"①这位自由主义学者，把"知识"和"生活"放在一起，是有他特殊用意的。这里的"生活"与"知识"碰撞，也就能产生他所说的"性灵的感应"，如果单单是一堆堆的知识，不与我们的生活对接，不跟我们的时代融合，何以能有"性灵的感应"，又何以能真正"进入心灵的深处"，而为我们所信服和感动呢？我们读诗歌批评，也会跟读其他文字一样，希望能从中找到令自己共鸣的东西。如果你写的诗歌批评文字，连真实的情感都不投入，连自己都无法从中找到共鸣，又怎么能让别人尊重你的文字呢？将心比心，换位思考一下，我们就能明了当下一些期刊上发表的批评和研究文章里，为什么大部分都是垃圾了，还是因为"心"和情感的缺席。

不抄袭，不卖弄，不人云亦云，不说假大空的废话，写出自己心里对诗歌最为真实的感受，这是恪守独立的"生活批评"的关键。综观批评史上的大家，有哪一个不是以性灵入文，又有哪一个最后不是在作文中进入到"心灵的深处"？在生活中写作，有感而发，并不是一句空话，它是切实的为文信条，也是我们久已丧失的批评写作常识。这是我们需要重新拾起的一个原则、一种信念。

中国的史学家陈寅恪有"独立之精神、自由之思想"的理念，而西方的哲学家米歇尔·福柯同样有自己鲜明的立场，他作为一个知识分子，其理论道德非常简单：当特殊出现时，我尊重它，当权力触犯"普遍规律"时，我违抗它，这是一种简单的抉择、一项艰难的工作。其实，这两位学者的精神大家都很熟悉，甚至可以说是耳熟能详，但唯独做不到那样的率真与诚恳。尤其是当新事物出现时，很多人就站在了它的对立面，大加挞伐，并不是以福柯所谓"尊重"态度对待之。而当下权力对学术的统领已成为普遍现象时，绝大部分知识分子和学者部分地或全面地逢迎，很少有人能站出来违抗它。

① 殷海光《春蚕吐丝——殷海光最后的话语》，载《思想与方法——殷海光自选集》，上海三联书店2004年版，第598页。

福柯所说的“普遍规律”，无非就是常识，但恰恰就是常识，对当下的我们来说却成了极度陌生的东西，我们不仅丢失了常识，而且几将丧失服膺常识的能力。批评并不是沉湎于高深的理论，作一些玄虚的阐释，从而将更多渴望了解诗歌本质的读者拒之门外，这样的批评带有很大的欺骗性质，不仅是欺骗读者，而且是欺骗批评家自己。在生活的目标中，我们当下的批评缺少的就是挖掘常识的批评风度，一味地向学院的八股模式靠拢，以寻求获得体制分配的利益，却将基本的批评常识置之不顾。我们向公众传递与宣扬常识的责任和义务，如今成了空洞的说教。不是居高临下的道德判断，就是凌空蹈虚的自欺欺人，唯独没有了创新的能力与批判的勇气。优秀的诗歌批评，不仅是在解读作品，而且也能为我们提供一种有价值的个人表述，一种审视性的美学风度。写诗，对于一些人来说，不仅是一种生活，而且也是一种生活方式，生活之中逸出来的情感和经验，同样也可化作我们反馈生活的独特声音。而诗歌批评，能从高高的理论神坛走下来，进入到鲜活的现实之中，带着生活的气息，与诗歌一起接受更多灵魂的审视。

当诗歌批评真正成为一种生活批评时，它需要的不仅是才气和胆识，它还要求批评家具有广博的学识与丰富的感受力、鉴赏力。一旦缺失了这后面的能力，诗歌批评同样也会显得轻飘与浮浅，离生活批评所要求的知性、大气，定当存有距离。

就像写诗一样，为赋新词强说愁，定是写不出好诗来的，即使勉强作出来，也是无病呻吟一类，基本没有美感和真实的诗意可言。批评也一样，不去切身感受文本，不用平常之心去参与，浮光掠影一番，就要在那儿“硬”写，生憋，以如此心态，怎么可能写出令人信服的批评文章呢？看到好作品，总是想说点什么，发心中之所想，有感而发，这才是进行文学批评的前提。如果不能做到有感而发，那种为学术而学术的写作，大多只是一堆理论符号与批评概念的胡乱堆砌而已，对于文学的实践来说，毫无价值。这样做的结果就是，为已经多得数不可数的学术垃圾再增加一点而已，心定行之不远。

如果说作诗歌批评是被迫的，那真的还不如不做。这就是我不太喜欢写命题文章的缘故，因为我觉得那是对自己文学兴趣的一种冒犯。更多时候，我所反抗的，就是那种“无感而发”的应景批评。这种硬作出来的文章，空洞，乏味，缺少有感而发的快意，人情化的违心吹捧，让人读起来毫无美感，感觉作者就像在朝一个无形的世界闷头打空拳，没有多少自己由衷的真实评判可言。

同样，真正的“生活批评”，不仅仅是靠勇气去写读后感，它还需要通过大量的阅读来增加知识的广度，扩展理性的视野，以厚重的心灵，来感应、对接优秀作品的非凡之处。只有读得多了，一直保持着对诗歌的感觉，才能真正深入到文本的内里，领悟汉语的魅力，寻找思想的力量。刘勰在《文心雕龙》里说过这样的话：“观千剑而后识器，操千曲而后晓音。”他所表达的，正是这个意思：一个批评家如果不去读更多的文学作品，培养自己的鉴赏和判断能力，而只是死读文学理论，指望从理论中寻找批评的方法，这简直就是一种缘木求鱼。只有读过了，看过了，想过了，才会有更清晰地鉴赏与辨别作品好坏的能力。我想，如果当诗歌批评真正成为一种生活批评时，这样的批评也是综合批评，即便不是寻美的批评，也当是求真的批评，于我们仍然是一种启蒙、一份挑战。

（原载于《黄河文学》2010年第Z1期）

从“新的抒情”到“普通的生活”：穆旦诗歌写作的理念变迁

杨慧莹

自20世纪八九十年代，诗人穆旦所受的关注不断提升，穆旦的诗歌作品重新焕发光彩，尤其是90年代初期，一度掀起穆旦研究的热潮。诗人穆旦的一生，是以生命创作诗歌的一生。穆旦在三四十年代所创作的诗歌是时代、社会与个人情感的沟通桥梁，即是“缘情”与“社情”的相互补足，这与穆旦提倡的“新的抒情”的诗歌理念有着密切联系，他试图通过“新的抒情”实现“感情与知性平衡的诗歌理想”①。具体而言就是：“新生的激动”力图将个人情感与社会现实调和，以“情感渗透智力”的方式着重于诗歌与“事件”的密切关系，并以“我”的分裂将生命的丰富体验融入时代的脉搏。虽然晚年的穆旦依然坚持诗歌与情感的默契配合，但不同于早年的分裂性想象，晚年的穆旦将情感融入日常生活情景与“小人物之歌”中，取消了诗性主体的遮蔽，超越了矛盾的辨析范畴。如耿占春所言：“对于穆旦而言，晚期的意义在于对早期所有人生规划与期待的一个检讨，包括个人的和社会的，经验世界被置于一种回顾式的观察与省思之中。晚年正是时间的这一具有世俗审判意义的位置。”②晚年的穆旦在日常生活中逼近灵魂的拷问，这源自内心的深省，使穆旦在自我生命的辨认与思考中寻得生命的平和之美。因此，穆旦晚年诗歌中展现的对于日常生活的欣喜与珍视，是对完整生命意义的追寻，并使诗人与读者在个人与生活、情感与

① 王光明《“新的抒情”让情感渗透智力——论穆旦和他的诗》，《广东社会科学》2009年第1期。

② 耿占春《穆旦的晚期风格》，王家新编选《新诗“精魂”的追寻：穆旦研究新探》，东方出版中心2018年版，第73页。

理智的考量中达至生存的自然状态。

一、“新的抒情”：“情感渗透理智”的时代之歌

穆旦在20世纪三四十年代的诗歌作品产量丰富，诗歌风格可谓博采众长。在此期间，他的诗歌写作多从理想的追求、山河的赞美、时代的选择、人生的追问等方面展开想象，展现了时代风貌与对现实人生的关注。如诗歌《在旷野上》（1940）、《防空洞里的抒情诗》（1939）、《赞美》《春》（1942）、《自然底梦》（1942）、《控诉》（1941）、《野兽》（1937）等皆为读者所熟知。此时期的诗歌虽有沉思与哀痛，却不乏“钢铁编织起亚洲的海棠（《合唱二章》，1939）”与“一个民族已经起来”（《赞美》，1942）的豪情壮志。例如，在穆旦的诗歌写作中，“O”的频繁使用，则体现着热烈盎然的情感抒发。但无论是激动澎湃的高亢呼唤，还是意犹未尽的疑问思索，穆旦都以深思的笔锋与流畅的思绪组织着诗篇的脉络，字里行间洋溢着新生的热情与期盼，诗行中流动着互为转化的矛盾与缥缈不定的忧思，并在自身不断的分裂中凝聚着新的力量。穆旦以晦明晦暗的情感波动把握着社会的时代脉搏，也掺杂着对于永恒事物及生命意义的探索与询问，并在澎湃的情感与睿智的思辨中张扬着鲜明的个性与智者的英明。

所谓“文变染乎世情，兴废系乎时序”（《文心雕龙·时序篇》），20世纪三四十年代的中国社会面临着内忧外患的现实情景。1931年的“九一八”事变，东北沦陷，局部抗日开始；1937年“七七事变”，全民抗日拉开序幕；直至1945年8月15日，抗日战争取得胜利。在这简单的陈述背后是中华民族的鲜血与历史伤痛，在这悲痛的岁月里，穆旦诗歌中充溢着浓郁的时代之思与家国情怀。在“天下兴亡，匹夫有责”的时代号角之下，曾为抗日斗争奔走呼号的穆旦背负着青年志士的历史重任。他高呼爱国主义的热情，肩负国仇家恨的烙印，在1942年以师长罗又伦随身翻译的身份加入缅甸抗日战场，经历了震惊中外的野人山战役，后历尽千难万险撤退至印度。在滇缅撤退中，穆旦从事的是自杀性的殿后战，诗作《森林之魅——祭胡康河谷上的白骨》（1945）则是穆旦在回忆滇缅大撤退中翻过野人山

"炼狱"后的"祭歌"。这充满着悲苦与热血的时代，无疑影响着作者的"思维范式"与语言技巧。因此，面对中华土地割据与受难民众的悲痛现实，穆旦借助宏大景象以烘托气势，用"宇宙""星空""旷野"等意象来展现原始生命爆裂的力量，丰富的情感如火山般喷涌而出。穆旦在诗歌写作中抒发着对战士们的歌颂，承载着对家园的赞美，诉说着对祖国山河的依恋。并且，"欧化"语言的使用在语序、节奏、组词上可对"新的抒情"有所助力，因为诗中的新意象是对于时代转变的投射，这具体体现在"新的抒情"的社会现实中。穆旦曾在《〈慰劳信集〉——从〈鱼目集〉说起》中对"新的抒情"进行解释："（诗歌）意象中，是否他充足地表现出了战斗的中国，充足地表现出了她在新生中的蓬勃、痛苦、和欢快的激动来了呢？"①而穆旦对诗人卞之琳的《鱼目集》评价是："'新的抒情'成分太贫乏了"，"这些诗行是太平静了，它们缺乏伴着那内容所应有的情绪的节奏"，"'机智'可以和感情融合在一起，也有的时候，自然顶好的节奏可以无须'机智'的渗入"②。同时，穆旦对诗人艾青的《吹号角》给予高度评价："从这首诗中我们知道，自然风景仍然是可以写的，只要把它化进战士生活的背景里，离开唯美主义以及多愁善感的观点，这时候自然风景也就会以它的清新和丰满激起我们朝向生命和斗争的热望来。"③穆旦之所以赞扬艾青的诗歌，是因为艾青将诗歌写作与具体时代景观、社会现实相衔接，情感的涌动喷薄使诗歌的节奏与意象皆受到情感状态的波及而彰显深意。简而言之，"新的抒情"的"情感"需要个人的"缘情"与国家的"社情"相结合，以避免因"情感"的过度泛滥而导致脱离实际或陷入空想。

在穆旦早年诗歌中关于"生命"的哲理深思则离不开"新的抒情"的影响，如上文所述，就穆旦早年的诗歌风格而言，穆旦侧重的是将生命意义与时代使命的宏观课题相勾连。如知名的《春》（1942）、《诗八首》（1942）、《祈神二章》（1942）、《智慧的来临》（1940）等诗歌，运用悖论的技巧和辩证的思索，通过"新的抒情"来探求永恒主题，并从宏大叙事、形而上的想象空间去阐明生命的意义。姜涛曾对诗人冯至与穆旦在40年代

① 穆旦《穆旦诗文集》第2卷，人民文学出版社2018年版，第61页。

②《穆旦诗文集》第2卷，第61—62页。

③《穆旦诗文集》第2卷，第61页。

创作的诗歌进行比较，认为冯至的诗歌“试图远离时代的喧嚣论述而尝试在个体深层体验中营造一种内心话语”；而穆旦则是“不断通过语言将自我卷入与现实的矛盾冲突中”[①]。例如，穆旦于1942年创作诗歌《春》，诗中将“他者”的生命联系到“我们”的生命：

蓝天下，为永远的谜迷惑着的
是我们二十岁的紧闭的肉体，
一如那泥土做成的鸟的歌，
你们被点燃，却无处归依。
呵，光，影，声，色，都已经赤裸，
痛苦着，等待伸入新的组合。

“我们”本应如敞开的窗扉一般，通过肉体的力量展现并证明“我”的存在，但“我们”的“二十岁的肉体”却是紧闭的，心灵渴望伸展，但肉体却被束缚的“我们”，在“灵”与“肉”的裁判中、在泥土的着实与天空的色彩中不断徘徊。这样的生命是真实的、丰富的、灵动的，但却不是永恒的。“春”仅是生命初发与意识觉醒的状态，也是穆旦在特定阶段对于生命力量的感动和对意识觉醒的欣喜，这是以诗性主体的存在来感受生命存在的方式。然而，觉醒的生命“无处归依”，并“痛苦着，等待伸入新的组合”。此种“丰富的痛苦”在“被点燃”之后，新的生命则带着欣喜与激动，期待着前方的旅行，渴盼化茧成蝶，但在展望远方的同时，却又茫茫无期，如王佐良所言：“穆旦的诗真正的谜之一是最善于表达中国知识分子的受折磨又折磨人的心情。”[②]面对着时代的动荡、文化的选择、精神家园的归属等问题，穆旦对于生命的归处与生存的抉择是如此艰难。

在穆旦此时的诗歌写作中，有对于“大环境”生存状态的担忧，也有关于个人的生命意识的观照。“我”不但需认识“我”，还需认识这个世界，正如“那泥土做成的鸟的歌”，“我”渴望自由地飞翔，却不愿脱离“大

① 姜涛《冯至、穆旦四十年代诗歌写作的人称分析》，《中国现代文学研究丛刊》1997年第4期。

② 《穆旦诗文集》第1卷，第159页。

地”，不愿离开生命之“根”。在这片有限的土地上，衔接着薪火相传的生命文明，这是人类对自我生命的认知与生存的渴求，也是人类存活的希望与意义所在。人类因惧怕虚空而脚踏实地，大地是人类得以生存的土壤，也是孕育文明的场所，人类的有机生命体可以与大地相契合。这与人的生命特性有着的密切关联，依赖大地以证实自身的存在，存在中即孕育着文明，是人类对自身生命的确认。然而，现实情况是，这片文明却是不可参透的。穆旦将中国知识分子内心深处的永恒漂泊的人文情怀与时代症结相糅合，发出“历史的矛盾压着我们”，“我们做什么？我们做什么？”（《控诉2》，1941）的疑惑，这是进退两难的境地：“我”承受着“现在是这样真实而孤单的”（《伤害》，1942），于是“我”可以选择拒绝记忆的痛苦，当“我”否定“我”的过去，脱离母体的脐带后，又会“永远是自己，锁在荒野里”（《我》，1940）。总之，三四十年代的穆旦正处于“大地”与“天空”、“文明”与“虚无”、“时间之伤”与“精神之痛”的碾压下，在“新的抒情”中形成着“丰富，与丰富的痛苦”。

综上可以看出，在有限的“自我”与未知的“现实”这对矛盾冲突中，穆旦采用了辩证的视角，但在辩证的思维模式中又承认了矛盾的不可调和，无法忽视生命本质上的自我冲突。此阶段的生命状态是分裂的、不完整的，相比于穆旦晚年生命的回归，此时的生命是自内而外的照耀过程，而非是以自省的方式对于生命普遍状态的审视。三四十年代的土壤孕育着新旧交替的文化，“新的秩序”没有建起，“旧的秩序”已摧毁，而穆旦急迫地试图以“新的抒情”将外部与个人相连，从而提供寻求文明的精神追求。穆旦重视“我”的主体力量与个人状态，唤起了关于“新的抒情”的惊动。但“新的抒情”中“我”的分裂是持续的，并试图通过“变形”以适应或逃离“欲望的涌动”。这皆是以失去“自我”为代价。当“我”与“子宫”割断时，则发生了“我”在“变形”中失去“自我”的事实；当与大地、传统、文明相脱离时，“我”则占位于空虚。早年的穆旦在屡次的尝试与努力中，在保持相对平衡的认知下，试图寻求中华民族的生命之光。这犹如当年鲁迅先生弃医从文，试图寻得治愈中华民族的思想药剂。但遗憾的是，穆旦早年的多数诗歌写作始终处于“有”与“无”的不定徘徊与思想实验之中，未能寻得解决时代症结的有效方法，但他对“新的抒情”所具有的文化警醒，则以“情感渗透理智”的方式为后世提供了重要的参考方向与思考维度。

二、“普通的生活”：日常生活与“小人物之歌”

相比穆旦三四十年代的诗歌写作，穆旦晚年诗歌写作风格更显沉稳，褪去现代艺术技巧的运用，用心灵的语言明示情感，以情感审视普通的生活。这审视并不是诗性主体所体验的主观情感，也并非是“积极”或“消极”的主观体验，而是从普通生命与日常生活中寻得的真实存在。

穆旦早年诗歌在矛盾与分裂、自我与他者中徘徊前进，而晚年则是在平和的积淀中感受着生命的律动，以“小小的蜡烛”唱响“小人物之歌”，燃烧着生命的光彩，漠视着生命的虚无。晚年的穆旦在面对社会现实与时代洪流时，怀着谨慎的态度，以“此地无声胜有声”的“普通的生活”面向生命本真的感动。这里的“普通”并非与穆旦早年诗歌的“丰富”相对，反而是与“丰富”相连，这意味着祛除生命的浮躁后，不再徘徊不前，而是选择直面生活。不同于“新的抒情”时期以宏大叙事、想象空间述说“丰富，与丰富的痛苦”的时代症结，“普通的生活”不再是诗歌理念或导向，而是具体可行的解决方式，通过对自己的认识与个体生命的尊重，准确地寻得个体在社会中的定位，从而建立个体与社会的关联。因此，穆旦晚年诗歌写作中引人注目的是他对于生活的细微感动与对于生命的温暖触碰，这皆在“普通的生活”中一并流转。

穆旦在晚年的岁月中，曾徘徊在生活的边缘，处于困顿的阶段。当独自面对着生活的重负，他也会恍惚自问：“生活为什么这样对我？”（《歌手》）；当岁月已逝，青春不复，故人已去，这位“贫穷”的老人在面临着“严厉的岁月”时，只有“独自回顾那已丧失的财富和自己”（《友谊》）。有时，穆旦也会发出深深的忧思：“那绚丽的天空都受到谴责，还有什么色彩留在这片荒原？”（《智慧之歌》）在严厉的岁月拷问中，回顾往昔的岁暮，面对令人心悸的痛楚，穆旦提出深切的人性关怀：“为什么万物之灵的我们，遭遇还比不上一棵小树？”（《冥想1》）；“为什么由手写出的这些字，竟比这只手更长久，健壮？”（《冥想1》）面对接二连三的质问，穆旦直指生命与存在的意义，此时的穆旦并未驻足于主体的幻想中。

早年的“我”是那个从内外矛盾之中不断完善且不断攀登的“我”。“我”的分裂与不完善，促进了“我”的不断伸长，并在不断伸长、寻求的渐进过程中，试图实现“我”的价值，在分裂的“我”与另一个“我”，或是“我”与他者的博弈过程中，劝服自己已经实现了“我”的“意义”，这正是“自欺”的一种方式。所谓的“自欺”具有超越性，因为“我”不是“我”，即“所有这些判断都是为着确立我不是我所是的判断的公式。如果我只是我所是，我就能”①。那么，完整的生命则在分裂的主体想象中得到了认可的价值，即因为“我”是分裂的、暂时的、不断变动的，所以“我”无法实现理想与现实的统一；反而言之，如果“我”是完整的生命，那么“我”的生活与“我”都会达到理想的状态。具体而言，“因为我真正所是的正是我的超越性；我逃避，我逃离”②，这个分裂的“我”是附于光环的“我”，给予了“我”失败的借口，于是“我”虽败犹荣。但是晚年的穆旦将生命的意义直接指向“普通的生活”时，“普通的生活”则破除了神圣的光环，破除了想象中的“我”与“生活”的超越性，那么“我”就是“我”，无从隐蔽，“我”可在此刻进行深刻的内省。

对自我与生命进行全方位审视，于是“只有痛苦还在，它是日常生活，每天在惩罚自己过去的傲慢”（《智慧之歌》）。这正是穆旦逼视灵魂深处的觉醒，“为理想而痛苦并不可怕，可怕的是看它终于成为笑谈”（《智慧之歌》），此需弥足珍贵的勇气面对“笑谈”。如今这个“我”在破除对主体的想象后，“我”的英雄策略被颠覆，模糊的背景变得清晰，生存的空间也得以显现。“我”承认“我”的有限性，即是承认“我”也是普通生活中的普通人，“我”在《冥想1》（1976）中认识到自己的限度：

因此，我傲然生活了几十年，
仿佛曾做着万物的导演，
实则在它们永久的秩序下

① 萨特《存在与虚无》，陈宣良等译，三联书店2014年版，第90页。
②《存在与虚无》，第90页。

我只当一会儿小小的演员。

这样的思索并不是穆旦在晚年生活中悲凉的终结或无奈的感叹，而是其在严冬的拷问中通过对生命的重新审视而得出的生存哲学：通过“认识你自己”的方式去抵御陷入“神圣的疯狂”或“世界之夜”的极端化境界，即防止陷入欲望的现实与“我思”的疯狂。这也是穆旦力求“感性”与“知性”平衡的另一种方式。

斯拉沃热·齐泽克在《自由的深渊》中指出，人们对现实世界与自我世界和解的方法是“明确自由的界限，避免越界”①。那么进一步说，“明确界限”则需个体对自己有所认知。叔本华曾言：“认识自己的存心，认识自己每一种才能及其固定不变的限度，乃是获得最大可能的自慰一条最可靠的途径。”②认识到自我的界限，明确“我”所处的位置，“定乎内外之分，辩乎荣辱之境（《庄子·北冥有鱼》）”是正视自我、直面生活的处事之道，是在经历“为伊消得人憔悴”后达至的“蓦然回首”，也是穆旦在历经政治的创伤后回归生活的再次启航。总之，由于人类无法思考不可明照的无意识世界，只能在固有的认知领域内进行审视，但审视的范围不再仅是“我”的无限的、自由的膨胀，而划定于“我的生命”与“我”的“普通生活”。如《冥想2》：

把生命的突泉捧在我手里，
我只觉得它来得新鲜，
是浓烈的酒，清新的泡沫，
注入我的奔波、劳作、冒险。

当视域扩张，“我”的过去与未来溶于此刻，生命的亮点得以凸显，“生命之光”则可点亮生活：

① [斯洛文尼亚]斯拉沃热·齐泽克著，王俊译《自由的深渊》，上海译文出版社2013年版，第11页。

② [德]叔本华著，石冲白译《作为意志和表象德世界》，商务印书馆2009年版，第417页。

仿佛前人从未经临的园地
就要展现在我的面前。
但如今，突然面对着坟墓，
我冷眼向过去稍稍回顾，
只见它曲折灌溉的悲喜
都消失在一片亘古的荒漠，
这才知道我的全部努力
不过完成了普通的生活。

此刻“展现在我的面前”的是过去与现在融合于同一时空，“突然”二字以急迫之势逼近，“冷眼”“淡淡”则表明“我”对生命的态度：即便死亡突如其来，“我”也可以“过客”的姿态从容地回顾一生的历程，并试图以“淡淡的”情绪对“我”的生命进行总结。由此，从个体的生命“我”转至普遍生命意义的“它”，镜头也由静态的坟墓与“我”，走向动态的回放情境，最终“消失在一片恒古的荒漠”。“它”代表着一般的生命规律，即喜、怒、哀、乐的波动皆会归于永恒的平静，则出现静——动——静相互交替的场景，这便是生命的韵律：“无时空体验，也许是生命最神秘莫测的秘密了，当生命在这一瞬间，突然明亮起来，时间和空间对生命整体的无穷无尽的切割与分裂便消失了……这一瞬间就是此刻，就是最初就是最终，这一片空间就是此地，就是来处就是归处。这是生命最纯净的显现：是创世也是终古。”①于是生与死、悲与喜的极端状态在此消解，“我”悟出：

这才知道我的全部努力
不过完成了普通的生活。

生与死是“普通的生活”的起点与终点，也同样为生命过程的一部分，并由日常生活所连接，因此，生与死不再对立。“普通的生活”消除了时间、地点对“我”的分割，并将整体的生命熔铸于生命的长河，从而构成

① 任洪渊《找回女娲的语言——一个诗人的哲学导言》,《中外文学》1990年第12期。

了“我”的完整生命体验。如果说穆旦早年注重“受难的过程”，如孙玉石所言：“穆旦思考和体验的，不是由于关注受难的目的与获得而忽略了人的受难过程，而是关注人的生与死以及这受难本身。”[①]那么，同样出于对现实与人性的关怀，穆旦的晚年则转向关注普通生活的过程，正如穆旦的《春》《夏》《秋》《冬》，在诗歌写作中书写“四季之歌”。这如生命运转的自然规律，人的生命是有限的，从出生的一刻到死亡之时，其中的过程就是“普通的生活”。

需要注意的是“普通的生活”中的“普通”并非与“虚无”相连，也并非与“丰富”相对，正如特殊与一般的关系：特殊中体现着一般，“普通”之中也涵蕴着“丰富”。因为“普通的生活”中的情景是具象的、实在的、多样的，“普通的生活”富有的地方性、价值取向、集体意识正是个体与他人、社会构成对话的契机，因此穆旦的生活经验是从现实生活中的普通事与普通人不断累积而得出的。这是发生在周边“小环境”中可触摸到的微小生命，但却展现出对于生命普遍意义的思索，是对“小人物之歌”的吟唱，在“小人物之歌”中献出“美、爱、感激”。创作于1976年10月的《停电之后》，深切地道出微小生命的秘密。创作这首诗时穆旦已接近于生命尾声，他以叙事的方式来表述微小的生命：

小小的烛台还摆在桌上。
我细看它，不但耗尽了油，
而且残留的泪挂在两旁：
这时我才想起，原来一夜间，
有许多阵风都要它抵挡。
于是我感激地把它拿开，
默念这可敬的小小坟场。

“白日的辉煌”映照两行“残留的泪”，蜡烛已油尽灯枯。在此时“我”才注意到，“小小的蜡烛”已燃尽其毕生心血为昨夜照亮光明，昨夜的光亮并非是智力的灯火，却是一份真挚的情感融入毕生的追求。“我”体会对微

① 孙玉石《中国现代诗学丛论》，北京大学出版社2010年版，第515页。

小生命的怜爱，烛台在“我”眼中已变为小小“坟场”，“坟”与“生”相对，与死亡相伴，但蜡烛的生命已被赋予温度，将会照亮永恒。周良沛曾说《停电之后》是“诗人穆旦写《冬》时的同一时期的作品，是诗人最后的诗，也是他四十年代诗的发展、变化、完善自己所开出的花”①。这体现了穆旦早年与晚年诗歌写作的变化过程：由大处的时代到小处的细微的转变。值得注意的是，此诗从限知视角出发，通过“我”的心理活动以及场景的转换来接续绵延的时空，从而触发诗性感受。可是对于类似蜡烛这样只能在一夜间将光明燃尽的普通生命如何对死亡做出回应，穆旦无从知晓。千万的微小生命，人们无法得知它们在面临生与死的抉择时所经历的煎熬与威逼。同理，正如晚年的穆旦，研究者可从穆旦的遗诗中体会出其对生与死的坦然与对生命情感的珍视，但穆旦在灵魂拷问中的亲身体验，我们却无从得知。穆旦对于《停电之后》的限知视角的描绘，正是对千万平凡生命的敬意，这也说明了社会的发展与时代的扭转无法离开普通人与普通事的祭奠。

段从学分析穆旦晚年的诗歌，认为：“世界并非预先为了个人，或者最终必须为了个人而存在的世界。而正因为如此，任何一种细微的美，任何一种琐碎的爱，都值得我们向世界捧出全部的感激。”②这份“美、爱、感激”正是晚年的穆旦以“普通的生活”所体现的对人道主义的关怀，更是为寻找个人与社会的合理位置提供可能。只有明确自身与社会的角色，才能在具体的社会结构中寻得与他人沟通的具体方式。

三、诗歌理念的转换原因：人生境遇与诗歌理念

相关资料显示，穆旦的晚年生活境遇不佳，经历了多灾多难的生活状况与或明或暗的政治环境。穆旦历经过唐山大地震的生存困苦，也曾因骑车跌倒而卧床不起。昔日好友辞世，物是人非，他又因为政治的敏感而身处困境。穆旦不但无法在诗歌写作上获得家人的支持，而且由于现实原

① 周良沛《中国现代诗人评传》，人间出版社2009年版，第305页。

② 段从学《穆旦的精神结构与现代性问题》，人民出版社2014年版，第171页。

因，他对子女的教育皆以实用性技术为主，其子女并未延续穆旦在诗歌上的造诣。在去世之前，穆旦忍痛将多数诗篇焚烧，其中滋味，应是百感交集。

出于以上种种现实原因，有学者认为悲凉与寂寞之感充斥着穆旦的晚年生活，并认为穆旦的晚年诗歌无法脱离悲调的主旋律，如易彬所言："这些内外交困的现实使得穆旦晚年的悲观心理相当深重。穆旦在悲观中走向终结。"①易彬的观点言之有理，但是从穆旦诗歌写作的转变层面分析，晚年的穆旦及其诗篇并不完全沉浸在悲伤的旋律中，而是将"内外交困的现实"作为正视"普通的生活"的契机。参照穆旦晚年书信可知，穆旦在1976年受到腿伤之后加紧练习，期盼早日康复。并且，他认为与年轻人交谈可以抵抗内心的垂老之感。在与青年诗人郭保卫的信中，穆旦曾说："在这个外面严寒的日子里，室内生活变得小而可爱，我有时有一二友来访，炉边坐谈，感到很温暖。"②又如在唐山大地震之后，天津也因之地动，穆旦与家人在临时搭建的帐篷里过活，但从穆旦与朋友的通信中可看出他在除去悲伤后，流露出的对生活的全新感受："我逐渐感到户外睡另有情趣，一是空气新鲜，二是秋高气爽，有月亮，有虫鸣，与大自然共呼吸很不错。"③对于步入老年的穆旦来说，温馨与平静的时刻是他在严冬里尚存的温度，而穆旦对于"因景生情"则有了新的体会："秋夜有许多小虫的合奏曲，凄凉而悠扬，很好听，你可以享受它。特别是如果你夜晚读书或写东西，伴着窗外的虫鸣，那是很触发灵感的。"④如果说以上的论述不免有穆旦苦中作乐的意味，那么，穆旦对于他的诗歌《冬》的阐释，则进一步证明了穆旦晚年在日常生活中所寻得的满足。

《冬》这首诗创作于1976年12月，是穆旦晚年创作中的佳篇。周珏良认为《冬》是穆旦的压卷之作，并代表穆旦晚年的诗歌成就。穆旦曾与好友杜运燮探讨关于诗歌《冬》的内容，并相互交流建议。在穆旦首创《冬》的初稿时，杜运燮认为《冬》表现"悲"调，穆旦对此的回应是："其实我

① 易彬《悲观的终结——一种对诗人穆旦晚年的理解》,《书屋》2002年第3期。

②《穆旦诗文集》第2卷,第179页。

③《穆旦诗文集》第2卷,第237页。

④《穆旦诗文集》第2卷,第238页。

原意是要写冬之乐趣，你当然也看出这点。不过乐趣是画在严酷的背景上。所以如此，也表明越是冬，越看到生命可珍之美。不想被你结论为太悲。"[①]仅就《冬》的文本来说，诗篇中意象的选用似可瞥见悲凉意味，但其所表现的却不是表层的物象，而是更为复杂的情感脉搏，因为"冬"让人清醒。段从学曾以"主体性幻像"的角度言明："现代人根据'应在'来改造'实在'，生理的自我与心理的自我之间的冲突越演越烈。从应在到实在的转换，从'应该如何'的主观立场回到'本来如此'事实性存在的意义，才会被穆旦表述为书写'冬之乐趣'，而非表达悲观情绪。"[②]如此看来，《冬》正是以厚重的生命质感揭示着表象的虚伪，摒弃了虚无的欲望，以"酒神精神"的勇气，直指生命的本质。如《冬》中所言："人生已到严酷的冬天"，"生命也跳动在严酷的冬天"，"人生的乐趣也在严酷的冬天"，"我愿意感情的热流溢于心间，来温暖人生的这严酷的冬天"。这能在冬季生存的生命定然是真实的，富有力量的。这样的生命鲜活、跳动且充满意义，是内心丰富的情感归于生命真相后的深沉体会，此非能以简单的"悲凉"或"乐观"二词道尽其真意。

此外，穆旦晚年之所以能将"新的抒情"转至"普通的生活"，与对于诗歌写作态度的转变有着密切关系，如穆旦对诗歌中"风花雪月"意象的解读。这大致以穆旦在1976年1月的"腿伤"事件为时间节点，在此之后，穆旦曾多次提及："风花雪月还是比较永久的题材，人生哲理也是"[③]；"抽空也看些书，读点旧诗。很爱陶潜的人生无常之叹"[④]。穆旦在与友人的通信中，也曾抄寄陶潜诗歌，其中多为感叹人生无常的诗。据易彬《穆旦年谱》："在穆旦遗留下来的藏书中，有萧望卿著《陶渊明批评》，开明书店，1947年7月版；王瑶编注《陶渊明集》，人民文学出版社，1957年版。"[⑤]

穆旦在1976年之前排斥"旧诗"，是因为他认为"旧诗"脱离了现代社会，其中意象也被反复运用，已经失去活力，对现实社会发挥不了作用。

---

①《穆旦诗文集》第2卷，第177页。

② 段从学《穆旦的精神结构与现代性问题》，人民文学出版社2014年版，第176页。

③《穆旦诗文集》第2卷，第244页。

④《穆旦诗文集》第2卷，第264页。

⑤ 易彬《穆旦年谱》，中国社会科学出版社2010年版，第250页。

同理，穆旦一度批判古诗在现代社会中无用武之地，其大致原因是他认为古代生活与现代生活脱节，古诗无法展现现代生活中的具体时代感。但在1976年12月9日致杜运燮信中，穆旦提到他喜爱的诗人Auden（奥登）的看法，认为："这类诗也有时过境迁之日，时过境迁人家就不爱看了。"[①]这可以看出，穆旦在晚年谈及"风花雪月"的时候，更重视的是不会"时过境迁"的永恒话题，或关于人生问题的思索。因此，穆旦对于"风花雪月"的理解并非停留于言语表层，而是致力于通过语言形式寻求共鸣精神。此种精神关乎生命的体验，即对永恒生存主题的追问。

进一步而言，穆旦晚年沉浸于陶渊明诗歌，不能简单归结于传统诗篇的回归，但可以寻得穆旦晚年的诗歌写作与中华传统优秀诗篇在精神契机上的相通之处。陶渊明诗歌中对于生命的感叹与透彻的领悟正与穆旦走进"普通的生活"具有相通之处，如"欲行宇内复几时，曷不委心任去留？"（《归去来兮辞》）的通透开脱，"久在樊笼里，复得返自然"（《归园田居》其一）的潇洒自然，这与穆旦对自我生命辨认的渴盼相得益彰。如穆旦晚年诗歌中写道："我常常和大雁在碧空翱翔，或者和蛟龙在海里翻腾，凝神的山峦也时常邀请我，到它那辽阔的静穆里做梦。"（《听说我老了》）"大雁""蛟龙""山峦"等意象看似具有传统诗歌韵味，但诗歌的点睛之笔却非停留于表层的研磨。在"我"与"大雁""蛟龙""山峦"的相融中，"我"已超越时空的限定，即便"我老了"，但物理机能的衰退却不意味着"我"精神力量的衰减，"我"于诗歌中自由地奔驰，漫游自然的山河。这份自然不仅限于中华传统诗歌中的自然景观，更是"复得返自然"的人性本真。脱离了宏大叙事，历经了"丰富，与丰富的痛苦"的穆旦，在普通的日常生活中，他为人父、为人夫、为人师、为人友。在经历过寒冬的灵魂拷问与独白的生命絮语中，穆旦已将生命与存在的话题一并纳入日常生活轨迹。晚年的穆旦在1976年创作《春》《夏》《秋》《冬》的"四季之歌"，亦是在"普通的生活"中展现了生命的四季。穆旦在生命的四季中对"智慧""情感""荒原"进行再次审视，但这审视并不是诗性主体所体验的主观情感，也不是"积极"或"消极"的主观体验，而是从普通生命与生活中寻得的真实存在。总之，每个生命皆有生存的权益，"豪华落尽"后，

①《穆旦诗文集》第2卷，第176页。

真淳流露，对于“生”的乐趣与满足本应源于对生活的关切与对生命的敬意。

四、结语

姜涛曾说：“穆旦的写作更多地被当成一个整体来对待，论者往往从某种预设的前提出发，从相关诗作和评论摘取若干段落、命题，进行演绎。虽然，有关诗人写作不同阶段的区别也经常被提起，但大多指向一种线性的评传式呈现，而缺乏对不同历史状况中诗人写作具体的针对性、变动性和层次感的考察。”①具体的时代环境影响着诗人的诗性感悟，诗人创作的一生也是其成长的一生。一位诗人主要风格的形成是在特定的条件下的暂时“休整”，而“休整”后的启航却容易被之前的光泽所掩盖。

研究者会为“影响的焦虑”而提心吊胆，却易忽视诗人所面临的成长的焦虑。如果一位诗人还未成熟，却已淡出焦点，他是可惜的；而一位诗人已经成熟，他成熟的果实却得不到收割，我们是遗憾的。语言是“生命的疆域”，语言中带有的正是不断扩张的情感，诗歌有不死的诗魂，是情感的再次体验。正如在中华传统诗篇中，从《古诗十九首》到《春江花月夜》，皆有关于生命的思索。不同时代对于生命的感悟却不尽相同，其中有对生命的一般看法，更有关于生命的独特体悟。“创造永不会是复演，欣赏也永不会是复演。真正的诗的境界是无限的，永远新鲜的。”②不同时代的人们对于同一话题有不同的理解方式，我们对于穆旦诗篇进行理解时，在尊重具体的社会历史语境的基础上，也需在当下语境中寻得与前人思索的共鸣，如王璞所言：“我们现在需要的，是在新的语境中读出穆旦在今天可能具有的强度，读出他的诗歌同我们的现实的关切。”③

穆旦从“新的抒情”至“普通的生活”的理念变迁，正是源于前人所

---

①《穆旦的精神结构与现代性问题》，第6页。

② 朱光潜《诗论》，岳麓书社2010年版，第57页。

③ 王璞《重读、重述抑或“重估”——关于穆旦和穆旦研究的札记》，《新诗评论》2006年第1期。

遗存的“火种”。“火种”在现实社会中所播撒的文明深意不仅是诗人穆旦的诗性体悟，更是对个体与时代、国家、社会的考量与沟通方式。这便是穆旦诗歌写作中关于生命话题的意义与追问，也是在研究穆旦诗歌中需要深思的要点，愿以此启发当下诗歌写作的进一步思考。

（原载于《写作》2022年第2期）

诗歌与日常生活

——对先锋诗的沉思

崔卫平

一

这是一个反题。诗歌怎么与日常生活联系起来？按照一般常见的理解，诗歌正是远离日常生活的，诗歌语言是反对日常语言的，诗歌与日常生活的关系永远是紧张对立的。如果说这在今天是一条普遍无疑、人人皆知的诗歌定律，那么，作为“反题”的意旨也并不是故意想同它对立，重新提出另外一套诗歌学说，而仅仅是打算在这个现有的框架之内作有限的修补，进行某些适量的调整。这种修补的动机来源于我们目前所处的现实，尤其是在这种现实之中先锋诗歌所陷入的窘境。

二

“日常生活”这个词的含义并不复杂。但在有些场合，它的内容被抽象化和削减了，如仅仅是指吃、喝、拉、撒这样最低限度的日常行为，或有关柴、米、油、盐那样一些日常用品范围内的生活。实际上，它的领域要比这些广阔、丰富得多，如日常工作就是日常生活的一个十分重要的内容，工作也是生活的一部分和一种形式，在日常时间中的展开说明了它们同样是日常性质的。没有人能够逃脱得了日常时间、空间的限制，因此，他的生活就不能不是日常发生的。即使是国王，他每天起床所面对的，也是宫廷里所安排的日常议程。公共汽车售票员和大学教授过的是不同的生活，但都是他们自己那种日复一日、每天与之打交道的日常内容。诗人有着比常人多得不可比拟的头脑中的自由和想象，但他仍然处于他自己的日常生活场景之中，要“打发日子”，做每天应该做的事。在这个意义上，凡生活都是日常的，很难想象有不是“日常生活”的某种生活，除非它不再成其为“生活”而叫做别的什么。

日常生活就是这样一种既不粘不稠，又像磁粒般吸附、吸引的东西。要想摆脱已不可能。在某种意义上，最难对付的就是这种日常生活，它比对付那些“千钧一发”的时刻还要难。然而也正是在这日常生活中，人们更能表明自己是一个什么样的人，用歌德的话来说，经历着是“谷粒还是皮壳”的考验。

三

行军打仗也有行军打仗的日常生活。逾出日常生活的是“事件”。事件意味着日常生活的中断，日常钟摆的突然停止。事件的发生是瞬间的，短期的，但它却能产生长时间的影响：改变原有的日常生活，带来另外一种不同的生活。在行军打仗的途中，遭遇敌人，胜负都应视作家常便饭，构成事件的是受伤、死亡、被俘、掉队或战争的结束，它们能够一下子调换原来的生活的项目、节奏和场景，使生活呈现完全不同的面貌。因此，事件具有整体性意义。日常生活只是局部的、渐进的。在一个人的一生中，一般说来，能够引起这种全局性变化的事件并不多。俗话说的“生、老、病、死”即是。离家、结婚、工作、晋升、调动是日常生活的一部分，但就其对个人生活产生的影响来说也可以算是事件，日常事件。有一些事情在当时是“事件”，超出了日常的范围，但它实际上并未导致根本性的变化，原有的结构和秩序基本未动。即便是那些产生致命影响的事件前后，不同的日常生活之间还是有着若干难分难解的联系。

而由事件带来的另外一种生活也仍然是日常的，新的日常，新的不断成为旧迹的日子。在这一点上，它和原有的日常生活并没有什么区别。不管当事人是否适应或是否愿意，震荡总是暂时的，日常性总是随后及时地登场，成为生活的主角。

诗歌不是日常生活中的事件，它不带来什么也不改变什么。它至多是个“缝隙”。最终又被吸入、分散在日常生活之中，为日常生活所包容。

“生活”是一个比“诗歌”大得多的概念，是诗歌所根植的源泉。

四

日常生活是难的。学会日常生活需要很多条件和充分的耐心。首先要有日常生活，没有日常生活不可能学会它。而日常生活从哪里来呢？不去学习掌握它，它不会从天上掉下来，这几乎是一个悖论。

或许是因为太难了，通常我们所见到的人身上总有不同程度的反日常倾向。比如总是暗中指望“一夜之间”发生的事。“一夜之间”成为百万富翁，“一夜之间”当上大紫大红的明星，“一夜之间”让皮肤彻底换掉。这是心存侥幸。而如果不是碰上这样的好运气，就把自己看作是一个天下最倒霉的人，一举手、一投足都别有深意，都是自己不幸的象征，直至将自己的生活看作一场由大大小小的“事件”构成的暧昧不清的恶作剧。

反日常的心理和情绪多少是相信“无常”的。“无常”是一种非理性的、愚昧落后的东西，它让人觉得生活是一只“看不见的手”所参与的，借此可以推卸自己生活的责任，减轻或取消日常的压力。

如果说日常生活中有什么庸俗的东西的话，那么，没有比这种反日常的暗流更为庸俗的了。它潜藏在平静的日常生活之中，却始终不平静、不安宁，实际上它同样构成了最“日常”、最司空见惯的生活的一部分。我们平时提到的“日常生活”正是这样一种生活：始终心神不定，不知要什么才好；把外面的世界想象得怎么样，在自己的身内身外却找不到一件肯定的东西；一方面无所作为，一方面却又不愿接受任何一种规范，刚才还兴奋到顶点，忽而又沮丧到极点，除了那些稀奇古怪、骇人听闻的事件之外，生活和思想感情上都没有其他的支撑点；灾祸不幸甚至成了生命从中汲取的养料。

这种人在生活中不在少数。在今天自称为“诗人”的那些人中所占的比例也一样。所有那些生命没有受过洗涤的人都处于这种反理性的、反日常的、虚无主义的、浑浊浑沌的暗流之中。他们的语言和记忆听上去就像动植物的语言和记忆。

五

日常生活的一个罪名是所谓“平均值”，即谓日常生活是以“平均值”来要求人的。这可以做好几方面的分析。

1.在“日常生活”中之所以扮演“平均的”、没有特点的角色，是因为前面所说的反日常的“心神不定”。当永远不知道自己要什么，就只有去看别人已经有什么。如此一传十、十传百，“日常生活”岂不“千人一面”？难道先锋派艺术不也在转瞬之间成一般大众的日常消费品？（令人奇怪的或许是先锋艺术本身，何以在“一夜之间”迅速被一般群众所消化、吸收？）

2.指责“平均”的人，足以强调特殊性、个别性为前提的。但至少有完全不同的两个层次上的特殊性、个别性。我这里指出较坏的那一种。人如果没有经过教化生来是排他主义，这只要从婴儿的冲动和未受过教育的人挤公共汽车的表现上可以看出。他们如此执着于自己身体内部与生俱来的“特质”和要求，与别人是万万不能分享的。我将这称之为“原始隔阂”。认定旁人不能与自己沟通，认定自己的生命不能与旁人分有。如果这种人有理论，不难想见其一定要突出他们自己，他们的特殊性、单一性和不可重复性。他们若与别人一样或不一样，混迹于人群之中还是与人格格不入，都不是出于真正的个性和理智的选择，而是来自天生的未受过良好教育带来的缺陷：盲目、愚昧、黑暗和怯懦，不管在多少人身上，这些东西永远只是内部重复的同一种型号。黑暗总是相似的，它们是同一个家族。因而某种“特殊性”最终复归于“一般性”“重复性”。这也是为什么那些急于创新的人，将他们的作品放到一起来看，却是如此地雷同。

真正的特殊性产生于丰盛和富饶，而不是来自任何一种缺陷。

3.“平均”指的是“人人”，但如果这里的“人人”是指：人人都有条件受过起码的和良好的教育；人人尊重他人的生活如同尊重自己的生活；人人都用那种彼此可以理解、沟通的语言交流，以克服原始隔阂所带来的语言缺陷，这有什么不好？

六

这种反日常、也是反生活的情绪是一切法西斯主义滋生的基础。法西斯都是普通法西斯，是普通人身上的那个“好事之徒”。从普通人到法西斯也只在“一夜之间”。

作为法西斯主义没有任何可夸耀的：一个人在践踏他人时，没有不先践踏自己的；拿他人当尸体跨过去，自己就先杀死了自己；以虐待他人为乐的人，也是同样以虐待自己为乐的。

法西斯主义的庸俗还表现在它靠投机取胜。它从虚无的深渊忽然升起，渴望奇迹出现，渴望制造奇迹，企图在一次或短短几天的行动中彻底改变自己的处境，改写自己的命运。于是就不能不求助于突发的、短期行为的“事件”，运用不正常的、暴力的手段。

仔细去想，在当代诗歌中亦存在着不少这样的暴力，从一种“奇迹”的效果出发，任意改变一个记号原先的用法，无端杀死一个词原先的含义，毫不相干的词语被粗暴地捆绑在一起，结果却并未赋予和产生新的含义，因此看上去狰狞可怖，花里胡哨，实质空空洞洞，毫无新意。

七

维特根斯坦提到语言规则，并且拿它同游戏规则相类比。这两者同样都存在一边玩、一边制定规则；一边玩、一边修改规则的情况。但人们“不可能‘私自’遵守一条规则”①。

① 维特根斯坦《哲学研究》，三联书店1992年版，第110页。

也就是说不能（不被允许）以“私有”的眼光去看待语言，企图将语言据为己有，像霸占一个公共汽车的座位那样去霸占它。仅仅使用一次的词不是词。语言是一个公共场所、一项公共财产。

诗歌语言当然不能等同于日常语言。但第一，它仍然以人人都在使用的日常语言作为它的参照系统，完全置这个参照系统于不顾，诗歌将成为无法理解的，从而也就失去了它的诗性。第二，诗歌语言也有属于诗歌语言的规则，诗中的语言即便不在日常语言规则所允许的范围之内，也应当在诗歌艺术、诗歌语言的规则所允许的范围之内。从一切规则中撤离出来，即从一切游戏中撤离出来，即无“审美”可言。

诗歌文本是诗人和传统之间的一种游戏，也是作者和读者之间的一种游戏。游戏则要求参加游戏的双方对游戏的规则的了解是成熟的和练达的、游戏的成功和完美的程度则取决于双方成熟和练达的程度。传统不是死的、是活人眼中的那个“传统”，如果将传统看作是幼稚的和愚蠢的，那么诗人本身也只能是不成熟的和粗鄙的；同样，如果将潜在的读者判为傻瓜，是第一次读诗，那样，作者也必将是缺少诗歌常识，缺乏基本的诗歌经验。这里非常像黑格尔所分析“主人”和“奴隶”的关系。只要有“奴隶”存在，有将他人当奴隶役使，“主人”本身终将是不自由的、不独立的。谁又能言称自己是语言的主人？诗歌的主人？

维特根斯坦还说：“当一个句子被称为没意思时，并不是可能说它的意思没意思，而是一种字词的组合被排除在语言以外，撤出了语言的沟通。”[①]这番话同样适用于诗歌。当诗中的一个句子被认为是没有意思时，即意味着它撤出了诗歌的领域，它没有取得传统和读者两方面的允许和配合，因而不再被看作具有“诗意”的。

八

日常语言作为诗歌语言的参照系统，说明后者不可能、也无意取代前者。取代了前者也就取消了自身。换句话说，诗歌语言并不是要全面冲击

①《哲学研究》，第190页。

日常语言，将其颠覆，必欲“置于死地而后快”（那种认为诗歌语言可以净化和纯洁民族语言的想法，同样是一种法西斯心理的表现）。

同样，进一步可以说，诗歌不可能、也无意全面冲击日常生活，对日常生活采取一种凌驾的、冷漠的乃至诅咒的姿态。

谁说日常生活就不是生活？诗人必得生活在生活的反面？海子有这样的诗句：

当我从海底向你们注视——
事物、天空的儿女
聚拢在家中　如尸体①

他这是从“反面”所看到的生活图景。生活在生活的反面，也是生活在极度的痛苦、疼痛之中。可以说，这个时代毁灭了他，而他也同样毁灭了这个时代。

九

最擅长将日常生活压碎的是“历史”，即我们只能读到的那种书本上的“历史”。这种历史从来不考虑日常生活，它所记载的，仅仅是“帝王将相”的英雄业绩，那些为争权夺利而进行的阴谋、屠杀、抢掠和战争，它充满了那些惊天动地的大事件、紧要关头、转折点。波普尔曾经深刻指出由这种政治权力史而上升为“世界史”“人类史”，“比把贪污史、抢劫史或中毒史当作人类史不见得高明多少”。“这种残酷而幼稚的事件几乎从来不涉及真正在人类生活领域中发生的事件。那些被遗忘的无名的个人生活，他们的哀乐，他们的苦难与死亡，这些才是历代人类经验的真正内容……而存在的一切历史，大人物和当权者的历史充其极都不过是一出庸俗的喜剧

① 海子《土地》，春风文艺出版社，第72页。

而已。”[①]

这样的“历史”和普通人没有太大的关系，除非前者有时借助后者，需要将后者编入自己的神话之内，而对后者的承诺总是一再落空。尽管是这样，仍然有许多普通人非常倾心于这种“历史”，将这种“历史”的经验视作自己切身的经验。说穿了，某种热衷于解释“历史”的行为无非是想被“历史”所解释，为“历史”找答案无非是想得到“历史”的接纳，“崇拜权势是人类最坏的一种偶像崇拜，是牢狱和奴隶时代的遗迹”。[②]波普尔说。

习惯了用这种权力斗争升降的眼光来看待其他方面的历史，如诗歌史，便很容易把它们也想象成一部权力斗争的演变史，这是非常可怕的。那些身为普通人的艺术家，咀嚼着普通人的“哀乐”“苦难与死亡”，包括王侯大公们作为必死的普通人的那一面，竟被当作“历史”上的“帝王将相”来对待！他们因解决了某个方面的问题，完善了某个方面的技巧而超越了前人，竟被视为“造反”“叛逆”“弑杀”！一部诗歌史继而被想象为推翻史、颠覆史！是政治权力斗争延伸的另一战场！这类想法和做法，是很蛮横和不光彩的。

十

对于参与“历史”深感兴趣的有一支专门的队伍，即“知识分子”。

如果的确是运用自己在专业方面所做出的建树赢来的声望，对社会大事件发言，那么这样的人是令人尊敬的；但归根结底，他们的声音之所以有力量，是建立在他们对于人类文明所做出的崇高努力之上。在一个社会中，这样的人屈指可数。今天我们看到更多的却是另外一番景象：一些人在专业上并不纯熟，其专业能力并不足以达到企望的名声的人，利用自己在政治活动中的积极表现，对社会大事件的高谈阔论，才使人们记住了他

① 波普尔《开放的社会及其敌人》，见洪谦主编的《现代西方资产阶级哲学论著选辑》，商务印书馆1964年版，第334页。

②《开放的社会及其敌人》，第336页。

们“哲学家”“诗人”“专家”的头衔，仿佛只有混迹于聚集的茫茫人群之内，才能区别出自己“知识分子”这张皮。不难想见，那些真正学有所长、进入严肃而又理智的操作的人是不太在乎自己的“知识分子”身份的。

喜欢沉浸在社会大事件之中，沉浸在“万人的悲欢”当中，仿佛只有依靠这些，才能使自己的思想感情特别充实，情绪特别慷慨激昂，分析、预测、作出诺言，为之不亦乐乎，这种人和需要靠灾祸来养活自己的没有受过教育的群众本质上并无区别。他们围绕在大事件周围就像围观在火灾现场。而一旦大事件过后，他们马上像戳破了的轮胎，一下子变得垂头丧气，感到人生没有抓头，除非第二次大事件或为第一次大事件的平反如约而至。这种人，其本身在精神上是不自由、不独立的。

如果我们终有一天想减少和控制社会大事件的发生，将社会性的反日常暗流纳入日常轨道，那么，从现在开始，就要减少以往的那种对大事件的热情、热烈的憧憬和难以忘怀的留恋，不要把自己的政治观点、自身在社会政治斗争中所处的位置看得太重，太当作一回事。

对于个人来说，无疑地，他越是拥有自己的日常生活，有自己的专业工作和生活经验，有业务上尚待或亟待解决的问题，他就越不需要社会大事件，从根本上不喜欢那种由灾祸激发的众人的大悲欢，觉得那是非常不习惯和令人难以忍受的。

让我们回忆一下歌德于1830年对法国七月革命所作的反应。起义的消息早晨传到魏玛，人们为之轰动。下午爱克曼来访，歌德对其大声欢呼说：“你对这次伟大事件是怎么想的？火山终于爆发啦，一切都在燃烧，从此再不会有关着门谈判的情况啦。”[①]原来他指的是两位法国解剖学家顾维页和乔弗列在专业问题上的辩论（如今已经不详其情）在法国科学院的公开化。他本人一直密切关注着这场辩论。

在不少场合被视为“庸人”的歌德有一段话简直是针对我们讲的：

“国家的不幸在于没有安居乐业，每个人都想掌握政权”。[②]

① 歌德《歌德谈话录》，爱克曼辑录，朱光潜译，人民文学出版社1978年版，第221—222页。

②《歌德谈话录》，第76—77页。

十一

一个人的精神生活不是表现在华而不实的辞藻方面，尤其不是体现为自说自话的标榜。它最终体现在对于细节问题的专注和敏感上面。

精神上越强大、越有力，便越是能够并要求深入那些具体的、局部的细节，潜心那些技术上的、操作上的问题。他视这些问题有无穷的天地，永无止境的追求。它们如此吸引人，令人欲罢不能，欲罢不忍，为之处心积虑、殚思极虑。除了这些实实在在地要去解决的问题之外，别无其他。不论是科学还是艺术，真正的创造，总是面对问题，解决问题。

这是一个连续不断的工作的过程。缘于此，我们可以将人分为处于状态之中和不在状态之中的两种。处于状态之中也就是处于连续的工作之中，他并不像通常人们所认为的那样兴奋冲动，甚至看上去比较冷淡世故，因为事情正在进行，这个人脱不开身，他知道自己应该对什么负责，该把精力和时间放在什么地方，同时他也并不想在不属于他的领域之外的某处顺便捞一把，因而比较专注、入神。而不在状态之中的人反而显得天真热烈，抒情风格，易冲动，因为身上无事而喜欢东跑西荡，东张西望，评头论足，爱说"大"话，动不动就对"整体"发言，开起口来无边无沿。当然他身处其外，毋需对任何东西负责。就这一点而言，他看起来甚至更像是"诗人"。我们也可以将前一种人称之为进入日常状态——日常工作状态，而后一种人则永远在日常状态之外徘徊。创造更多的是在持久的日常状态之下进行的。

解决问题即是实践。人从实践中才能建立起真正的生活，获得自己的经验。没有一种实践的人是没有根基的人，实践较少的人是根基不牢的人。他可能见多识广，但无济于事。许多精神上的空虚则来源于缺乏实践或实践能力不强，不能熟练地"上手"，因此根基不稳，虚无之气得以不断渗透。一些"诗人""理论家"的问题也属于这一类。由于不能面对技术上的具体问题，对诗歌这门非常难以掌握的艺术始终不能真正地进入，于是就只好求助于那些形而上的、大而无当的对象，借此作为"心灵"的避难之邦。

十二

这种灾难更多的是一种个人灾难。但在一种“整体”情绪中，却被“本体化”“世界化”了。我们因此不断听到“世界的午夜”“黑暗的无限深度”“目击人类的罪行”“无家可归”“精神漫游”“深游”“流浪”这样一些说法。

的确，如果只能生活在“社会大事件”背后，藏身于“残酷而幼稚的事件”构成的“历史”之内，所见到的总是这样的黑暗。从“历史”的高度去看人类尽是流血的事实、令人压抑和绝望的事实。幸亏实际的生活不全是这样的“历史”所构成。

如果是因为往常习惯的权力中心话语失去效应之后退居的“边缘”状态，那么，情况也并非得到改善。说到底，“边缘”仍然是依附于“中心”的，它是“中心”的“边缘”而不是其他的“边缘”。作为“边缘”，它的存在仍在指出和强化那个“中心”位置。它实际上依靠和“中心”的紧张关系而存在，于是变成了需要这种紧张关系，只有在这种紧张关系中才能汲取力量。

显然的是，如果紧张关系的一端是空洞、空虚的，那么另一端也同样不会取得内容；一端是野蛮、愚昧的，另一端也并不因此文明而开化。我们经常看到的是，由于揭露“世界的黑暗”，结果却道出了自己心中的那个“深渊”位置，呼出了自己身上与生俱来的、盲目的、未受洗涤的力量，步入前面所说的个体生命带来的“原始隔阂”。这是令人始料不及的：在一种高度决绝、超越的姿态中，所退守的竟是这种前文明、前教育、前理性的东西。在诗歌中则表现为离奇古怪、反常污秽。它们看上去越貌似崇高，便越令人生厌。

所谓引起“震惊”，是在现代词汇掩饰之下的情感退化的要求。当诗人自身情感退化、包括艺术上技巧上能力的退化，便会诉诸这种“直接”的、类似暴力的效果。实际上，引起“震惊”完全可以通过其他若干途径达到，并不一定要运用诗歌。这种“退化”一方面说是一些个人为“时代”付出的惨重代价，但另一方面，“时代”和许多人也为这些个人付出了惨重的代价。

我拒绝任何将世界形容为末日的说法，觉得它们卑鄙而肮脏。

十三

“流浪”与其说作为一种诗意因素，毋宁说是作为一种生活方式而吸引人。它意味着一下子摆脱了人生的义务和责任；意味着“在路上”的数不清的机遇（其中一个就足以改变一个人的一生）；意味着毫不费力地获得一个令人侧目的、特殊的至少是“平等”的身份；意味着激情体验、酗酒打架、放浪形骸、随心所欲……流浪而写诗，这就好像已经在为艺术付出生命的代价，这种生活方式本身就在为诗歌提供用费尔巴哈的话来说是“用鲜血作图章”的担保。

事情果真如此？很难想象在流浪的状态下能有多少时间和精力来考虑艺术上的问题。如果连怎样弄一顿晚饭都要费尽心思，那么实际上连什么事也做不了。生活中并不是所有行为都需要有创造性的思维。

外面的世界又能怎么样？在今天，“流浪”所到之处已经没有想象中的旖旎风光，古堡、田园、森林，而仅仅是从一个人家到另一个人家，从一个公共汽车的站牌到另一个公共汽车的站牌，最大的“冒险”莫过于乘坐地铁，到小饭馆喝啤酒，吃火锅。除此而外，就是另外一些人的日常生活，全世界的人都在过的那样一种日常生活。各人有各人的事，各人有各人的烦恼、孤独与快乐。谁也没有力量去扶助别人，更不能代替别人生活。而且很快，时间一长，“流浪”本身也失去了它最初带来的新鲜和刺激，成为一种再普通不过的日常。

“流浪”是一种撒娇。对全社会、所有人、制度本身的撒娇。这在卢梭那里就是如此。

十四

“自我实验”是什么？

马林诺夫斯基曾经描写过原始部落的成员，如何在夜晚聚集起来，轮流进行“揭露”——自我暴露。届时得到自己是团体的一员那种证明，并从中减轻自己的道德责任。

“自我实验”的冲动可以和这种“揭露”相媲美。略为不同的是，这里多了“实验”这个环节，“实验”在先，而“揭露”在后。“实验”是为了更好地“揭露”。从“揭露”的效果出发，于是不惜人为地制造丑闻，伪称自己的离奇经历；报道自己怎样怎样隐蔽在那些耸人听闻的难见天日的场所，藏身于某个偏僻生冷的丛林，以便满足“揭露——暴露”那一刻所产生的快感。

如果在这个世界上还不足以将某处直接称之为“地狱”，那么，就在自己的身上造出一座来，将自己的内心变成一个十恶不赦的“活地狱”，以便将它更好地呕吐出来。

在这个意义上，“自我实验”是一种伦理学，是个人为了加入集体、得到集体承认的一种努力。不过这是一种反常的伦理学，它处于伦理学的反面，正如进行自我实验的人处于生活的反面一样。

诗歌艺术不可能是任何一种意义上的“揭露”和“呕吐”。

十五

“自渎”永远不具有独立的、完整的意义，它仅仅是一个残梦。它与大事件及其所掀起的热情恰好形成同构和对位的关系。一个要超出日常生活，高于日常生活，一个却自甘降到日常生活的水平之下，比日常生活还要低。这两者殊途同归：一样地不能在日常生活这个中间地带找到一个适当的位置，而要将它硬拽到自己的那个方向上去。

生活不是个人的。个人也不是个人的。个人无权将自己的生命据为己有。它承天地造化，教育文明，在还没有意识到“自我”之前，就已经在人世间蒙纳了那么多，卷入得那么深。他的语言、习惯、思维方式和生活方式，无一不是从他人那里学来的。他人也是“他人的自己”，如同“自己的自己”。这不同的“自己”实际上是同一个居中而立的东西——自己痛苦时，他人能够感受他本人的痛苦那样，感受你的痛苦；同样，你也可能像感受你自己的痛苦一样去感受他人的痛苦。谁能够说“只有我一人能感受到我的疼痛”？或者“我只能感受到我自己的疼痛”？

“自渎”便是这样一种不自然的东西。它本来是被“崇高”、被“大事件”压碎的一个结果，它的不明智在于：仍然阻止同样被压碎的日常生活的登场，阻止日常生活理性的登场。

十六

陀思妥耶夫斯基笔下的人物担忧：要是没有一个上帝，我们还怎么活下去（索尼娅）？如果上帝不存在，那么是不是什么都是可能的（伊凡）？上帝是人向善的一个引导。

但如果真的没有上帝，至少不可能得到上帝的任何消息，作为一个人，是不是仍然可以竭尽全力向善，把事情做得同样好。

没有天堂地狱，没有末日审判，死后复活，你是不是照常像现在这样日日冶炼你的灵魂，努力使它日臻完善和完整？

甚至没有灵魂。没有任何承诺和结局，你能否做得如同有一个上帝那样小心翼翼和漂亮？

回答应该是肯定的，这便是“此生此世”。我们为什么不生活在这个“此生此世”？不去面对它？承受它？热爱它？即使不为上帝工作而仍然十分努力地工作，不为上帝生活而同样生活得很美好。自然有我离开这个世界的日子，到那时候，我再去那死人所呆的地方，学习其中的课程，明白其内的道理，可是现在，我首先感兴趣的和想了解的，是我活着的这个世界，是这个世界每天所发生的事。我爱这个世界如同我爱上帝。

十七

日常生活归根结底还是一个我们所不太熟悉的领域，至少目前还不太擅长。

我们生活在日常生活之中，每天须臾不能离开它，却不知道如何去认识它，了解它，把它放在一个正当的位置上，与它建立一种平行的、和谐的关系。

或许它是活的，像一个器官，如果破坏了它的基本组成哪怕是外表的黏膜，那么就什么都破了，这个器官将不再具有活性。

或许它是一种仪式（当然有许多繁复的细节），是人和天地之间签订的一项契约（当然由若干更小的规则所构成），为此人人都必须加入，人人都必须遵守，并且在这个过程中，个人不得多加过问，多加追究。

或许它就是它自己。日常生活就是日常生活。日常事物就是日常事物。山就是山，水就是水，树就是树。房屋就是房屋。道路就是道路。

我们缺少“范式”。包括生活的范式和现代诗歌的范式。范式即界限。很难想象一个人不懂生活和生活的界限而他却懂得诗歌和诗歌的界限。客观地说，民族终年动乱的后果最终要体现出来并由人来承担。但这并不意味着事情将永远恶性循环下去。即使我们没有“范式”可以依循，但我们有我们过去的生活，有在过去的生活中所犯的错误（包括前人所犯的错误），我们可以向这些错误学习，从自已和他人的错误中吸取教训，不断调节和改善自身，变得聪明和理智起来，逐渐找出日常生活和诗歌的双重界限。

（原载于《文艺争鸣》1995年第4期）

论当代日常生活诗歌的求真价值取向

艾秀梅

当下诗歌创作在题材上有一个比较值得关注的潮流，就是许多诗人注重对日常活动和日常经验的描述。诸如他们诗群、非非主义、下半身写作、打工诗歌、看见写作、垃圾诗派等都在这方面创作了大量作品。这些作品倾向于以客观态度描述人们衣食住行、吃喝拉撒、生老病死的各种细节，呈现出一个非常真实的世俗日常生活世界。

在价值追求上，这样的创作呈现出鲜明的揭示实有存在的求真意图，而诗歌固有的审美价值追求却大为萎缩。一位诗人兼评论者对当下一些主要诗歌流派的价值推崇做了一个概括：“非非，崇原。下半身，崇下。垃圾派，崇低。看见写作，崇现场。”（李霞《欲走出意象的朱怀金》）在这一系列的崇拜之中，唯独没有原本应该作为艺术本分的崇美追求。无论崇下、崇低还是崇现场，诗歌所着力的都是对一种真实的世俗生活样态的再现。由此形成的一个奇怪现象就是，诗人不再谈论技巧，而谈论哲学、现象学、存在。这一现象令人深思。

一、日常生活题材的真理价值

面对如上现象，我们首先要追问的是：日常生活是可靠的吗？日常生活诗歌何以能够揭示真实的存在？在当代文学史上，日常生活这种题材究竟能否揭示真实的生活？总体来看，对这些问题的回答经历过一个否定、有限肯定和全面肯定的演变过程。

在十七年文学期间，日常生活题材被看作不能揭示生活本质的低级趣味题材。1949年召开的中华全国文艺工作者代表大会上，茅盾和周扬分别做了重要的报告。他们不约而同地对日常生活题材作出了否定的评价。茅盾认为，日常生活创作是进步文艺阵营中腐蚀斗志的毒素："完全按照个人的趣味而采集些都市生活的小镜头，编成故事，既无主题的积极意义，亦无明确的内容。……失去了以革命的精神去教育群众的基本立场。"而反动的国民党也经常"以小市民的落后趣味为标准，或布置一些恋爱场面的悲喜剧，或提出都市市民日常生活中一两点小小的矛盾而构成故事，或给小市民发泄一点生活上的小牢骚而决不致引起对现社会统治秩序的根本怀疑。"[①]茅盾认为，有关都市日常生活的创作是颓废的、有害的。周扬则在报告中指出，"知识分子离开人民的斗争，沉溺于自己小圈子内的生活及个人情感的世界，这样的主题就显得渺小与没有意义了"。[②]

在以工农兵革命为最高真理的年代，日常生活题材因远离宏大革命斗争实践而被认为无法反映生活本质。这一否定性认识决定了该题材长期的萧条。

20世纪七十年代末期，中国的历史翻开了新的一页。"文革"结束，邓小平在第四次文代会致辞中表示不再要求文艺从属于政治，这对文艺是一种解放。在此巨变中，日常生活题材不再是一个禁区。但对该题材的价值判断并没有发生本质的变化，它依然被看作没多大意义的琐碎题材。不过，它却对揭示生活本质有了一定的价值。胡耀邦在1980年一次文艺会议上强调："文艺创作必须真实地反映生活。但这种真实必须是艺术的真实，生活本质的真实，作品必须对生活进行典型概括，才有思想价值和艺术价值。……文艺作品如果只反映那些没有什么意义的和个人琐碎的日常生活，有什么意思呢？个人日常生活可以写，但还是要选择那些社会意义比较强的东西。文艺创作应当从一般的日常生活，进入到更复杂的、更有社会意义的生活境界里去。这是第一个进入。……要有第二个进入。这就是要进

① 茅盾《在反动派压迫下斗争和发展的革命文艺》,《中国现代文学史资料汇编》下册，河南人民出版社1979年版，第1144—1145页、第1147页。

② 周扬《新的人民的文艺》,《中国现代文学史资料汇编》下册，河南人民出版社1979年版，第1017页。

入到更深刻的更有重大普遍意义的社会生活里面去，进入到人与人的关系，阶级同阶级的关系中去。”[①]在这里，有艺术价值的是经过典型概括的生活，个人琐碎的日常生活因其自在状态显然不具备这样的价值，要写也应该是将其作为一个入口，用以通往生活的本质及更有普遍意义的社会生活。这就是新时期文艺政策对于日常生活题材的价值裁断。如高晓声的小说《李顺大造屋》，表面上关注的是农民的口粮、住房这样基本的问题，但潜在的创作意图却是要以此暗示后三十年由于路线错误造成的苦难。

不过，在文艺迎来春天的八十年代，在涉及日常生活题材的创作中，还是出现了一些与“入口”功能不同的文本。比如流沙河的口语诗、陆文夫的小巷文学，都在以一种去崇高化的语言描述着某一微观生活的细部。

文艺界对日常生活题材价值的认识发生根本性的变化是在80年代末期。这一时期，小说界出现了蔚为壮观的新写实热。池莉、刘震云、刘恒等人的创作围绕着吃、住、生育、婚姻等生活琐事构筑出了一个没有任何乌托邦色彩的世俗生活世界。其中最引人瞩目的不是他们写了日常生活，而在于对日常生活的那种不同以往的写作态度。《钟山》杂志将其精确地概括为：“特别注重现实生活原生形态的还原，真诚直面现实、直面人生。”[②]作家不再以侦察兵的姿态审视生活、将生活典型化，更不再以启蒙者的立场指明生活的意义，他们的使命仅在于还原生活事实；日常生活不再是一个揭示更有意义的本质生活的入口，而就是有意义的生活本身。从上述的创作中，揭示出日常生活世界所带有的一种现象学式的原始意义。正像胡塞尔所说的：“这是一个在经验中，并通过经验对我们来说才有意义的和才存有的世界”，“世界的意义和世界存有的认定是在这种生活中自我形成的。”[③]至此，日常生活题材的认识价值就不只是通过典型概括方式提炼出阶段性的生活本质，而升华为一种意义存有空间，即其自身便具有本体性。

这种价值体认同样得到诗人的认可。活跃在八九十年代的“他们”诗派这样表述自己的诗歌主张：“我们关心的是作为个人深入到这个世界中去

① 胡耀邦《在剧本创作座谈会上的讲话》，沈太慧等主编《1979—1983文艺论争集》，黄河文艺出版社1985年版，第22页。

② 钟山编辑部《新写实小说大联展卷首语》，《钟山》1989年第3期。

③ 胡塞尔《欧洲科学危机和超验现象学》，上海译文出版社1988年版，第90页、第82页。

的感受、体会和经验，……虽然在我们的身上投射着各种各样观念的光辉，但是我们不想，也不可能用这些观念去代替我们和世界（包括诗歌）的关系……如果这个世界已经在我们的手中，又有什么理由让我们觉得这是不真实的呢？”（《他们》第3期）

既然我们手中的这个世界就是真实的世界，对它的还原和再现也便成为对事实与真相的把握。由此，当代诗坛涌现出一股关注日常世界的热潮。本文所说的日常生活诗歌指的就是那些在表现题材上特别关注日常活动和日常经验的诗歌文本。

二、日常生活诗歌实现求真价值追求的常用策略

日常生活诗歌致力于拂除遮蔽在生活之上的一切形而上色彩，呈现真实，这样一种价值追求经常是通过以下措施实现的：平民视阈、口语表达、物境营造。

1. 平民视阈。

对热衷日常生活题材的诗人来说，他们往往刻意放弃传统上赋予诗人的特殊身份，而使自己成为一个最普通、最本色的生活主体——平民。诗人或者就是平民，或者以平视生活的态度变成平民生活的记录者，平民思想的传声筒，平民视角的评判者。用皮旦的话说：“你想做一名获得广泛赞许的诗人最可靠的途径就是平庸。你必须拿出生命百分之九十九去练习平庸才行。因而，谁想在中国赢得桂冠诗人的称号，谁就必须首先不是一位诗人。”①当诗人采取这样的主动平庸的平民视阈，就使得诗歌所呈现的世界入情入理而又平淡无奇。如姚振函的作品《鸡蛋涨价》写道：“鸡蛋涨价，是因为饲料涨价，饲料涨价，是因为玉米涨价，玉米涨价，是因为化肥涨价，化肥涨价，是因为煤炭涨价……劳动涨价，是因为鸡蛋涨价。”这首诗反映的是市民生活中最寻常的琐事——食品涨价，诗歌结构是重复性的，读下来感觉是在听一位家庭主妇唠叨。更有趣的是，它反映出来的思维习惯也是富有朴素的平民色彩的，即从日常经验出发。诗歌中的主人公

① 皮旦《皮旦的诗》,《诗歌月刊》2008年第9期。

无疑也在思考鸡蛋涨价的原因，但是却并不像政府官员或学者专家那样从政治经济的大背景去阐释这一生活琐事上的变化，而是仅仅在日常生活自身、从一物到一物，通过物链的连环推测，去解释生活变化的逻辑内因。整首诗在内容上不涉及任何超出日常经验的信息，平民视阈的日常生活诗歌即使面对重大的素材，也往往刻意回避其宏大意义，而更关注生活的细节。如张志的《家常便饭》："小日本，在南京大屠杀中，居然展开砍人头比赛。我老婆，边气愤地看电视，边剪了二百个龙虾的头。大雨哗哗下，院子里的公共厕所，蛆粪溢出了地面。小酒慢慢端，好一盘红烧龙虾，咱能不喝上几盅？喝着喝着，想起张爱玲：猝死公寓，满身蛆虫，遂拿了她的书来佐酒。"在这首诗里，写到两个比较重大的事件，一是南京大屠杀，一是张爱玲之死。这对于中国及中国文学分别是一件有影响的大事，曾经引起持久的政治或文学效应，对这些事件的深刻意义，政治、历史、文学方面进行过诸多阐释。但是作者将这样的大事处理为一顿家常便饭中的两个点缀。大屠杀出现在电视上，张爱玲出现在喝酒后的想象中，都是一种非真实的存在，而这顿家常便饭却是当下的真实。妻子剪龙虾，烧龙虾，龙虾连数目都是明确的。大屠杀经过电视处理而成为剪龙虾头的一个伴随背景，张爱玲的书则用于佐酒。与民族情感、文学艺术有关的重大历史事件化约为一户平民人家晚饭的背景陪衬。作者甚至不避恶俗地两次写到蛆虫，厕所里的，张爱玲尸体上的。因此这首诗实际上包括了吃喝拉撒四种最基本的生命本能活动，写到了生和死两个生命环节。在这里，生就是龙虾、小酒，死亡则是一堆蛆虫。一种物性前提的生命样态。真实的龙虾和小酒稀释或驱逐了民族情感及文学的精神高蹈。

平民视阈有效地帮助诗人摒除了可能遮蔽生活本身的任何神秘色彩，使生活以最不诗意的形象出现在诗歌中。

2. 口语表达。

日常生活诗歌主张一种口语化的写作。我国传统诗学的基础是隐喻传统，隐喻诗学或者追求文有尽而意无穷，或者强调因物喻志寓言写物，一个共同的特点都是强调一个事物与另一事物之间的关系。正如有学者指出的："隐喻首先是一种语言行为。从修辞学的角度看，隐喻表现为一种修辞格，它在一种事物的暗示下谈论另一种事物。……作为一种心理行为和精神行为，隐喻是以彼类事物感知、体验、想象、理解、谈论此类事物的心理活动和精神活动。”[1]由这种暗示的需要出发，诗歌语言往往讲究蕴藉复杂、修辞丰富，艺术性强。当代日常生活诗歌创作对这一传统颇为反感，认为这样做的结果实际上是把一些句子变成另一些句子的奴仆，并不能很好地揭示世界；进而主张，写诗，应该说人话，即多用日常用语。“到语言的路上去，回到隐喻之前。”[2]（于坚）口语保持着口水在场的湿度，是描述当下生活经验的最好载体。同时，日常生活写作也反对知识分子精英话语，及口号式的普通话。沈浩波倡导的下半身写作把一些与隐喻诗学有关的词汇看做诗歌的敌人：“知识、文化、传统、诗意、抒情、哲理、思考、承担、使命、大师、经典、余味深长、回味无穷……属于上半身的词汇与艺术无关，这些文人词典里的东西与具备当下性的先锋诗歌无关，让他们去当文人吧，让他们去当知识分子吧，我们是艺术家，不是一回事。”[3]

如伊沙的作品《张常氏，你的保姆》这样写道：“我在一所外语学院任教，这你是知道的，我在我工作的地方，从不向教授们低头，这你也是知道的，我曾向一位老保姆致敬，闻名全校的张常氏，在我眼里，是一名真正的教授，系陕西省蓝田县下归乡农民，我一位同事的母亲，她的成就是，把一名美国专家的孩子，带了四年，并命名为狗蛋，那个金发碧眼，一把鼻涕的崽子，随其母离开中国时，满口地道秦腔，满脸中国农民式的，朴实与狡黠，真是可爱极了”。如果我们把该作品与另外一首写保姆的著名现代诗艾青的《大堰河，我的保姆》相对照，就会发现两个作品在语言策略上形成了强烈的反差。艾青的诗大量使用排比句式，以一系列动态细节的描述刻画大堰河勤劳善良的形象，如：“在你搭好了灶火之后，在你拍去了围裙上的炭灰之后，在你尝到饭已煮熟了之后，在你把乌黑的酱碗放到乌黑的桌子上之后，在你补好了儿子们的，为山腰的荆棘扯破的衣服之后，在你把小儿被柴刀砍伤了的手包好之后，在你把夫儿们的衬衣上的虱子一颗颗的掐死之后，在你拿起了今天的第一颗鸡蛋之后，你用你厚大的手掌把我抱在怀里，抚摸我。”在如上丰富独特的细节描摹中，诗人以饱满的热

① 季广茂《隐喻视野中的诗性传统》，高等教育出版社1998年版，第12页。

② 转自李公文《口语诗歌的可能与限度》，《诗刊》2003年第11期。

③ 沈浩波《下半身写作及反对上半身》，《下半身》创刊号2000年7月。

情塑造了保姆的感人形象。作者在诗歌的结尾同样运用排比句式反复吟唱，将自己的赞美呈给“你黄土下的紫色的灵魂”以及“大地上一切”，将作品的情感和思想意蕴加以升华。诗中还多次出现“大堰河啊”“啊，大堰河”这样增强抒情性的叹词。这些措施都使作品的语言呈现出鲜明的诗意性。而在伊沙的作品中，诗歌语言与日常语言之间的距离消失了，没有刻意的修辞，没有咏叹词，没有细节描摹，作品由毫无修饰性的简单口语构成，如果读者在阅读时去掉断句的节奏，那就如同一段直白的叙述。作者不再将某种情感或意识投射于人物，挖掘人物“泥黑的脸颜”下的“紫色的灵魂”，只叙述这样一种事实：满口秦腔的陕西农妇张常氏在四年的保姆岁月里把一个美国小孩教成了可爱的中国小农民。

3. 物境营造。

由于对隐喻传统的鄙弃、对日常口语的偏爱，必然带来的一个结果就是诗歌境界上的物境化。历代以来，意境一直是诗歌创作的艺术追求。它虚实相生、韵味无穷，尤其以言外之意、味外之旨为目标，以羚羊挂角、无迹可求的笔法为高。但在日常生活诗人看来，这样的诗歌看起来很玄妙，但实际上连最简单的事物都无法说明。于坚的诗歌《对一只乌鸦的命名》就表达了这种诗学传统对事物的遮蔽以及它在说明世界上的饶舌与乏力：“当一只乌鸦，栖留在我内心的旷野，我要说的不是它的象征它的隐喻或神话，我要说的只是一只乌鸦……从童年到今天我的双手已长满语言的老茧，但作为诗人我还没有说出过一只乌鸦……它只是一只快乐的大嘴巴的乌鸦，在它的外面世界只是臆造……”诗人的双手已经长满语言的老茧，但却仍然不能说出一只乌鸦。因为诗人太专注于一些深刻的、精神性的、意识中的东西了。比如表现了什么、象征了什么、揭示了什么，可是这个眼前的事物是什么，他反而没说好。

日常生活诗人所描述的只是眼前实有的物象，它去掉物被人为赋予的一些文化内涵，只追求使物一目了然。意象被具象所取代，乌托邦色彩没有了。以对一棵树的描写为例，陈毅元帅的《大雪压青松》和舒婷的名作《致橡树》看似歌咏树木，然而他们所关心的却绝非这棵松树或者橡树本身，而是树木所隐喻的超验精神，一种外在于树的召唤力量。而在日常生活化写作的诗人那里，植物脱去了神圣的外衣，还原为我们院子里一棵平平常常的树，请看诗人小海的《写给人民路80号院内的一棵树》："在这个大院里，它不言语，不走动，常在树下走动的是花工老陆……风来时，它要飞，风停了，它又返回花坛，它的枝蔓一直延伸到二楼女厕所里，它的叶子有时'啪'一记贴你脑门儿，或无声落在你肩上，下雨，我们对着它跑去，再停下来等一等，它背部发黑，像埋过一两个死婴，临到换季就一身锯屑，像披着雪花，从伤口抽出的芽开始发黑，继而转黄，金子般，午休时刻，它吊着一只白色的羽毛球，荡啊荡……"小海笔下的这棵树再也不具有什么崇高或超验的品格，它只是大院里的一棵普通的树，花工在它下面劳动，孩子们在这里避雨，打球，它的枝蔓伸到女厕所里，有着黝黑的树干，经常挂住被打飞的羽毛球，如此而已。诗歌没有什么出色的语言技巧，没有"余味"，可是它很清楚地描述了一棵树的模样，它的位置、它在不同天气和季节中的形象，它和人们生活的关系。树作为一棵树，而不是别的什么突显出来。

诗人东篱甚至曾以令人吃惊的耐心描写几片树叶飘落的具体情形："第一片树叶从枝头到地上走了半个小时，也可能更长，当你还没站在窗前的时候，它已经是在路上了，第二片树叶从枝头到地上只走了两分钟，如果不是风兜着它转了一圈，或许会更快，接下来，第三片，第四片……"这个片段犹如一次现场直播，全部的笔墨都集中于对物的镜子般再现、对日常事件的客观还原。这就是日常生活化写作的独特追求。

可以说，在这样的诗歌世界中，事物是没有定语的，被人为附加的很多构成"情境"，"意境"的属于超验的东西都被清洗掉了，人为的主观色彩退却了，世界清晰起来。

三、日常生活诗歌的误区及困惑

从20世纪八十年代初流沙河的口语诗歌起，经过于坚、韩东、沈浩波、伊沙等大批诗人的创作实践，如今日常生活诗歌已经成为有代表性的新诗潮流。不过，我们也必须注意到这一诗歌潮流中反映出的一些值得思考的效应。

第一，诗人们虽然立意真实还原生活，但他们对日常生活之真的描述仍带有极大的主观性。一个突出的表现是，诗人们刻意选取了日常时刻，而过滤掉非日常时刻。根据列菲伏尔的观点，日常生活自身中内蕴着一个他者，即大量充满创造性、差异性的非日常时刻，比如狂欢节、游行、节庆等。而当代诗人笔下则大多回避类似的非日常活动，只以日常活动为真实存在。对日常的偏爱有时候是一种偏执，他们以鹭鸶腿上劈精肉一样的精神写遍日常生活各种细节。不管是吃饭、做爱、大便等生理活动，还是看电影、坐火车等社会性活动，事无巨细地写来，甚至不惜以流水账的形式记录。在他们的笔底，世界以一种完全世俗的状态呈现于面前。相对于刻意将生活抽象化、概括化的做法，偏执地沉溺于日常性活动，以为只有这才是生活，这同样是一种偏颇。

第二，对口语语言的认识简单化，导致诗歌严重欠缺艺术美感。口语诗的魅力主要表现为一种简洁、质感的诗意。以据说为乾隆与刘墉合作的咏花诗为例："一片两片三四片，五片六片七八片，九片十片十一片，飞入草丛都不见。"此诗以浅显口语吟成，但并不缺乏诗意，数词加量词的单纯延续具有儿歌游戏般的质朴，"飞入草丛"的动作与"都不见"的结果又勾勒出落花无影的动人形象，引人回味。但在今天一些误以为日常生活诗歌即是随便写的作者那里，对口语的无原则滥用使得他们的作品流于贫乏、粗陋。这一趋势发展的极端后果就出现了梨花体这种口水诗。如赵丽华的《我终于在一棵树下发现》："一只蚂蚁，另一只蚂蚁，一群蚂蚁，可能还有更多的蚂蚁。"乾隆数花瓣同赵丽华的数蚂蚁并无不同，但赵丽华的蚂蚁诗只有数量，没有形象，不具备起码的文学要素，因此其诗艺性受到极大怀疑。如果口语诗歌弱化为毫无艺术追求的"说话"，那么写诗似乎只是一项断句的机械动作，当代诗歌一度被误解为最没技术含量的断句活动，这对于诗歌其实是一种绝大的误解。

有的诗人过分追求诗歌的写实性还原，也使诗歌有沦为摄像镜头之嫌。一位河南诗人一手持相机，一手持笔，行走大江南北，作品也以诗画配的形式发表出来。诗歌以语言为本体的独立性已大大削弱。因此，对于口语诗歌，笔者虽欣喜于它对生活冷静的直观与洞察，但却不主张诗坛在这条道路上走得太极端、太偏狭。

第三，日常生活诗歌的主体变化首先是诗人身份的模糊。由于大量使用生活口语，日常生活诗歌的叙事性被强化，其抒情性则大大减弱。在这样的磨炼中，诗歌不再迥异于散文、小说，“诗人”也不再是一个清晰的身份，许多诗人可以很容易地滑向散文写作、小说写作、诗论，如于坚、韩东、李红旗等人。诗人，已不再是一个相对清晰或固定的身份。其次，日常生活诗歌远离受众。应当说，日常生活诗歌是最贴近人们的生活真实、最朴素的作品，但它的无技巧无意境恰恰成了一种新的障碍，因为它严重脱离公众对诗歌的期待视阈。对于诗歌，公众习惯于由唐宋诗词及朦胧诗培养起来的前理解心理结构，面对实话实说的日常生活诗歌，他们的态度是怀疑乃至于讥嘲的。因此，最日常的艺术却遭遇最孤独的境遇，这一悖论令人深思。

（原载于《当代文坛》2009年第5期）

飞翔在“日常生活”和“自己的心情”之间

——论王小妮的个人化诗歌创作

罗振亚

在诗歌创作的竞技场上，有两类写作者比较容易引起人们关注。一类速度和爆发力惊人，他们往往禀赋超常，才情横溢，一出手就可以在诗坛立万扬名，哪怕之后迅即消隐；一类则属于“马拉松”型，他们的耐力与韧性均佳，既跨越较长的时空范畴，又能使高潮不时迭起。王小妮兼具两种能力，相对而言后一种能力更为突出。20世纪八十年代初，她刚操起缪斯的琴弦，就以《我感到了阳光》《风在响》《碾子沟里蹲着一个石匠》等文本，对瞬间的眩晕感和北方农人坚忍性格进行了纯净的描述，在当时隐约蕴藉的时尚之外别开新花，其素朴清朗的抒情个性不时逸出朦胧诗的苑囿，说不上如何耀眼，却也风光一时。尔后，在同期起步的诗人们或搁笔从商、或转场海外、或改弄其他文体，渐次逃离的情境下，她一直痴心依旧，坚守诗歌，视之为灵魂栖息的净土、抗拒现实对人物化和俗化的精神家园，终成一只盘翔于诗空的“永远的青鸟”。并且近二十年来历久弥坚，气象非凡，越写越好，她的写作经历和骄人实绩，打破了诗歌永远属于年轻人的迷信，也为诗坛留下了无尽的悬想和启迪。

“只为自己的心情去做一个诗人”

那种以为个人化写作时代助推、成就了王小妮的观点，是一种严重的误读。事实上，是个人化写作影响了王小妮，还是王小妮在某种程度上引发了个人化写作，尚可商榷。因为诗坛在一九八九年后才出现明显的断裂和转型；而王小妮早在八十年代中后期即确立了个人化写作的诗歌立场："只为自己的心情去做一个诗人"①，一九八八年后这种立场愈发坚定与自觉（所以本文重在论述王小妮一九八八年以来的诗歌创作）。

八十年代中期，诗坛群星闪烁，诸侯四起，充满"美丽的混乱"，可王小妮却正在精神上饱受坎坷心理戏剧的折磨。爱人徐敬亚的《崛起的诗群》事件铸成的那场"社会雪崩"，使她经历了短暂的心理迷乱，写下《恶念如洞》《谣传》《定有人攀上阳台，蓄意篡改我》《有孬人在迎面设七把黑椅》等诗，这些诗作从阴郁怪诞的题目、不安虚空的情绪，到善恶转换的视角、尖锐冷漠的语汇，都不无西方超现实主义诗歌的色彩，和诗人此前的"阳光"形象判若云泥。但是"凡是最非人的一刻，痛苦便使灵魂四壁辉煌"（《完整》），清醒、柔韧的主体心理个性，和"哪怕只有一分钟，我也和你结成一个家庭"（《家》）的爱情支撑，让她在一九八八年就彻底从那个"冷秋天"中穿越而出，获得《一走路，我就觉得我还算伟大》那种自明而自信的飘逸感，进入了平和、达观、睿智的境界。苦难的精神炼狱，给诗人的生命思维添了几许沧桑，但也意外地"挽救了一个行将渺茫的朦胧诗人"②，为她实现艺术涅槃，再度问鼎创作的黄金时期提供了可能。

在商品经济与大众文化甚嚣尘上的非诗语境中，王小妮同样面临着一个噬心主题的拷问：写还是不写？如果写该如何保持写作的有效性？她有过强烈的心理震荡，搁笔五年。待到一九九三年重出江湖时，已悟透诗的内里堂奥，方向感更强。她认为女诗人绝非什么"女神""圣女"，她和普通人没有根本区别，诗也不像人说的那样可以陶冶性情，写诗只是一种生存方式和自娱性的行为而已。所以能把自己定位为家庭主妇和木匠一样的制作者，首先是妻子与母亲，一个游走在灶台、卧室和超市间的平凡女性，"一日三餐，理着温顺的菜心，我的手，漂浮在半透明的白瓷盆里。在我的气息悠远之际，白色的米，被煮成了白色的饭"（《活着》）。做完家务琐事的间隙，才坐在桌前"写字"，把自己变成"意义只发生在家里"的《不工作的人》，觉得"诗写在纸上，誊写清楚了，诗人就消失，回到他的日常

① 王小妮《重新做一个诗人》，《作家》1996年第6期。

② 徐敬亚《王小妮的光晕》，《诗探索》1997年第2辑。

生活之中去，做饭或者擦地板”[①]。这样就协调好了诗与日常生活的关系，既平淡充实，毫不矫情，又在高度物化的空间里保持了心灵的独立性。

有了如此的主体定位，“中国、大众、当代诗歌、当代处境”那些“大词大意思，和个人关联太少的大东西”自然“不适于个人关注”[②]了，因为王小妮要做一个没有背景和企图、完全自由的只对自己感觉负责的诗人。而异于“大词大意思”，和个人心情和感觉离得最近的是什么？无疑就是身边的事物，每天具体的日常生活。在这一点上，王小妮和那些精神高蹈的诗人不同。由于古典诗歌理想的浸染，那些诗人心中已绾成一个“生活在别处”的精神情结，总觉得诗意存留在古典田园的记忆中，和钢筋水泥、汽笛虹霓支撑的现代文明格格不入。而王小妮却以为“诗意就呆在那些你觉得最没诗意的地方”，待在周遭俗事、俗物构成的“此在”琐屑中；并且“在看来最没诗意里，看到‘诗意’，才有意思，才高妙”[③]；“诗歌本不需要‘体验生活’。我们活着就永远有诗。活着之核，也就是诗的本质。手拿着本质，还左顾右盼什么？”[④]在她那里诗和生活原本是合二而一、浑融无间的。在这种观念支配下，她置身于巴士、煤气、电缆、卡拉OK和米饭、自来水、菜叶等织就的异化情境，从没想到拒斥，更没想到逃离，而能和它们和平共处，悠然自得。在对“此在”世界的关注和抚摸中，体会浓郁的人情味儿、生活的价值和意义，在形而下的物质表象里发掘被遮蔽的诗意，在最没诗意的地方建构晶莹剔透的诗意空间，甚至宽宥了生活的一些缺陷。只要浏览一下诗的题目，就会发现它们凡俗、日常得可以。《我拿到了所有的钥匙》《一个少年遮蔽了整个京城》《看望朋友》《坐在下午的台阶上》《会见了一个没有眼睛的歌手》《十枝水莲》《等巴士的人们》《一块布的背叛》《致鸟兽鱼虫》……远离宏大、神圣题材的诗，不再像天边的云、雾中的花那样缥缈。白菜、土豆乃生活中熟视无睹、习焉不察的俗物，但诗人却从中激发出了诗意。她“看见遍地大白菜，向我翻开了，鲜嫩青脆的心。抱白菜的人全部向后仰倒了，抚着他们的，是一片半透明的薄金”

① 王小妮《木匠致铁匠》，《现代汉诗：反思与求索》，作家出版社1998年版，第361页。

② 王小妮《诗不是生活，我们不能活反了》，《半个我正在疼痛》，华艺出版社2005版，第224页。

③《诗不是生活，我们不能活反了》，《半个我正在疼痛》，第223页。

④ 王小妮《我的纸里包着我的火》，春风文艺出版社1997年版，第233页。

（《抱大白菜的人仰倒了》），字里行间透出一股欣喜，对田里劳作者自然安详生命状态的认同宛然可见；看到土豆诗人“高兴成了一个，头脑发热的东北人”，“身上严密的缝线都断了……没有什么的打击，能超过一筐土豆的打击”，是啊，生活在高度发达的都市，哪一位精神沧桑者思想深处不充满挥之不去的漂流感，不刻骨铭心地忆念故乡的土地和往事？面对如亲戚、邻居、熟人一般的“土豆”自然会亲切、高兴异常了，那卸去冷静伪装后的本真心态流露，再现出诗人悲喜交加的复合情愫。王小妮就是这样，在这种人间烟火琐屑和平淡的穿梭中，被日常生活的丝丝缕缕，甚至是一些无关紧要的事物动心、感发，发掘令人意想不到的诗意，以一颗朴素之心和“低语”的方式，展开与世界、现实的对话，平静地书写自己的生命状态和世俗感受，审视都市现代人之间的冷漠、隔膜，人对自然、环境的悖反，以及她对万物存在的体恤和尊重，对世界的理解。这一方面表明她超常敏感，能从偶然、倏忽即逝的感觉中捕捉诗意因子；另一方面诗中气定神闲的平和、从容、恬淡和自然，透露出摆脱骄娇二气的诗人主体在精神上已达本色淳朴的修炼化境。如《在安静里失眠》一诗从题目看似是被失眠所苦者肉体和感觉状态的书写，可诗人却能在寂寞中安然悟道，“为什么总是出现没法入睡的夜晚，安静让人们把什么都看见了”，烦躁的失眠夜转为难得的福分，诗人因之进入宽广博大的智慧境界。对一般失眠者难以忍受的森林里的风声、空荡的长廊和细瓷互相碰撞的身影，也因和诗人安静宽容的心态浑融，走向了历史和时间的深处，宁静的背后凸显出了诗人的坚韧。

应该说，诗人以对生活的敏感表现日常感觉，只为自己的心情做一个诗人的选择，无意中暗合了属于高度个人化的内视点的诗歌艺术实质，在把诗歌从职业化的困境中解放出来同时，和朦胧诗充满使命感、崇高意识的情思世界划开了界限，并成为王小妮最终出离、超越朦胧诗的关键所在。但是，如果王小妮的诗仅仅如此还说不上怎样出色，毕竟在20世纪九十年代个人化写作已成有识之士的共性选择。她的超拔精妙之处在于，其个人的日常性感觉和体验不是闭锁狭隘的，而总能暗合人类经验的深层律动，贴近个人又能上升为对人类的大悲悯和终极关怀，对人类生存境遇的洞穿，抵达人类共同性的精神境地。如“让我喜欢你，喜欢成一个平凡的女人。

让我安详盘坐于世，独自经历，一些细微的乱的时候”（《不要帮我，让我自己乱》），写了一个女性具体的心理视境。但它没走当时红火的女性主义诗歌路线，因为把个性看得比性别更重要的王小妮压根儿就没强调过性别对立，也就无须做去性化努力，诗中无可奈何的“烦”心理，是诗人瞬间的感觉，更契合了现代人渗透骨髓的普遍的空虚和绝望心理。《那个人的目光》延续了这一精神命题，“我从来不会要求光，就像不要求为我伸过来的手，那是别人的东西”，平静的叙述里隐含着诗人对人心隔膜、世事冷漠现象的感喟，那也是许多人一种共同的心理不满情绪。“我的心里涨满着，再没有人能把空白放在我这儿，再没人能铺开一张空床单，从今天开始，我已不怕天下所有的好事情，最不可怕的，正是那些坏事情。”谁的父母都会生病，最终死去，《和爸爸说话》处理这一题材时那种意念、语言、想象和表达方式，具有鲜明的个人烙印；但它节制感情的意象和情境转化，把诗引入的则是一个更深广的心灵境域，在貌似不经意中把人生的窘境与困境传达得醇厚无比，面对生死离别的从容姿态，和所带来的凄美的死亡感悟、思想风度，又是那些饱经沧桑的人都十分认同的。也就是说，王小妮的诗歌多从个人的视角、普通的物象和日常的事件出发，但它没像某些女性主义诗歌和“70后”“80后”诗歌那样，或迷失于纯粹个人琐屑和喜怒哀乐的言说，或迷失于肉体狂欢和感官沉醉，或迷失于后现代的语词消费和文本游戏；而能借助书写对象完成对现实、历史和人的命运等问题的思考感悟，道出时代精神内伤的疼痛和自我灵魂的反思，从而放射出诗意的光芒。

日常性的直觉还原

世界在进入创作主体的观照和阐释之前，原本是客观自在的，它并没什么生命或意识可言，人类的感觉最初也基本处于一片澄澈状态，至于既定的文化、历史因素的渗入，都乃各种教育后天浸淫的结果。正是有鉴于此，海德格尔等人提出诗的本质是对事物的敞开和澄明，诗的产生过程是一个去蔽的过程，它既是对世界的还原，又是对人的真实存在的还原。从这一理论维度看，王小妮的诗歌完成的就是一件还原与去蔽的工作。

谈到王小妮诗的感知特征，有人准确地指认她“理解世界的最基本方式是‘看’，而不是哲学家的‘思’”①。八十年代后期，王小妮似乎渐近禅境，生活方式简单、随意、自然，思想沉静，漠然于潮流、圈子，祛除了功利之心，世俗的荣誉、地位、金钱和纷争，乃至命运、磨难和死亡都被看淡，所以能以超然宁静的风度和不介入的中性立场，对一切事物进行“远观”。同时，出于对那种“越来越要显得玄虚高深，弯来转去”②的装腔作势诗风的悖反，正像于坚“拒绝隐喻”一样，王小妮在某种程度上拒绝修辞，她只用女性特有的直觉，对日常生活中的所见、所想进行还原式书写，很少执意究明对象之外的隐喻、象征意义，更不刻意追寻对象的形而上文化内涵，甚至不像多数诗人那样在诗中拷问人生的终极价值和目的。这种“文化去蔽”倒和“第三代诗”的“回到事物中去”理论有许多相通之处。

由于诗人运用静观思维，在场主体的所感同所见之物、之事遇合，在空间上就赋予了王小妮诗歌一个显豁的特征，即“物”的状态和片断澄明通透，有很高的能见度和一定的静态美。所以李震说她很多诗像内涵丰富而简单明快的“静物速写”③。不少人发现王小妮惯用“我看见”的写法，《我喜欢看香烟的排列形状》《我看不见自己的光》《看足球赛》《卸在路边的石头》《今天，我看到很远》《我亲眼看见》《许许多多的梨子》《我看见大风雪》……它们有如一幅幅简笔素描，剔除浓墨重彩后的干净、疏朗的图画。如“金属铜也像死去的身体，工人的手上越变越沉。那个人只能气愤地走，寒冷中头像的卷发在飞扬。头像突然掉下去，又冷又老的普希金眼睛里含着雪，搬运工吃力地滚动铜块”（《普希金头像》）。偶遇的生活场景，在粗线条的勾勒中，流动而立体地映现在读者面前，促使人对诗歌、诗人的处境与命运产生联想，平淡的生活敞开了自在的诗意。“光，降临在，等巴士的人群中。毫不留情地，把他们一分为二。我猜想，在好人背后，黯然失色的就是坏人。巴士很久很久不来，灿烂的太阳不能久等。好人和坏人，正一寸一寸地转换。光芒临身的人正在腐烂变质。刚刚猥琐无

① 向卫国《论王小妮的诗歌》,《云南社会科学》2005年第6期。

② 王小妮《一九九六年记》,《诗探索》1997年第1期。

③ 李震《“活着”及其方式》,《作家》1996年第10期。

光的地方，明媚起来了。”这首《等巴士的人们》的“物”和“心”的能见度更高，细节、碎片、局部剪贴起来的画面，伴着诗人随意而不无宗教色彩的猜想转换，触及了诗人神秘、怪诞的无意识深层，折射着生活和生命中某些复杂、辩证的本质。王小妮有时在“物”的凝视和出入中抒放自己的情思感觉，有时则与喜爱之“物”主客无间地融合，“物”成了自我的镜像。她诗的园地里，长着许多植物，“稻子”（《到乡下去》）、“石榴”（《我没有说我要醒来》）、“森林”（《今天，我看到很远》）、“蒲草”（《晒太阳的人们》）……《十枝水莲》组诗竟有一种物化的冲动，其中的《谁像傻子一样唱歌》写到，当窗外的声音像“云彩的台阶”，“鸟们不知觉地张开毛刺刺的嘴”，“有人在呼喊”，“风急于圈定一块私家飞地，它忍不住胡言乱语”，“一座城市有数不尽的人在唱”时，那终于开花的水莲却十分安静，“我和我以外，植物一心把根盘紧，现在安静比什么都重要”。这里的花和人已泾渭难辨，彼此可以互换，水莲那种不事张扬的内敛、简单、安静，不正是诗人的象喻吗？

“我看见”是观察的视角，更是审美的心态外化，它标明诗人是静坐下来后仔细、平和地有距离地观照事物，所以才能以过人的敏锐，捕捉到那些和都市、现代生活同速度同节奏的人感觉不到的瞬间、场景与诗意，将动态的外在世界静态化，把不无沉重和沧桑的生活转化成一种“轻”而“慢”的艺术方式。这从本质上讲是一种对快捷、嘈杂的都市速度感主动背弃的诗学选择。

王小妮诗歌“文化去蔽”带来的另一个突出特征，是常致力于事态、过程的复现和凸显，有一定的叙事品质。王小妮有过相当抒情的艺术季节，转向个人化写作后，为和烦琐平淡的日常生活呼应，为控制“在场”自我的激情喷发，她走上了反抒情的道路，在文本中融入客观事态、心理细节等叙事因素，体现出一定的叙事长度和流动过程，冷静地还原生活和感觉的本来面目。如“骑各色毛驴的人总在前方，我们没可能超过他。我们走的是路，他走的是张着嘴的山梁。毛驴转向哪，哪就成了正前方。圆脸的姑娘给我们擀面，更圆脸的姑娘给我们加油，时速一百三十公里，我们穿透半白半黄的山西，真感觉像箭一样。天黑了雪也紧跟着黑了，我们急着进城，骑毛驴的早在自家院里卸鞍，悠悠地仙人们先睡了”（《我们箭一样要去射中什么》)。该诗基本采用叙述语调摹写游览山西的经历和感受，虽仍有毛驴、山梁、姑娘、箭等意象闪回，但构成诗歌主体、引发读者兴趣的，却是一系列带地域风俗特点的细节和氤氲着人性温暖的事态。“在北京最冷的这一天。我几乎是，退却着走向了你”，“我看不见温度。看不见你身体里的病。穿过，深藏着你的四合院。在你昏迷的床前，我自已就是散不开的迷雾。还活着的手背，透着月亮表面那样平软的白光”(《看望朋友·我的退却》)。在这里词意象已向行为事象或句事象转换，诗被演绎为一组细节、一种行为、一段过程，若干具事（动作、子情节）的联络，使诗获得了某种小说化、戏剧化倾向。并且，有时这种心理细节和过程描写已沿着诗人的感觉路线，深入到超越浅表意识和经验性情节的无意识领域，微妙而神秘。这是不奇怪的，王小妮多次提及诗就是她的“老鼠洞”“安静的躲避处，自言自语的空间”①。诗人涉足日常生活同时从没停止对灵魂与自我的凝视，所以其心理发掘的精微、深邃自然为一般的诗人所不及。“一走路，阳光就凑来照耀。我身上，顿然生长出自已的温暖……你从快车道上来，你低着你的头。唯一的两只手，深插进了口袋。连太阳和鲜花，都受不了这种插进。”(《一走路，我就觉得我还算伟大》)诗袒露的心理感觉过程，朦胧、飘忽，自已生长温暖、生长光，太阳和鲜花受不了“你”傲然地插进，来的随意，转的突兀，那瞬间闪动、诉诸感觉的心理图像，连诗人自已也不一定能恰切地说出它的内涵；但超越光之后的模糊混沌的自明感，诗人意识深处的感觉及过程的敞开与呈现，却蛰伏着自在的诗意。“森林巨大的涡漩，把人连夜磨成一盏长明灯”，“空无一人的长蛇形拱廊，铜灯摇荡着如同老蝙蝠……我看见凯旋门正在解散，石头跑回家乡的采石场。”(《在安静里失眠》)万籁俱寂之时，诗人心随深夜出走，大脑中活跃的思绪和影像，实有的、虚拟的、当下的、过去的交织，纷繁而凌乱，想象和幻觉瞬间、片断的浮现和铺展，构成了一个全官感或超感官的“心理格式塔”，把诗人多元素、多层次的心理流程渲染得动静兼有，亦真亦幻，其纤细微妙、纵深广博的程度鲜有可比者。王小妮的无意识书写有时犹如梦境，离真实原则相去甚远，但又是感觉中不时出现、符合艺术真实的存在。

①《诗不是生活，我们不能活反了》,《半个我正在疼痛》,第217页。

王小妮诗歌对叙事文学所作的扩张，是事态的，但骨子里仍是诗的。它具备地点、人物、情节、细节等叙事文学的一些要素，但从没将叙述故事或塑造人物作为文本的重心，事态并不完整，情节或细节也多为不连贯的时空片断，并且在细节、过程、片断的背后，诗人时时注意以素朴、平和的心境和情感对它们的渗透和照亮。因此说穿了它是一种情绪化叙事、一种诗性叙事。

不论是物和感觉的澄明，还是事态与片断的呈现，书写对象先在面目的敞开、凸显与还原，都在一定程度上使王小妮的诗歌回到了世界之初和感觉的原始朦胧状态，完成了对文化的去蔽。如为骚人墨客钟情不已的"月亮"，曾是乡愁、孤独、纯洁的载体与象征，最富文化包蕴；但到王小妮的《月亮白得很》里，却遭遇了一次彻底的文化清洗和文化变奏。"月亮在深夜照出了一切的骨头。我呼进了青白的气息。人间的琐碎皮毛，变成下坠的萤火虫……月光来到地板上，我的两只脚已经预先白了。"只开头一句"月亮在深夜照出一切的骨头"，就剔除了附在月亮之上的所有文化积淀，月亮就是月亮，白得很，沉静地照射人间，它的存在不为什么，也没什么言外之响，全诗只是月亮本身清晰的伸展和敞开，自带一种澄明、通透和宁静。至于说诗人的素心观照是否透着一贯的优雅，月光是否闪烁着常有的神性光辉，则要靠读者自己去参悟了。《回家》《晴朗》《最软的季节》等对此在世界的观照，也都抑制象征和隐喻等高层意旨的设定，总体倾向比较淡漠，缺少文化诗的痕迹。

我们这样判断王小妮的诗并非说它没有文化色彩，或必要的思想高度。事实恰好相反，她的许多日常性书写，都言近旨远，隐含着人类生活的本质和独特的人性理解，理趣丰盈深邃；只是它们没走哲学的分析道路，而是以直觉化的"看"的方式表现出来的。因为在直觉中，诗人可以"置身于对象的内部，以便与对象中那个独一无二、不可言传的东西契合"①，透过事物的表层和芜杂，进入本质的认知层面。王小妮的直觉力超常，她抚摸生活中的事象和细节，又能不为其具象所粘连，而做超越性的领悟和提升，在"日复一日、年复一年的生存磨盘里"，"磨出了生存和诗性智慧的

① 柏格森《形而上学导论》,《西方现代文论选》,上海译文出版社 1983 年版,第 83 页。

大彻大悟与诗歌精米”[①]。如《十枝水莲·花想要的自由》，从“十张脸全面对着墙壁，我没想到我也能制造困境”的发现，到决定“做一回解放者，我要满足它们，让青桃乍开的脸全去眺望啊”，彰显了诗人宽广仁爱的悲悯情怀，也寄寓着对命运、时间、自由等问题的思考。“十个少年在玻璃里坐牢。我看见植物的苦苦挣扎”，和充满隐性困境的人相比，作为植物之花的生长是快乐自由的，其困境也是显性“透明”的；但它们仍不满足不快乐，“最柔软的意志也要离家出走”。从中人们不难悟出，自由，那种天人合一、物我融会的自由是相对而有限度的，自由就是永远不满足。《有意义这东西吗》的质疑，全然是沿着感性的“物化”路子走的，有过深入体验的读者能够体会到诗的深层旨归：意义在于过程而不在于结果，在于现象而不在于思考，“假设那晶体能成为飞行器，一个人也不能达到他的远方”，人一生永远无法抵达理想的境地。至于像“辉煌，是一种更深的洞”（《不要把你所想的告诉别人》），“疼痛也是生命。我们永远按不住它”（《半个我正在疼痛》）等类似的感悟就更多。它们都没有刻意经营思想，可是在词与词、词与物、物与物的感性碰撞中，仍闪烁出给人以启悟的智慧火花。诗人这种通过直觉静观走近深刻的“看”的感知方式，简单却丰富，直接而锐利，有一股难以仿效的举重若轻之妙；它使主体动作与客体事物自我呈现结合，洞开了世界和灵魂的本性。

朴素的力量

诗人的每种情思与感觉都呼唤着相应的语言形态赖以物化。而语言是什么？它是诗人的故乡、诗歌存在的居所，它本身就体现存在，就是存在，甚至可以说不是诗歌创造了语言，而是语言创造了诗歌，诗人的使命就是让语言顺利“出场”。那么何谓理想的诗歌语言？在一些人的观念中诗与美乃孪生兄弟，其语言符号应如月之皎洁、花之妩媚，典雅、朦胧、含蓄，才具有现代感。可在王小妮看来，那种所谓的诗的语言总让人感到“假模假样”，和生命、生活“隔阂”。于是她一开始就有意用自然素朴得近乎

① 燎原《水晶的诗光：王小妮诗歌创作论》，《特区文学》2004年第5期。

“土气”的语言对抗贵族性优雅，并且硬是把口语化的路子持续地走到今天，越走越沉稳，越练达。

翻阅王小妮的诗，这样的句子俯拾即是，“到今天还不认识的人，就远远地敬着他。三十年中，我的朋友和敌人都足够了”（《不认识的就不想再认识了》）；“要喊他站起来，看看那些含金量最低的脸，看看他们流出什么颜色的汗”（《十一月里的割稻人》）；“我不愿意看见，迎面走过来的人都白发苍苍。闭紧了眼睛，我在眼睛的内部，仍旧看见了陡峭的白。我知道没有人能走出它的容纳”（《我看见大风雪》）……它们是最不端架子的语言，不炫耀知识，不卖弄文采，没有艳词丽句，没有象征与隐喻等高难的技巧，毫无“装”的感觉，技术上不显山不露水，完全是随意的、谈话式的语言，不温不火，煞是亲切，那些大白话的起用更使诗本色天然得一如诗人的性情；但它们却直接、健康、有力，在散淡从容中十分到位地道出了灵魂的隐秘感受，和被理性遮蔽的无意识状态，透着洗尽铅华的明朗与清新，显示出一种无技巧化的力量。应该说一个诗人炼就出如此炉火纯青的语言已不容易；但如若王小妮仅停留于此也便一般化，因为口语化在戴望舒、废名、纪弦、余光中乃至于坚、韩东等人那里都似曾相识，并已渐臻化境，也多有人论及。王小妮的口语化追求自有她令人刮目的打人之处。

因为王小妮的诗具有明白如话、朴素如泥的口语化趋向，加上她多次申明写诗那种一闪而过的东西，不耗时不耗力，速度较快，像《十枝水莲》“没有事先的‘要表达’，写到哪儿算哪儿”[①]，无形中让一些人觉得她写诗是笔随心走，信手拈来，疏于技巧的讲究，和精警深邃无缘。殊不知这是表层的假象。其实王小妮很清楚写诗是在语言刀刃上的舞蹈，在实践中把寻找词和词、句子和句子碰撞的那种在刀刃上擦过的感觉都当作享受，“在炒锅的油烟中，她能飞快地抢救出那一闪而过的句子”，“甚至在黑暗中用左手摹写，以至于把那黑暗中的蝌蚪写上了床单”[②]，对诗如醉如痴的热爱，使她时刻注意诗艺的打磨。正因为她不刻意求新又在表现上下功夫，所以诗写得简单但精确，明朗而含蓄，拙朴又奇巧，语义清白却内存丰富，

①《诗不是生活，我们不能活反了》，《半个我正在疼痛》，第222页。

② 徐敬亚《王小妮的光晕》，《诗探索》1997年第2辑。

形成了一种貌似清水实为深潭的个人化风格。

一是能在出色语感的驱动下，迅疾地明心见性，“直指人心”，洞穿事物的本质。如直觉力的强弱决定着诗人成就的高下一样，一个人能否成为真正诗人的关键在于其语言感觉如何，优秀的诗人从生命里直接涌动出来的语言未经处理就诗性盎然，徐志摩、韩东等即为范例。王小妮与生俱来的骄人悟性和直觉，使她“在命中被选定做一个诗人”（《告别》），从唇舌之间吞吐出的离感官最近的言语，就能凭借下意识的直感神助，自然呈现出生命的感觉，在瞬间达成语言与生命的同构，洞开事物和心灵的深层、核心所在。“从来没见过，你有这种不可收拾的神情。透明的物体由上而下破裂，一切瓶颈正断成碎片”，“你的神情吓坏了我，我真不知道，你的脆弱，为什么会来得这么快”（《脆弱为什么来得这么快》）。无须再去向诗索求什么意图，它充满生命意味的语感，已能让人听到诗人惊诧、怜爱的呼吸和起伏，看到她见对方突然脆弱那片刻的表情和神态，出色的语感即是诗感、生命感。“粮食长久了就能结实，一个人长久了，却要四分五裂，五个我中，总有一个最固执地出列，正朝着乡下走去。”（《到乡下去》）在这里人和语言已消除利用和被利用的关系，而因相互砥砺渗透合为一体，作者灵魂里喷发出来的才情，使语言固有的因素获得了对事物直接抵达的能量。不是吗？和长久了就能结实的粮食相比，人却时时要遭遇自我矛盾和分裂的精神苦痛，固执的“返归”冲动是快乐也是折磨。“吃半碟土豆已经饱了，送走一个儿子，人已经老了”（《一个少年遮蔽了整个京城》），不能再平白的口语，不能再单纯的句式；但在自然天成的语感流动中，却把母亲离开儿子那种失落和怅然传达得无以复加，枯涩中见丰润，的确本色质朴地“直指人心”了。也就是说，直觉式语感因艺术的浸润、推动，已具有“点石成金”的神奇魅力，诗人对它出入裕如的运用，使诗简洁到只剩下灵魂树干的程度。它使诗人的口语化追求超越了生活口语的变相移植，进入提纯升华的状态，在情绪节奏中创造一种“散文的音乐”，规避了口水化的泥淖。这也正是王小妮在九十年代口语化浪潮中出类拔萃、引领潮头的内在根由。

二是巧妙借助各种艺术手段，虽运用口语却常出人意料之外，造成陌生化、多义性的效果，“极多岔路”（徐敬亚语），颇具现代风韵。口语化充满陷阱，稍不留意就会流于直白，诗意寡淡。针对口语固有的弊端，王小妮接受拟人、远取譬、改变词性、整体象征等一系列技巧的援助，以避免诗意的稀薄，增加感染力。“猜不出它为什么对水发笑。站在液体里睡觉的水莲。跑出梦境窥视人间的水莲。兴奋把玻璃瓶涨得发紫的水莲”（《十枝水莲·不平静的日子》）；“栀子花跑出卖花人的蓑衣，转弯的路口都香了，我没招手花就悠悠地上楼”（《重庆醉酒》）。拟人手法的运用把水莲的鲜脆、娇嫩和富有灵性写得自然而质感，令栀子花那份柔媚娇美惹人心痒，神往不已。远取譬在王诗中更是大面积的存在，“我从没遇到，大过拇指甲的智慧”（《清晨》），“冷的时间，比蟒蛇还要长”（《故乡》），诗中隐喻的比喻两造——本体和喻体之间的关系距离很远，作者硬性地把之拷合，又间以通感和虚实交错，陌生而简约，“反常”又“合道”，它们打破了传统比喻以物比物的想象路线，大胆峭拔得“无套路可循”。在改变词性这一点上王小妮的诗堪称一绝，她对动词的选择十分挑剔，形容词则好易性使用，“我的床上是太阳味了”（《有人悲怆地过生日》），“晴朗，正站在我的头顶，蓝得将近失明”（《晴朗》），“怎么也叫不出，你疼了几年的名字”（《看望朋友·我的退却》），诗中动词、形容词的用法基本都超出了读者的想象范围，谨慎节制，在遏制激情滑动同时，又提供了诸多的诗意联想方向，加深了诗意浓度。至于整体象征效果的出现和王小妮的拒绝修辞原则并不矛盾。因为正如叶芝在《绘画中的象征主义》一文中所言，一切艺术只要不是单纯地讲故事或单纯地描写人物，就都会有象征意义；这一特质与诗作的悟性发生机制结合，使王小妮的诗时而成为一种充满弦外之响的复调系统，不同人从中会悟出不同的东西。这种整体象征不是作者硬性追求所致，而源于诗人心性和体验融入文本后的自然生发；她落实到字面上的语境具体、质感、透明，而语汇间碰撞、组构为一首诗时，又常氤氲出形而上的象征氛围，俘获一种抽象、高远乃至神秘的审美旨归。如《十枝水莲》即为多声部意趣的复合体，它既是植物的静观，又是母性光辉映射的载体，也可理解为诗人的自我镜像，或诗人借水莲展开自我和世界、自由和限制之间的思考，水莲为婴儿的生命体，玻璃与水乃困境的象喻。当然作者还能作出另外的解读。《飞是不允许的》也是每句语义清明稳定，全诗却构成高层结构的诗，对之同样允许作出或此或彼、亦此亦彼的诠释。

诸多现代性艺术手段的介入，使王小妮的诗歌既充满口语的原汁原味，又韵味迭出，张力无穷。

三是充满丰富、多元的语言美感，但无不随意赋形，意形相彰。王小妮诗的题材与手法多种多样，其语言也丰富多元，写实的、抽象的、超现实的兼有；但都能由题材出发选择相应的表现方法，实现意味与形式的共生。如《与爸爸说话》和《重庆醉酒》就呈现出完全不同的风貌，前者朴素亲切，真的像与爸爸说话一样，它去掉了外在的修饰，直接裸露灵魂，体现了王小妮诗的主色调。爸爸是“一个终生都没有得到舒展的人”，他病重后为了不增添亲人的痛苦，故作轻松，“你把阴沉了六十年的水泥医院，把它所有的楼层都逗笑了。太阳每天来到病房正中，在半闭着的窗帘后面，刺透出它光芒的方尖碑。我认识你有多久了？和我认识天空上的光明一样长”。作者用这种满溢着生活气息、随意平常甚至有点絮絮叨叨的方式，把父女间的深情，把对父亲的依恋、挚爱和叹惋表现得自然、平和而深厚，给人一种亲历感。而后者则和醉酒的内涵契合，改为另一种姿态，“满眼桑林晃得多么好，雨是不是晃停了？闪闪发光，从玻璃杯到玻璃杯，我上路比神仙驾云还快……朝天门这盒袖珍火柴，挑担子的火柴头儿们全给我跳动。火种不断钻出水。是什么配置了笑酒，我一笑，这城市立即擦出了光”，其中意识流似的多变视点、思维结构随意的跳跃、怪诞想象的自由无羁，可视为诗人醉酒后断续起伏思想感觉碎片的载体，外化、折射出了诗人隐秘又活跃的心理动感，通透而有余味，信息密度大，先锋味道浓。王小妮这种多色调的语言，增强了她诗歌整体风格的肌体活力与绚烂美感，开拓出读者多样化的期待视野。

在《从北京一直沉默到广州》一诗中，诗人写道：“在中国的火车上，我什么也不说。”岂止在车上，王小妮在诗坛上也始终是一个边缘的沉默者，从不表白什么，也不拉帮结伙，更不做炒作宣言。进入喧嚣、浮躁、欲望化的九十年代后，一方面人们嘲笑诗人，一方面很多诗人的文学史焦虑日发严重；而王小妮却以一颗平常心，淡化一切，要重新做一个诗人，没有企图地为自己一个人写诗，那种“水”一般沉静的姿态和她的诗歌一道，对诗坛构成了绝妙的启迪。作为女性诗人，她的诗歌内质和视境远非女性诗歌所能涵盖，其更为博大、普范化的超性言说，对一度嚣张不已的女性写作不啻一剂清醒的药方。在如今崇尚先锋、努力把诗写得像诗的时尚性潮流中，她返璞归真的朴素向度，既是一种有力的制衡，也将唤起人们对诗歌和生活深层关系的重新思考；置身于诗歌滑坡的尴尬语境，她虔诚地视诗为宗教，以其独创的个人化比喻和语汇体系，为重新认知、表达世界和情感，打开了一条新的途径。至于她诗歌本身那种纯粹的内质、从容的气度、自然的风范，更非一般人所可企及。难怪翟永明发出没有想到朦胧诗里还有王小妮这样出色的女诗人的感叹了。当然，王小妮时而潜入无意识为诗，直觉力过于快捷，也把一些读者挡在了诗之门外。

（原载于《当代作家评论》2009年第2期）

第三辑　他山之石

“诗歌是一种生活的批评”

——马修·阿诺德的诗歌理论和批评方法

杨　冬，王秀梅

马修·阿诺德（Matthew Arnold, 1822—1888）是19世纪后期英国最重要的批评家之一。他毕业于牛津大学，1851年起任教育部督学，从1857年起兼任牛津大学诗学教授。这一双重身份，似乎恰好说明了阿诺德作为一个批评家的特点。他的批评决不拘囿在文学的象牙塔里，而把触角广泛深入到文化、社会、历史、艺术乃至神学的方方面面。在《文化与无政府状态》（*Culture and Anarchy*, 1869）中，他描绘了一幅英国中产阶级的讽刺画，对当时盛行的拜金主义和市侩作风展开了激烈批判，充分肯定了精英文化和文学所传播的“甜美与光明”（sweetness and light）。在《论荷马史诗的译本》（*On Translating Homer*, 1861）、《凯尔特文学研究》（*On the Study of Celtic Literature*, 1867）、《批评一集》（*Essays in Criticism: First Series*, 1865）和《批评二集》（*Essays in Criticism: Second Series*, 1888）等演讲和批评论著中，他则阐发了一套独特的诗歌理论和批评理论，甚至断言诗歌作为一种“生活的批评”，终将取代宗教和哲学。所有这一切，在此后很长一段时期内对英、美两国文学批评产生了深刻影响。而20世纪英国两位重要批评家艾·阿·理查兹和弗·雷·利维斯，在不同程度上都是阿诺德的信徒。

一

论及诗歌在当今时代的命运，阿诺德在《诗歌研究》（*The Study of Poetry*, 1880）一文中，像所有的艺术辩护者一样，以类似华兹华斯和雪莱的夸张的论调告诉我们：

> 诗歌的未来是远大的，因为随着时间的推移，我们的种族将在不负自己崇高使命的诗歌中，找到一个越来越可靠的支持……我们的宗教已将自己物化在事实中，假定的事实中；它将自己的感情寄托在事实上，而现在事实却无法支持它。但对诗歌来说，观念就是一切，其他的只是幻觉的世界，神圣的幻觉世界。诗歌把它的感情寄托在观念上；而观念就是事实。我们今天宗教的最有力的部分乃是它不自觉的诗歌。①

在阿诺德看来，没有一种信念是不可动摇的，没有一种教义是不可怀疑的，也没有一种传统是不会受到挑战的。在这个宗教和哲学都日渐衰微的时代，唯有诗歌才能为我们阐明人生的意义，为我们提供最大的精神慰藉。

因此，当他为沃德编选的《英国诗人》（*The English Poets*，1880）撰写这篇序言的时候，他不仅本人对诗歌在当今社会的功用寄予莫大期望，而且希望读者在阅读这些诗篇时，也能像华兹华斯当年所说的那样，把诗歌视为"一切知识的起源和精华"：

> 我们应当把诗歌看得很有价值，远较习俗看得更高。我们应当认识到诗歌具有更高的用途，负有更高的使命，远远超出迄今为止一般人对它的估计。人类将越来越多地发现，必须求助诗歌来为我们解释生活，安慰我们，支持我们。没有诗歌，我们的科学就会显得不完备；而我们现在视为宗教和哲学的大部分东西也将被诗歌所取代。②

不言而喻，在这样一种预言中，阿诺德已经把诗歌的社会功用夸大到了前所未有的程度。我们固然欣赏他的勇气，然而也应当承认，这一预言多少带有乌托邦的色彩。事实上，尽管诗歌是人类生活中不可或缺的审美活动之一，但它既不可能担负如此重大的使命，也不可能取代宗教和哲学，

① Arnold, *Essays in Criticism: Second Series*. *New York*: The Macmillan Company, 1924, p.1.

② Arnold, *Essays in Criticism: Second Series*. *New York*: The Macmillan Company, 1924, p.2.

正像宗教和哲学也不可能取代诗歌一样。

然而，倘若我们对阿诺德的见解弃置不顾，同样也是轻率的。自从浪漫主义时代以来，英国诗人就写下一系列热情洋溢的篇章，为诗歌的功用进行了种种辩护。如果说华兹华斯的《〈抒情歌谣集〉第二版序言》是为革新英语诗风而呼吁呐喊，雪莱的《为诗辩护》是为了痛斥托马斯·皮科克对诗歌的嘲讽而庄严申辩，卡莱尔和穆勒更是直接针对功利主义而进行了批驳，那么，阿诺德关于诗歌功用的论述则是为了回应更为严峻的挑战。因此，只有将阿诺德的上述观点置于当时特定的语境中，我们才会对他的见解有所理解。

撇开那些夸大其词的成分，阿诺德的辩护至少具有以下三层意义：

其一，英国维多利亚时代盛行所谓“非利斯主义”（Philistinism）或“市侩作风”，一般中产阶级沉湎于金钱的贪欲和物质的享乐之中，既漠视高尚的文化，又缺乏道德的庄严。其结果，整个社会便失去了行为准则和生活方向，而陷于无政府状态。阿诺德在《文化与无政府状态》一书中标榜“甜美与光明”，正是旨在以高尚的文化和文学来抵制当时社会的拜金主义和市侩作风。在他看来，现代文明是一种机器文明和物质文明，而且这种趋势还在愈演愈烈。唯有凭借文化才能抵制这种趋势，让“甜美与光明”蔚然成风。就此而言，诗歌与文化遵从着同一律令：“诗歌主张美、主张人性在一切方面均应臻至完善，这是诗歌的主旨……尽管诗歌的主张尚不如宗教那么有成效，但它乃是真切而宝贵的思想，诗歌的主张若与宗教观念中有虔敬之心的干劲活力结合，就注定会改造并统制宗教的主张。”①

其二，在19世纪自然科学取得长足进步的同时，科学主义思潮也甚嚣尘上，向文学艺术发起了严峻的挑战。托马斯·亨利·赫胥黎宣称，整个教育应当建立在自然科学的基础上。而大名鼎鼎的查理·罗伯特·达尔文也认为，宗教和诗歌毫无用处，对他来说科学和家庭亲情便已足够。对此，阿诺德在《文学与科学》（*Literature and Science*，1882）一文中予以反驳，充分肯定了文学的崇高价值。他指出，文学并非仅仅是徒有其表的“美文”，而是人类教育的基础，“假如我们现在通过经验认识到，高尚的文学具有激励情感的无可否认的力量，那么，高尚的文学在人类教育中的重要

① [英]马修·阿诺德《文化与无政府状态》，韩敏中译，三联书店2012年版，第18页。

性就不会减弱，而是会变得更加重大，与现代科学在铲除所谓‘中世纪思想’方面取得的成就恰好成正比例”[①]。

其三，19世纪60年代以来，以爱尔吉侬·史文朋、沃尔特·佩特和奥斯卡·王尔德等为代表，英国的唯美主义也汇成一股强劲的文学思潮。唯美主义不仅试图割裂艺术与社会生活之间的联系，而且也否认了文学的社会功用。因此，阿诺德的见解也是针对“为艺术而艺术”的倾向所作的应答。他借用古希腊哲学家爱比克泰德的比喻，把“为艺术而艺术”论的鼓吹者戈蒂耶称为一个爱上旅舍而忘记回家的人，把关注生活的华兹华斯称为“想要回家的诗人”。因为在他看来，一个诗人的伟大特征，就在于他强有力地处理了生活[②]。惟其如此，诗歌才能为我们解释生活，给我们以巨大的精神慰藉。

二

由于高度重视诗歌的社会功用，阿诺德总是重申这样一个诗歌观念：“诗歌在本质上是一种生活的批评”[③]，“诗歌是在诗的真与美的规律所规定的条件下的一种生活的批评”[④]。与此同时，他又不断强调：“把观念崇高而深刻地应用于生活，是构成诗歌伟大的最基本因素”，“违反道德观念的诗歌就是违反生活的诗歌；对于道德观念漠不关心的诗歌也就是对生活漠不关心的诗歌”[⑤]因此，他要求诗歌在内容与题材上必须具有“高度的严肃性”（high seriousness），而这一用语是他从亚里士多德的《诗学》中移译过来的[⑥]。

---

① Arnold, *The Norton Anthology of English Literature*: vol. 2.New York: W.W.Norton & Company, 1962, p.980.

② Arnold, *Essays in Criticism: Second Series*. New York: The Macmillan Company, 1924, pp.145-146.

③ Arnold, *Essays in Criticism: Second Series.New York*: The Macmillan Company, 1924, p.143.

④ Arnold, *Essays in Criticism: Second Series*.New York: The Macmillan Company, 1924, p.5.

⑤ Arnold, *Essays in Criticism: Second Series. New York*: The Macmillan Company, 1924, pp.140-144.

⑥ Arnold, *Essays in Criticism: Second Series.New York*: The Macmillan Company, 1924, p.5.

虽然阿诺德确信，一个诗人的伟大特征就在于他强有力地处理了生活，但他始终认识到，隐含在诗歌中的世界观与系统的哲学思想并不是一回事。他对当时的批评家莱斯利·斯蒂芬的说法不以为然，因为后者过分看重了所谓的华兹华斯哲学，声称在华兹华斯的诗歌中有一个“思想的科学体系”。阿诺德明确指出：

> 他（指华兹华斯）的诗歌是真实的东西，而他的哲学——至少当它套“某种思想的科学体系”的形式和外衣，或假装具有这些形式和外衣——却是幻觉。或许有一天，我们将懂得把这一主张普遍化，并且说：诗歌是真实的，而哲学却是幻觉①。

阿诺德认为，“华兹华斯的诗歌之所以伟大，就在于华兹华斯以非凡的力量感受到自然带给我们的愉快，感受到单纯而基本的感情与责任带给我们的愉快；也在于他以非凡的力量一次又一次把这种愉快展示给我们，使我们分享这种愉快”②。因此，所谓“生活的批评”，并不意味着将诗歌与哲学混为一谈，恰恰相反，阿诺德并不怎么欣赏华兹华斯的《远足》（*The Excursion*）和《序曲》（*The Prelude*）这类诗篇，尽管这在许多人看来或许是诗人最富于哲理的作品。

同样，尽管阿诺德认为诗歌便是“把观念崇高而深刻地应用于生活”，而且这观念就是道德观念，但他同时也指出，必须对“道德”一词作宽泛的理解，凡是与“怎样生活”这一问题有关的，都可以算作是“道德观念”。所以，在他看来，弥尔顿《失乐园》中的诗句“对生活不爱也不恨，当你在世就好好生活，长寿或夭折都听天由命”是一种道德观念；济慈《希腊古瓮颂》中的诗句“你将永远爱下去，她也永远美丽”也是一种道德观念；而莎士比亚《暴风雨》中的台词“我们只是由梦幻而成的材料，而我们的卑微生命将由长眠来终结”同样也表达了一种道德观念。由此可见，阿诺德所理解的诗歌与道德的关系，无非是要求诗人“在诗的真与诗的美

---

① Arnold, *Essays in Criticism: Second Series. New York*: The Macmillan Company, 1924, pp.148-149.

② Arnold, *Essays in Criticism: Second Series. New York*: The Macmillan Company, 1924, p.153.

的规律所严格规定的条件下，把他亲自取得的关于人，关于自然和关于人生的观念，应用于他的题材上，无论它是什么题材。”[①]因此，至少从理论上讲，阿诺德确乎注意到了真、善、美在艺术作品中如何统一的问题，并没有特别看重教谕诗的意思。

然而，在谈到诗歌应当具有“高度的严肃性”时，阿诺德无疑赋予了某种道德意识以重要的地位。在他看来，诗歌的最高境界是达到内容与形式、题材与风格的完美统一，“最好的诗歌在题材与内容上的真实性和严肃性的优越特征，是与构成风格和表现方法的措词和韵律方面的优越性不可分割的。”[②]而在这些因素中，他最看重的还是“高度的严肃性”。他把“高度的严肃性”视为衡量伟大诗篇的最高标准，而且只有极少数诗人才能经得起这样的检验。在阿诺德看来，乔叟的诗篇虽然对人生作了广阔的描写，也具有内容的真实性，但却缺乏这种“高度的严肃性”。罗伯特·彭斯虽然咏唱了“苏格兰的豪饮、苏格兰的宗教和苏格兰的风俗”，也具有真实的内容，但同样缺乏古典作家的“高度的严肃性”。他由此指出：

> 这是高度而优异的严肃性，亚理斯多德把它视为诗歌的一种崇高的特征。乔叟诗歌的内容，对事物的看法和对生活的批评是广阔的、自由的、敏锐的、敦厚的；但它并不具有这种高度的严肃性。荷马对生活的批评是具有高度的严肃性的，但丁、莎士比亚的也有。首先是这种严肃性给予我们的精神以凭依；而且随着我们时代对诗歌不断增长的需求，诗歌给予我们凭依的长处将日益受到高度重视[③]。

在这份名单上，我们或许还可以添上弥尔顿、歌德和华兹华斯的名字。然而，这一入选标准毕竟显得过于狭窄，严格限制了我们对诗歌的欣赏。好在阿诺德有时也能从另一个角度来看待诗歌，放宽了他对诗歌的评价尺度。在《莫里斯·德·盖兰》（*Maurice de Guerin*，1865）一文中，通过对这位并不知名的法国浪漫派诗人的评价，阿诺德区分了诗歌的两种作用。他

① Arnold, *Essays in Criticism: Second Series. New York*: The Macmillan Company, 1924, p.141.
② Arnold, *Essays in Criticism: Second Series. New York*: The Macmillan Company, 1924, p.22.
③ Arnold, *Essays in Criticism: Second Series. New York*: The Macmillan Company, 1924, p.33.

认为，诗歌的崇高力量就在于它能为我们满意地解释世界，既通过富于魔法的机巧解释了外部世界的形貌和运动，又通过富于灵感的信条解释了内部世界的观念和规律。“换言之，诗歌的解释既具有自然的魔法，也具有道德的深度。它以这两种方式启发人：既给予他一种令人满意的真实观念，又使他与宇宙万物相和谐。”[①]这样，阿诺德便确认了诗歌题材的多样化，尽管他从未放弃“诗歌是对生活的批评”这一核心的诗歌观念。

三

阿诺德也高度重视文学批评的作用。他指出，对于一个诗人或一首诗，我们必须作出“真正的评价”。而这就意味着“在阅读诗歌的时候，不断地想到最好的、真正优秀的作品，想到从中汲取力量和愉快，我们理应将此牢记在心中，以此来支配我们对所读作品的评价”[②]。然而，令人遗憾的是，这种“真正的评价”却时常被两种错误的批评方法所取代了，这就是“个人的评价”和“历史的评价”。

所谓“个人的评价”是一种印象主义的批评方法，类似于后来美国新批评派所说的“感受谬见”。它对作品的评价完全取决于个人的感受和嗜好，只是根据作品对个人的重要程度作出评价，与作品的真正价值并不相符。所谓“历史的评价”则是一种历史相对主义，即以历史的标准代替了审美的标准。在把一部作品当做发展进程中的某一阶段来加以研究时，尤其是研究文学发展的早期阶段时，特别容易对那些早期作品的缺陷予以宽宥，对它们的成就却作出过高估价。当然，这并不意味着阿诺德背弃了历史主义观点，他所反对的只是那种一味探索诗歌的历史源流，却放弃对它们作出审美评价的错误倾向。因此，尽管阿诺德深受泰纳的影响，在其批评论著中不断使用“种族”“时代”等概念来解释文学史现象，但他却强调：“追寻一位真正古典作家的劳作、意图、缺陷和失误，了解他的时代、

① Arnold, *Essays in Criticism: First Series*. New York: The Macmillan Company, 1924, pp110-111.

② Arnold, *Essays in Criticism: Second Series*. New York: The Macmillan Company, 1924, p.6.

他的生活和他的历史渊源，只不过是文学上的外行，除非我们对它的目的具有清晰的认识与深入的欣赏。”①

在批评方法上，阿诺德所提出的最独特、也最容易引起争议的主张，便是他的“试金石”（touch stones）理论。正是为了避免上述的“个人的评价”和“历史的评价”这两种错误倾向，阿诺德强调：“在我们研究诗人和诗歌的时候，始终把清晰感受和深切欣赏真正优秀的、真正古典的诗歌所获得的益处牢记在心，作为我们的目的。”唯有如此，我们才能对诗歌作出“真正的评价”②。然而，他虽然拟订了评价的标准，却不善于具体界说这一标准。在他看来，与其用抽象的概念来给它下定义，不如采取一种更具体、更便捷的方法来检验作品的优劣。他建议，最好的方法就是把一些真正优秀的诗句牢记在心，以此作为检验其他诗歌的“试金石”：

> 的确，要发现什么样的诗歌是属于真正优秀一级的，因而对我们是最好的，最有效的方法莫过于把伟大作家的一些诗句和词语总是牢记在心里，并把它们作为检验其他诗歌的试金石。当然，我们并不要求其他的诗歌与它们相似；那或许是截然不同的。但是，如果我们足够老练，一旦将这些诗句和词语牢记在心，我们就会发现它是一块灵验可靠的试金石，对于置放在旁边的所有其他诗歌，都能检验出它们是否具有诗歌的高质量，以及这种质量的等级。哪怕是很短的段落，甚至是一行两行，对我们就足够了③。

那么什么样的作品可以成为检验其他诗歌的“试金石”呢？作为例证，阿诺德在《诗歌研究》中援引了11个片断，它们分别选自荷马、但丁、莎士比亚和弥尔顿的作品。这些片断通常只有一两行，最长的也不过才四行诗句。例如，哈姆莱特在临终前对霍拉旭的嘱托：“如果你过去真心爱我，请你暂时牺牲一下天堂的幸福，留在这个冷酷的人间，替我传述我的故事

① Arnold, *Essays in Criticism: Second Series*. New York: The Macmillan Company, 1924, p.11.

② Arnold, *Essays in Criticism: Second Series*. New York: The Macmillan Company, 1924, p.13.

③ Arnold, *Essays in Criticism: Second Series*. New York: The Macmillan Company, 1924, pp.16–17.

吧。”又如，《失乐园》中撒旦的豪言壮语：“永不屈服、永不退让的勇气，还有什么比这更难战胜的呢？”虽然阿诺德承认，要把这些诗句当作检验其他诗歌的“试金石”来应用并不是一件容易的事，需要融会贯通，需要长期积累，但他确信：“这寥寥数行，假如我们善于应用它们，就可以使我们对诗歌保持清晰而健全的判断力，使我们避免错误的评价，引导我们得出一个真正的评价。”①

尽管阿诺德的“试金石”理论曾对托·斯·艾略特和弗·雷·利维斯等人产生过一定的影响，而利维斯为此所作的辩护也不无道理：“这对于调动我们的感受力，对于将我们的有关经验集中作一个敏感点上，对于生动地提醒我们最好的诗歌是什么样的，都是一个告诫。”②然而，无论在理论上还是实践上，阿诺德的“试金石”理论都是具有很大的片面性的。从理论上讲，即使是那些最精彩的诗句，倘若脱离了特定的语境也会变得难以理解，更不要说从中发现“诗歌的高质量”了。从批评实践上讲，一个诗人的作品总是有好有坏，因而选择什么样的诗句作为检验的对象本身就带有很大的主观性。如果像阿诺德那样，先从德莱顿和蒲柏的作品中各选两行平庸的诗句，拿来与莎士比亚、弥尔顿和乔叟的优秀诗句相比，尔后不仅以此否定了德莱顿和蒲柏的作品，而且断言他们“不是我们诗歌中的古典作家，他们是我们散文中的古典作家”③，如此做法，岂不太武断了吗？退一步说，即使“试金石”本身是灵验可靠的，但在经过一番滥用之后，它们又能证明什么呢？由此看来，“试金石”理论的根本失误，就在于阿诺德过分看重了某些诗篇的“精彩片断”，而忽略了诗歌的整体结构。而这一点，正是20世纪英美文学批评所特别强调的。

（原载于《学习与探索》2010年第6期）

① Arnold, *Essays in Criticism: Second Series*. New York: The Macmillan Company, 1924, p.19.

② Leavis, *History of Modern Criticism*: vol.5. New Haven: Yale University Press, 1986, p.247.

③ Arnold, *Essays in Criticism: Second Series*. New York: The Macmillan Company, 1924, pp.41–42.

生活即诗，诗即生活

——试论普雷维尔的诗歌艺术

段映虹

雅克·普雷维尔（Jacques Prévert）在法国大名鼎鼎。很多法国人，如果说一生中只读过一本诗集的话，很有可能就是他的《话语》。

1900年2月，雅克·普雷维尔出生于巴黎郊区塞纳河边的纳伊小镇。星期天，雅克常常跟随父母去巴黎看望祖父，老人是巴黎济贫中心的负责人。在父母的一个朋友家里，他还认识了一个比自己年长一些的玩伴，那就是童年的路易·阿拉贡（Louis Aragon）。1906年，雅克的父亲安德烈·普雷维尔所在的保险公司倒闭，举家迁往南部地中海滨的城市土伦寻找生计。冬天来临，生活仍然无着，父亲急得要投水自尽，年幼的雅克将他拉住。次年，全家只好再回到巴黎。雅克的祖父给自己的儿子找到一份差使：安德烈将去访问穷苦人家，看他们是否真正值得帮助。星期四是学校放假的日子，雅克便常常陪同父亲去访贫问苦。在其余的时间里，生活中也不乏快乐：卢森堡公园的游戏，奥代翁剧院的演出，旧书摊……就这样，雅克在阳光和阴影之间长大了。第一次世界大战爆发时，雅克刚刚踏入社会。他从事过无数职业，比如集市的打包工人等。用日后他自己的话来说，他干过的有些活儿是“不可告人的”。成年以前的经历，早已使雅克熟悉了巴黎的大街小巷，认识了这个万花筒般的大都会里的各色人等。巴黎的风情及其居民的欢喜和辛酸，将是诗人普雷维尔永恒的主题。

1923年，雅克的好友马塞尔·杜阿梅尔（Marcel Duhamel）在蒙巴那斯区的城堡街租下了一所旧房子，并收留了他和另一位朋友，未来的著名画家伊夫·唐吉（Yves Tanguy）。“城堡街，那是城堡一般的生活”，普雷维尔后来喜欢这样说。其实，这里不仅丝毫没有贵族城堡的豪华气派，甚至连日常生活也往往捉襟见肘，然而，三位年轻人拥有的财富是丰沛的生命活力和自由无羁的艺术想象力。城堡街54号很快吸引了一批巴黎的文学青年，超现实主义集团的多名成员经常光顾这里，他们是：德斯诺斯（Robert Desnos）、佩雷（Benjamin Péret）、阿拉贡、布勒东（André Breton）、莱利斯（Michel Leiris）、苏波（Philippe Soupault）和格诺（Raymon Queneau），等等。在几部超现实主义集体作品集里，普雷维尔都有诗作发表。

但是超现实主义者们与城堡街的密切往来并没有持续很久。从1926年起，由于文学观念的差异，更由于政见的不同，超现实主义集团内部纷争迭起，先后有多名成员被布勒东宣布开除或者自行退出。1928年，布勒东认为普雷维尔开的一个玩笑趣味低下，遂将其驱逐。普雷维尔对此并不在意。实际上，一向反对任何教条和主义的他，当初参加超现实主义的活动，与其说是赞同布勒东鼓吹的一套政治和文学主张，毋宁说是出于对超现实主义运动的某些成员的友谊。1929年，布勒东发表第二篇《超现实主义宣言》，顺带又开除了一批成员。次年，为了向布勒东在超现实主义集团内的专制姿态表示抗议，巴塔耶（Georges Bataille）、德斯诺斯、莱利斯、里布蒙－德塞涅（Georges Ribemont-Dessaignes）和普雷维尔等人共同撰写了一本题为《一具死尸》的檄文。普雷维尔的文章标题是《一位先生之死》：

> 生前，他写作，他说，是为了缩短时光，为了找到一些人，当他意外地找到他们时，他害怕得要命，他一边向他们表示动人的友谊，一边伺机败坏他们的名誉。
>
> 一天，他以为看见一艘幽灵大船在梦里经过，感到边缘船长的饰带在自己头上生长，他严肃地照镜子，觉得自己很帅。
>
> 这下完了，他变成了心灵的结巴，将一切混为一谈，绝望和肝痛，《圣经》和《马尔陀罗之歌》，上帝和上帝，墨水和见鬼，街垒和萨巴蒂埃夫人的沙发，萨德侯爵和让·洛兰，俄国革命和超现实主义革命……

一向独立无羁的雅克·普雷维尔，不能接受任何形式的“独裁者”，他就这样与超现实主义“教父”决裂了。他后来这样说：“安德烈·布勒东，我们跟他闹翻了，因为他对别人的自由有一种奇怪的看法。”关于超现实主义运动本身。他说：“超现实主义从前不是，现在也不是一场先锋运动。像波德莱尔一样，它厌恶那些尚武的比喻。起初，参加聚会的人并没有事先约定，这些聚到一起的人相互之间并不相像。军事的、宗教的、警察的，总之那些神圣的欺诈行为令他们发笑。而他们的笑声，如同他们的画和诗文，虽然挑衅但却不无裨益，而且无疑颇有感染力。他们喜欢同样的东西，也厌恶和蔑视同样的东西。他们全都热爱生活。对其中一些人而言，那是诗，对另一些人，则是幽默，对其他人，则是无论什么东西。但对所有人来说，都是爱。他们微笑着看待死亡，却是为了更好地凝视生命。为了让生命变得更自由，更美丽，甚至更幸福……”①普雷维尔这番话，不仅表达了他对超现实主义的看法，还向我们传递了这样一个信息：如果说他有什么信条的话，那就是对生命的热爱。尽管普雷维尔对超现实主义运动有着自己独特的理解，但不可否认的是，与超现实主义诗人们，尤其是与布勒东的交往，令他眼界大开，获益匪浅。布勒东擅长创造奇特的意象，从而赋予语言以奇异的光彩，这一点对普雷维尔影响甚深。从这时起，他的诗歌创作也渐渐显露出一个引人注目的特点，那就是用最简单的语言，借助灵活的句法，将最平凡的现实升华诗的境界。

由于缺乏稳定的生活来源，城堡街的生活难以为继，朋友们聚会的地方改为拉丁区的咖啡馆。在蒙巴那斯和草地圣日耳曼区，“普雷维尔那帮人”名闻遐迩。他们喜欢在著名的“花神”咖啡馆喝酒谈天。西蒙娜·德·波伏瓦（Si-mone de Beauvoir）也喜欢光顾这里，但那是后来的事了。用她的话来说，在当年“花神”的那些常客中，普雷维尔是“他们的神，他们的神谕，他们的思想导师，他们试图模仿他的语言和才情。”②同样在这段时期，普雷维尔开始了与著名电影导演马塞尔·卡尔内（Marcel Carné）和让·雷诺阿（Jean Renoir）的长期合作，他们将一起制作法国电影史上最令人难忘的一些影片，如《奇怪的戏剧》《雾之岸》和《天堂的孩子们》等。

在写作话剧剧本和电影对话的同时，普雷维尔从来没有停止过诗歌创

① Marc Andry, *Jacques Prévert*, Paris, Fallois, 1994, pp.36-37.

② Alain, Rustenholz, *Prévert, inventaire*, Paris, Seuil, 1996, p.10.

作。他的诗散见于很多文学杂志和报刊，其中还有不少被谱成歌曲广为传唱，但他似乎无意将自己的诗结集出版。多亏一位有心人贝尔特雷（René Bertelé），多年以来一直在耐心收集散佚各处的普雷维尔的作品。1945年12月，贝尔特雷出版了普雷维尔的第一部诗集《话语》（Paroles），立即获得极大成功。1949年，法国最负盛名的伽里玛出版社收购了贝尔特雷的小出版社，普雷维尔从此成为该社麾下的一位作者，而此时，当年与他一起参加超现实主义运动的伙伴们，在伽里玛出版作品已近三十年之久了！与绝大多数作家或诗人不同，普雷维尔不看重自己作品的存在形式，在他看来，诗存在于日常生活中的每时每刻，并非一定要以诗集的形式出现。贝尔特雷说服他同意出版自己的诗集所付出的努力，并不亚于点点滴滴收集他的作品所付出的艰辛。这第一部诗集的标题，再恰当不过地传达了普雷维尔诗歌艺术的特点。《话语》，普雷维尔的诗首先是话语的诗，它明白如话，自然天成，不落斧凿痕迹。如《为小鸟画像》（*Pour faire leportrait d'un oiseau*）：

先画一只笼子
让门敞开着
再画
一些可爱的东西
一些简单的东西
一些美丽的东西
一些有用的东西
为了小鸟
然后将画靠在一棵树上
在一个园子里
在一个小树林里
或者在一片大森林里
藏在树后
不要出声
不要动……

有时小鸟很快就会来
但它也有可能花上好几年时间
才作出决定
不要气馁
等待
看看是否要等待很久
小鸟来得快还是慢
与画的成功
没有任何关系
当小鸟到来时
如果它要来的话
保持最深的宁静
等待小鸟钻进笼子
当它进去后
用画笔将门轻轻关上
然后
一根一根抹去全部栅栏
当心一点也不要碰到小鸟的羽毛
然后为树画像
要选择最美的枝条
为了小鸟
还要画绿色树荫和空气的清新
阳光的尘埃
还有草丛里的小虫在炎热夏季里的鸣
叫
然后等着小鸟下决心唱歌
如果小鸟不唱
这是坏的标志
标志着画很坏
但如果它唱就是好的标志

标志着你可以签字
这时你轻轻地拔下
小鸟的一根羽毛
将你的名字写在画上的一个角落。

现实世界与艺术创造的世界在这里浑然一体，彼此之间的过渡如此自然而然。这首清新可爱的诗，在一定程度上形象地反映了普雷维尔的世界观和艺术观：在一个人与自然和谐相处的世界里，艺术与生活原本就不分彼此。现实生活中的简单词汇，经过诗人点铁成金，变成了诗的语言：现实生活中的一个普通行为，因此而富于诗意。普雷维尔的诗从鲜活的生活中汲取灵感，它拒绝一切抽象思辨，却绝不因此而流于浅薄。如《公园》（*Le Jardin*）：

成千上万年
都不足以
说出
那永恒的短短一瞬间
你拥抱了我
我拥抱了你
在一个冬日早上的阳光里
在巴黎的蒙苏里公园
在巴黎
在地球上
地球是一颗星

寥寥几行，蕴涵着博大的无限时空。这里没有任何形而上学的学究气，却同样渗透了对人在宇宙中所处位置的深刻领悟。米歇尔·莱利斯说：“普雷维尔代表着市井平民的反叛。他没有真正的哲学思想。也许他还嘲笑过我们和我们的运动。他对超现实主义不以为然。他写作就如同他说话，反之亦然。他喜欢自言自语，经常陷入自由的想象，就这样不断创造他的世界。”①

《话语》之后，普雷维尔陆续出版的诗集有：《场景》(*Spectacle*, 1951)、《雨天和晴天》(*La Plu-ie et le Beau Temps*, 1955)、《故事和其它故事》(*Histoires et d'autres histoires*, 1963)、《事物和其它》(*Choses et autres*, 1972)。在这些诗集中，他一直保持并发挥了自己从早年就开始显露出来的风格，即用简单的语言和灵活的句法，来实现意象之间的自然转换。如脍炙人口的《落叶》(*Les Feuilles mortes*)：

哦，我多希望你回忆起
我们是朋友的那些快乐日子。
那时，生活更加美丽
太阳比今天更加炽烈。
落叶满地。
你看，我并没有忘记
落叶满地。
回忆和悔恨也一样
北风将它们带走
到遗忘的寒夜里。
你看，我并没有忘记
你曾为我唱的那支歌
那是一支象我们的歌
你爱我，我也爱你
我们两人生活在一起
你爱我，我也爱你。
生活却拆散那些相爱的人
悄然无声
大海抹去沙滩上
分手情侣的脚印。
生活却拆散那些相爱的人

① Marc Andry, *Jacques Prévert*, Paris, Fallois, 1994, p.43.

悄然无声
大海抹去沙滩上
分手情侣的脚印。

在这首诗里，满地的落叶和无边的悔恨，肆虐的北风和无情的遗忘，美好的歌和相爱的情人，大海悄然抹去沙滩上的脚印和生活无声地拆散离异的情侣，这一切意象之间的转换可谓天衣无缝。看似简单的文字，实则显示了非凡的驾驭语言的功力。

这位与他的世纪一起诞生的诗人，在生命的最后几年隐居到了诺曼底海边的一个小村庄。他甚至很少去巴黎，他也拒绝接受采访："一个人的样子都不再好看了，还照相干什么？"理由就这么简单。1977年4月11日，雅克·普雷维尔在他的妻子身边去世。翌日，多家报刊即以《巴黎失去了她的诗人》为题，刊发大量纪念文章和照片。诗人安葬在村子的公墓里，葬礼上没有来自巴黎的显赫人物，但是全体村民都来为他们热爱的诗人送行。

普雷维尔与其他众多闻名世界的法国诗人相比，他在法国以外的影响也并不大。究其原因大致有二：首先，普雷维尔的很多诗取材于日常生活场景，而这些场景往往具有鲜明的法国甚至巴黎人生活的特色。外国读者倘若对巴黎这个城市及其居民的生活缺乏切身感受，有时难免不能充分领会诗中的意象。其次，普雷维尔擅长文字游戏。他将法语中的双关语、近音词、同音异义词和一词多义等发挥得淋漓尽致。比如，La langue vulgaire tire la langue à la langue distinguée. 倘若译成中文，只能译成"通俗语言对高雅语言吐舌头"，而这句话的妙处正在于在法语中"舌头"和"语言"是同一个词。而一旦译成外国语言，其意蕴几乎丧失殆尽。凡此种种，妨碍了普雷维尔的诗歌在国外的传播。

"诗，是生活最真实和最有用的绰号之一"，普雷维尔如是说。在法国，某些人对普雷维尔冠以"大众诗人"（poète populaire）的称谓，言下之意似乎他的诗在艺术上有欠琢磨，在思想上缺乏深度。其实大谬不然。综观20世纪的法国文坛，思潮迭起，流派层出不穷。如上文所述，普雷维尔虽然身处巴黎这个文学潮流漩涡的中心，与同时代法国文坛的很多风云人物过从甚密，但他却成功地做到了摈弃任何观念和门派的束缚，在法国诗坛上超然独步，创造了一种独特的、不可模仿的诗歌风格。他曾经投身超现实主义运动，但是，对这一运动影响甚深的弗洛伊德的精神分析法，却似乎没有在他的诗中留下什么痕迹。他不愿意采用某种所谓的科学方法将生活中的简单现象进行层层剥离，对他来说，用诗歌来保留生活中的乐趣和神秘要重要得多。敏锐的观察，丰富的联想，简约的文字，构筑了普雷维尔的诗的世界。普雷维尔清新自然、明白晓畅的风格，一反盛行于诗坛的艰深晦涩之风，正是他对法国诗歌富于独创性的贡献。

对教条和主义不感兴趣，并不意味着对社会现实无动于衷，从“十月剧社”到抵抗运动，普雷维尔始终表现出一位艺术家的正义感。他拒绝成为象牙塔中的诗人，始终保持与生活的密切接触，巴黎的街道布满了他永不怠惰的脚步。在诗人的全部诗歌创作中，其灵感的主要来源是普通人的情感世界，他描绘他们爱情的欢乐和悲伤，揭露权贵势力对他们的压迫，谴责战争给他们造成的伤害，他也讽刺小市民的庸俗和愚昧，晚年的他还对科技进步带来的机器对人的压制忧心忡忡……无论什么样的主题，他字里行间流露出的，永远是对普通大众深切的同情，对人类与自然真挚的关爱。还值得一提的是1966年出版的《杂物堆》(*Fatras*)，该书不仅收录了普雷维尔不拘一格的各类文字，还有他创作的大量拼贴画，因为这位毕加索的朋友也是出类拔萃的拼贴画大师。诗歌、电影、戏剧、歌曲、拼贴画……对普雷维尔来说，所有这一切，只不过是生活本身的不同形式而已。他在晚年说：“什么是一门职业，一门艺术？总有人提这些问题。为什么编排这么多故事？在街上走路，跟伙伴们喝一杯，还有写一本书，都是一回事儿。”①诗人死了，但他并没有离去。在法国的每一所小学校里，孩子们都在朗读着他的诗：“两只蜗牛前去，赴一片落叶的葬礼……”，哪个法国孩子不知道这首《赴葬礼的蜗牛之歌》(*Chanson des escargots qui vontà l 'enterrement*)？《话语》自初版以来，发行量已经超过三百万册。《落叶》等无数首诗被谱成歌曲，经伊夫·蒙当（YvesMontand）、科拉·沃盖尔（Cora Vaucaire）等最优秀的一代法国歌唱家的演绎，更是早已深入人心。诗人的遗稿《夜晚的太阳》(*Soleil denuit*，1980）和《第五季》(*La Cinquième Saison*，1984）先后问世。

① Marc Andry, *Jacques Prévert*, Paris, Fallois, 1994, p.264.

圆圆的脑袋上戴着鸭舌帽，嘴里衔着燃烧的烟头，瞪大充满遐想的双眼，就像著名摄影师杜瓦诺（Robert Doisneau）为我们捕捉的形象，雅克·普雷维尔永远游荡在巴黎的大街小巷……

（原载于《国外文学》2002年第4期）

以诗歌"改变生活"

——博纳富瓦论兰波

李建英

伊夫·博纳富瓦一生追随兰波，相继发表了《论兰波》《我们需要兰波》等一系列研究兰波的论著。作为当代法国重要诗人，他对兰波的思考代表着他这一代诗人对前辈有关诗歌的功能、语言、形式等核心问题的认识的继承和反拨。探讨博纳富瓦对兰波的思考，有助于我们从另一个角度认识这两位诗人以及他们各自所代表的诗歌时代，加深对诗歌本质的理解。

一、兰波诗歌的真实世界

阿尔蒂尔·兰波对于法国诗歌界来说就像一颗闪亮的彗星，他耀眼的光芒既吸引着众人的目光，也让人看不清他的真实面目。兰波的妹妹称他的作品，尤其是《地狱一季》，是内容最丰富、最具深远意义的基督教作品，反映了"最具说服力的基督教现实"①。深受兰波影响的基督教诗人克洛岱尔则视兰波为"原生态的神秘主义者"(Rimbaud fut un mystique à létat sauvage)，"以热烈而强大的好奇心，以'异教徒语言'难以表达的神秘感观察我们周围的事物，而他知道我们所看到的那些事物只是其反射状态和它们的谜"②。超现实主义者也特别关注兰波神秘的一面，他们发现《彩图集》和《地狱一季》中所表现的那些幻象反映了存在的另一种真实，从而

① Pateme Berichon, *Jean-Arthur Rimbaud le poète*, Paris: Mercure de Franoe, 1912, p.281.

② Paul Claudel, "*Préface*", in *CEures d'Arhur Rimbaud*, http://www.biblisem. net/etudes/claudrim. htm.

认定兰波是熟谙东方传统神秘术的“通灵人”[①]，通过幻觉表现世界是兰波最重要的贡献。也有人认为兰波的诗歌没有什么实际意思[②]，而只是某种不存在物的捍喻，或是零散的讽刺。有的人甚至说兰波只是个孩子，给《元音》着色是小孩的随意涂鸦。[③]还有人从弗洛伊德学说出发，认为兰波是一种心灵现象，是某种意义上的歇斯底里，是疯子；而诗人、哲学家本杰明·冯达则称兰波是“痞子”[④]。凡此种种，不一而足，以致艾田蒲不得不写了《兰波的神话》，试图正本清源。[⑤]与艾田蒲一样，博纳富瓦也致力于“将他‘兰波’的声音从众多混杂的声音中区分出来”[⑥]。不管是宗教的还是世俗的，是精神分析的还是超现实的，都被博纳富瓦搁置一边，转而从本体论的角度解读兰波，他认为兰波全部的生活和创作都是为了“改变生活”（changer la vie）[⑦]。

博纳富瓦在《兰波的决定》中指出，年轻诗人总是对现实不满，总要揭露苦难的丑恶，生活在乌托邦中，被一些不切实际的计划所困扰，因此兰波一生都在寻找事物的真实性，寻找改变生活的道路。与其他诗人不同的是，兰波要求诗人成为通灵人，在诗歌中使“我”成为“醉舟”“橱柜”，成为“大自然的情人”。在生活中，通灵诗人是“脸上长满肉瘤”的丑八怪，是嘴角扯向耳朵的“笑面人”。[⑧]只有将诗歌创作与生活结合在一起，走出自身，才能去想象别样的生命和世界。这时的兰波的确很有些“神秘”，因为在他之前虽然也有一些“恶魔诗人”，但都没他走得远，他诗歌

① See André Rolland de Renéville, *Rimbaud le voyant*, Paris: Au Sans Pareil, 1929.

② See *Dictionnaire Rinbaud*, sous la direction de Jean-Baptiste Baronian, Paris: Robert Laffont, 2014, p.337.

③ See *Dicionnaire Rimbaud*, p.717.

④ See Benjamin Fondane, *Rinbaud le voyou*, Paris: Denoel et Steele, 1933, p.1.

⑤ See René Etemble, *Le Mythe de Rimbaud: Genèse du mythe (1869-1949)*, Paris: Gallimard, 1968, p.1.

⑥ Yves Bomnefoy, *Rimbaud par hui-même*, Paris: Seuil, 1961, p.5. 后文出自同一著作的引文,将随文标出该著名称首词和引文出处页码,不再另注。

⑦ Yves Bonnefoy, *Notre besoin de Rimbaud*, Paris: Seuil, 2009, p.113. 后文出自同一著作的引文,将随文标出该著名称首词和引文出处页码,不再另注。

⑧ See Rimbaud, *Œuvres completes, ed.* Pievve Brunel, Paris: la Pochothèque, 1999, p.293, p.221, p.194, p.423. 后 文出自同一著作的引文,将随文标出该著名称首词及引文出处页码,不再另注。

中的“另一个”[1]对色彩与线条、光与影的独特体验是前所未有的，“恶”的程度在某种意义上决定着对世界体验的深度。[2]博纳富瓦的这些观点与冯达关于“痞子兰波”的看法很相似。冯达根据俄籍哲学家舍斯托夫的思想认为，个人经验与由理性文化建立起来的真实之间存在着矛盾，而诗歌来自个人经验，不是理性。如果诗人“是黑暗的，说明我们身上最美好之物是黑暗的；他疯了，说明我们正在经受苦难”[3]。就兰波而言，他根据社会存在，决定自己的诗歌创作需要采取“痞子”手段。博纳富瓦说，兰波的伟大在于拒绝时代和环境为他提供的那一点点可以成为自己的自由，他的拒绝是为了证明人的异化，并号召人们摆脱精神的贫困，以悲壮的方式直面绝对存在（see *Rimbaud*：178）。因此，兰波向“另一个”的幻化并不神秘，而是要以他独特的方式从纷繁芜杂和扑朔迷离的事物中滤出真实性。

“当兰波写到‘在帘幕的雾气中有一些幻象’时，毫无疑问他在说‘真的’有这样的帘幕。然而，他不认为有超自然物的存在，不相信有天使，没有借助巫术传统来让人相信不可见力量的存在。他只知道‘太阳是火之神和光的大自然’。”（*Rimbaud*：64）博纳夫瓦以此证明，虽然兰波可能具有某些“神性”，但他并不相信上帝，不要“成为上帝的子民”，而是“要建立没有神的‘神圣’生活”（*Rimbaud*：114），坚持要在没有上帝的情况下找回神圣的火花。兰波在《地狱一季》中说：你‘上帝’从许多落难者中选出我来；剩下的人难道不是我的伙伴？也救救他们吧！[4]显然他希望上帝不要选择一些人而抛弃另一些人，甚至还说，诗人不但“肩负着人类的使命”，还“肩负着动物的使命”（*Œuvres*：246）。按照基督教的教义，人生的结局要么永世得救，要么永下地狱。这两种前景引发人的精神危机，也导致诗人痛苦，为此兰波决意要超越这二元论，寻找统一两者的办法，那就是回归大地，拥抱现实。因此，博纳富瓦将兰波的诗歌精神理解为无

① 本文中的“另一个”指兰波的““Je est un autre”，详见李建英《“我是另一个”——论兰波的通灵说》，载《外国文学评论》2013年第1期，第144页。而“他者”是博纳富瓦提出的概念，相对于“我、你”而存在。

② See Yves Bonnefoy, “*La Décision de Rimbaud*”, in *Preuves*, N°107(1960), pp.3-16.

③ Benjamin Fondane, *Rimbaud le voyou et l'expérience poétique*, ed. Michel Carassou, Paris: Plasma, 1999, p.24.

④［法］阿尔蒂尔·兰波《地狱一季·坏血统》，王道乾译，花城出版社2004年版，第26页。

神论的神学精神，认为兰波的世界始终不是虚幻的，他每写一首诗都维系着一种关系，留存一个世界，与“另一个”对话。在《感觉》这首诗中，诗人的全部梦想除了对爱情的期待以外，还有“小路、麦芒、青草”和步行者头枕的微风，这些都是脚踏实地才能感受到的幸福。在论述《太阳与肉身》时，博纳富瓦认为这首诗“用尽可能少的词……推动着诗人走向男人、女人，唤醒了大地这把巨大的里拉琴”（*Notre*：23）。呼唤爱情，与大自然保持纯洁的联系，这些最庄严最高贵的主题在兰波的诗歌中被反复吟唱。最后博纳富瓦总结道：“在兰波的作品中，没有任何使人感知高雅的计划，没有对崇高的世界或过去的世界的幻想，在脚下的土地上而丝毫不怀念‘彼岸’，尽管那边的美也许可以分享，因为他所有的愿望都服从于普通世界的思想，都与这里和现时的存在相关。”（*Notre*：22）博纳富瓦甚至认为，兰波观照这里的世界、这里的社会和这里的他者，这是他比波德莱尔先进的地方。兰波的世界首先处于与“另一个”的联系之中，而波德莱尔只有当美的诉求面对它的不足时才与他者相连。因此，兰波的世界显然对现实、对存在、对其他生命更加开放（see *Notre*：21）。

博纳富瓦就此树立了兰波人本主义的诗人形象，同时也表现了他作为一个有社会担当的诗人对兰波的一种本能渴望。20世纪五六十年代，法国诗歌在经历了超现实主义、存在主义和结构主义思潮的洗礼之后，重新确立诗歌与现实世界的关系在博纳富瓦看来显得至关重要。他认定兰波在《语言炼金术》中要求回归“真实生活”的诉求是法国诗歌的出路，他说“诗歌与我们的真实需要相联，那就是承担起我们的有限性，承认我们内心的无限性……在这个已经面目全非的世界上与我们的亲人建立起更直接的联系”（*Notre*：27）。为了与兰波“真实的生活”相呼应，博纳富瓦在《腹地》《杜弗的动与静》等作品中提出了“真实的场所”①的概念。“我们在世界的存在中刻下了一些记号——树、水、暴风雨——通过这些，我们的生活得以承认，我们的语言得以提升。而这些记号，这些词，事实上，整个世界，就是我们的场所”②，他热切希望法国诗歌能够坚守这个场所。

① Jean Starobinski, “*Préface*”, in *Poèmes* by Yves Bomnefoy, Paris: Gallimard, 1982, p.107.

② Yves Bonnefoy, *Entretiens sur la poésie*, Neuchâtel: Les Editions de la Baconnière, 1981, p.88.

二、相信改变语言可以改变生活

当博纳富瓦围绕着“改变生活”解读兰波的时候，他不是作为文学批评家或者从文学史的角度来书写兰波，而是浓墨重笔地阐释后者的人生，把兰波生平作为诗歌创作的一部分，结合作品整体来研读。

兰波的出身决定了敏感的他在本质上具有一种强烈的反抗精神。他渴望革命，热切希望社会变革，是一个激越的革命者：“兰波认为现时的存在已经贫瘠了，失去了活力，他自告奋勇地要对现时的存在进行改革，彻底重建，重新安排生物、男人、女人之间的关系。”（*Notre*：22—23）。第二帝国的倒台和巴黎公社的诞生，给兰波带来了革命的希望，未来工人、贫民、流浪者、弱势群体的联盟也许可以抵御波德莱尔所揭露的“恶”；他甚至还着手设计未来的社会模式，打算起草《共产主义宪章草案》，并在《铁匠》等诗歌中表达他的乌托邦思想。然而他没有加入巴黎公社，也没有走上街头参加街垒战。因此，博纳富瓦认为，兰波出走巴黎，除了想印证一下巴黎正在发生的社会变革与自己的期待是否吻合之外，更多的是想看看巴黎文学的神秘，验证一下诗歌的力量（see *Notre*：93）。兰波的反抗和革命热情表现在意识形态领域而非社会实践中，他更希望在意识形态领域来一场彻底的革命，改变人的认知方式。换言之，兰波的革命目的不是一个阶级推翻另一个阶级，不是利益集团的更替，而是个人、现代人如何从旧世界的地狱中挣脱出来，整个社会如何脱胎换骨。兰波对于博纳富瓦而言是一个纯粹的诗人，这一界定具有诗学意义。作为一个一心要改变生活的诗人，当他在政治与诗歌之间选择诗歌、认为只有诗歌可以改变生活的时候，他在心理和社会意义上就已经超越了简单的破坏法则，在促进社会进步方面也比一般诗人拥有更远大的理想和抱负。因为他知道，如果将恶劣的生存环境看作命运的安排，用简单的破坏法则去改变自己的命运，那么社会的发展只能原地转圈而不能进步。只有改变人的感知方式才是促进社会进步的更激进、更有效的手段，而诗歌就是改变感知方式的工具。

兰波选择诗歌，起初是为了满足自身的需要。诗歌创作是一种征战，当他感到生活无助的时候，有一种无名的力量推动着他，使他比任何人都渴望表达思想。他要以诗歌打开一个缺口，作为对自身的保护。后来，在一些先进思想的滋养下，他逐渐完善了以诗歌“改变生活”的诗学思想。首先，从巴朗什那里，兰波感受到语言的神秘力量。巴朗什认为，世界是上帝的话语，在俄耳甫斯给事物命名之后，事物的物质性被话语保留了下来，因此话语是一切的关键，是神圣的现实。然而以话语表现神圣现实的权力被暂时剥夺了，因为话语由语言来表达，而语言使用久了必然变旧变质。以陈旧变质的语言表达的现实世界不再是真实的存在，也无任何神圣可言。不但如此，陈旧变质的语言还编织了一张帷幕，将真实世界遮盖起来，从而阻断了我们与现实的本能联系。[①]然而，神学家里维（E.Lévi）认为，人的生命能够在自身唤醒神圣的现实，因为现实是一种节奏，人先天有一种力量，能够以自己的意志使之转化和升华（see *Notre*：109）。兰波从中得到启发，认为诗人应该主动承担重建与神圣现实联系的任务，努力使自己成为通灵人，以便重新“发明一种语言”（*Œuvres*：246），然后以语言自身或通过语言，强有力地建立起新的理性。波德莱尔是兰波推崇的“真正的上帝”，“在《恶之花》中，随处可见生命幻化的本能，铅变幻为金子的过程和精神的重生”（*Notre*：105）。波德莱尔的诗歌既体现了分析的智慧，又让人感受到了变幻的神秘，兰波从中看到了诗歌的实用功能，看到了实现理想的可能性。但是博纳富瓦认为，兰波在波德莱尔之后，继续在这条路上飞速前进，当兰波自称“发明了元音的颜色”的时候，“并不意味着他要检验一下波德莱尔关于颜色与声音的通感，而是要将光的五种颜色与语言的五种循环数据联系在一起，以便在事物观察中引入完全不同的感知方式，不同于由简单的语言意思所产生的感知方式”（*Notre*：393）。在博纳富瓦看来，兰波先以诗歌作为个人反抗的武器，后思考以诗歌改变社会的可能性，实现了质的飞跃，也抓住了促进社会进步的本质。

博纳富瓦赞赏兰波对诗歌的选择，同时亦在验证自己对诗歌的选择，肯定兰波，亦是印证自己。因为在自然科学（数学）与社会科学（诗歌创作和艺术批评）之间，他选择了后者；在哲学与诗歌之间，他选择了诗歌。

---

① See Piere-Simon Ballanche, *Essais de palingénésie sociale*, *Ophce* (*Livre Septieme*), Paris: Imprime de J.Didot amne, 1827–1829, pp.271–288.

当有人问他“您是诗意哲学家还是哲理诗人”时，他回答道：“在本质上说我是一位诗人。诗人本身包含着一切。”①对于世界存在的认识，博纳富瓦的宇宙观与中国古代哲学十分相近，老子说“道可道，非常道；名可名，非常名”，博纳富瓦也认为宇宙间存在着不可道、不可名之物，真实的世界必定是“隐而不见的”，对它的认识应该从总体上把握。诗歌显然发挥着一种本体论的功能，即从生命体验和思考生命的角度，“把世界作为整体，作为感知对象加以观照，以表现世界的表象为己任，并不局限于接受被科学技术抛弃的感知世界的遗产”②。作为自然科学和哲学的重要补充，诗歌可以传达意会之物，可道不可道之道，可名不可名之名。

肯定诗歌的作用即肯定语言的作用，诗之存在，是因为诗人想要对惯常的语言提出质疑，想要背离其中的表达方式。波德莱尔通过颜色、声音、芳香在感官系统的应和，使事物存在的形式与状态得以相互转换，使诗歌为“象征森林”解码；而“当兰波要‘成为通灵人’时，他试图将话语置于混乱之中，即让元音和颜色产生联想，通过联想使黑或绿或红进入语义系统而背离其原有的意思，并以此打乱传统的话语”③，混沌被引入感知之中，使人将目光不断地投向远处，“兰波认为这种新的创作方法会解放我们与世界的关系，本能地解放被传统话语束缚的与世界的关系，从而让男人、女人去寻找他们可能拥有的‘真正的生活’”④。通过这些分析，博纳富瓦让人领会到：改变语言可以改变社会，创造语言可以创造新事物。因为当兰波说“A，黑”的时候，他引导人们去发现与A和黑相关的一切新生事物，例如语言的书写或发音中含A和形态如A的事物：黑色爱情（Amour）、黑色灵魂（*Ame*）；或A形状的事物，例如金字塔、A字裙是黑色的，等等。元音又称“母音”，五个元音与五种颜色结合之后，将按几何级数诞下无数新生事物。无疑，在语言上下功夫、改变语言的秩序可以深刻地改变人的感知和认知方式。旧秩序不能给人带来希望，只有改变人的感知和认知方式，才能看清事物的本质，而只有看清事物的本质才能建立新秩序，有了

① 葛雷《法国当代哲理诗人：伊夫·博纳富瓦》，载《国外文学》1993年第3期。

② ［法］博纳富瓦《博纳富瓦诗选》，郭宏安、树才译，北岳文艺出版社2002年版，第5页。

③ Yves Bonnefoy, L'Inachevable, *Entretiens sur la poesie 1990–2010*, Paris: Editions Albin Michel, 2010, p.87.

④ Yves Bommefoy, L'Inachevable, *Enuretiens sur la poesie 1990–2010*, p.87.

新秩序才能有希望。通过解读兰波，博纳富瓦更加明确了诗人、语言、存在之间的关系："诗人能够通过语言的无序进入自己的中心，找到存在的理由"（*Notre*：36—37），经验到天地之演变的空灵境界，从而使人在无中把握有，在否定中把握生命的神秘。

三、对生命存在概念化的担忧

博纳富瓦原本以《希望与清醒》作为《我们需要兰波》的书名，因为他认为"希望"和"清醒"这两个词可以概括兰波的一生（see *Notre*：12）。兰波从波德莱尔那里得到灵感，将自己幻化成"另一个"，以"通灵"的方式获得了不同于常人的幻觉意象和对颜色、声音、芳香、线条、光与影的独特体验，并通过表现这种心灵体验和幻觉意象找出了世界的某些真实性。但兰波也发现被他称为"第一个通灵人、诗人之王、真正的上帝"的波德莱尔"过于艺术化了"，"他那被夸耀的形式其实很平常"，因为"到未知的深渊去寻找新奇"（*Œuvres*：248）既不现实也做不到。兰波自称"发明了元音的颜色"，但"随之毁灭了从前思维空间的一切希望，包括兰波自己曾经拥有的希望"（*Notre*：35）。以"发明语言"的方式达到"改变生活"的目的只是一个梦想，实际上语言像钞票，使用一段时间后便陈旧了，新事物被发现后很快变成旧事物，"未知"被大众"已知"后真理很可能变为教条。兰波不断地希望，不断地失望，又不断地寄予新希望，但他对自己所抱希望的本质十分清醒。通过诗歌创作进行深入的思考，最后能够一一揭露那些希望，并使之消散，而不是带到公共话语中来。在虚幻世界的冒险失败后，兰波便毅然决然地投入现实生活。

博纳富瓦发现兰波的"清醒"正是自己的困惑，他以兰波为坐标进行交换式的解读。在对《醉舟》的解读中，博纳富瓦看出了幻觉意象的欺骗性，诗中的那些"幻象"的确具有某种力量，对他和其他诗人也的确产生了诱惑；然而他认为，如果只有意象所表现的事物是高贵的，其余一切都低俗，那就贬低了世界存在的其他事物，使人觉得我们生存的大地是个监狱。因此，发明幻象最终是徒劳无益的（see *Rimbaud*：57），对达成诗歌的终极目标也没有那么大的作用，不值得大力提倡和颂扬，博纳富瓦由此对浪漫主义、象征主义和超现实主义产生了怀疑。不信任幻象就是认为诗歌的本质不在于怎么表现，而在于表现什么，这是博纳富瓦观点的前提，因此他用“所见”来对应“幻象”，用“简单”对应“虚构的复繁”，并进一步阐明自己对《永别》的认识（see *Notre*：259）。他把这首诗看作兰波向现代诗歌转向的折点，认为诗人为诗歌找到了一条道路，因为他不再追求话语表达的“新颖”，而以追求“简单”代替对“发明”新形式的迷恋。博纳富瓦认为兰波选择“诗歌”而舍弃了“艺术”，即选择了本体意义上的“表现”，而且这个“表现”超越一切符号意义，不以追求语言完美、成就经典为前提。

到了1976年，博纳富瓦的这一观点有了进一步的发展，从思考诗歌形式转向思考诗歌内容。在1961年的《论兰波》中他指出，兰波的《与诗人言花》这首诗的主旨是讽刺邦维尔“主观的诗”只知道歌颂花朵的美，不知道花朵除了所谓的“美”以外，还有汁、脂和葡萄糖等有用之物，这些东西是能产出意义的“劳动者”。博纳富瓦在此肯定了诗歌的实用性，说即使诗歌“将生命降为‘有用’，将抒情降为‘商务’，也具有引发论战的价值”（*Rimbaud*：54—55）。而在1976年的《与诗人言花》这篇与兰波诗歌同名的文章中，博纳富瓦进一步认为兰波的这首诗更多的是谴责马拉美只想从超验的“花”身上提取“有用之物”以利于表现“美”，否定“存在”以利于表现“形式”，否定“有限”而朝着“纯定义”和“提取精华”的方向发展，因此马拉美的诗歌脱离现实而只强调美。虽然诗歌“有用”，而用处又可引发“有何用”的论战，从而具有一定的价值，但“‘有用’本身也应该隐去，它应该与美一起被摧毁，因为美只是一个谎言，任何描绘‘美’的努力都比不上现实世界中发生的真实存在，它的内容比‘美’要丰富千万倍”（*Notre*：331—332）。

不要“美”（去形式），也不要“有用”（去意义），那么诗歌何为？博纳富瓦接着总结道：“过去从物质中提取‘精华’被认为是诗歌的有效手段，但那并不是反映现实的手段，而是通过谎言操纵现实的手段。真正的价值颠覆不是从美走向实用，而是从‘精华’走向事物的‘物质性’，走向事物原本的丰富性。”（*Notre*：332）1976年这篇文章的关键词是“物质”，博纳富瓦以此超越了“有用”和“美”的范畴，并从中看出了兰波诗歌创作固有的双重运动：不把追求语言完美当作诗歌的终极目标，甚至以牺牲语言为代价，破坏形式上的完美；“改变形式”，希望世界与词语、语言与存在能够相互和睦，将词语从传统的概念中解放出来，因为概念化的词语将世界缩小为一些抽象的、不完整的形象。

兰波已经“清醒”地觉察到诗歌存在着将世界的真实存在缩小为一些概念的风险，博纳富瓦便旗帜鲜明地反对诗歌表现“概念”：“概念”是我们无力抓住简单而鲜活的现实生活的最主要原因，因为“概念”一出现，就无可救药地让“土地”消失了（see *Notre*：22）。诗歌或直接表达概念，或用象征、隐喻等方法表达意思，但那绝不是真实生活或世界存在的表达。诗歌在博纳富瓦看来不是表现思想的形式，它只是像所有的思想一样，关注真实世界：“诗歌很久以来就想进驻到思想的屋子里来，然而一语即出便被驱赶出来，扔下了痛苦的呼喊逃之夭夭。”[①]诗歌中有很多思想，甚至有意义深远的思想，但那些思想属于那首诗本身，属于它的作者，而不是诗学本身赋予它的。诗歌反映的思想具有不可替代的单一性，读者可以喜欢或不喜欢，但它不代表大众观念，不是事物的本质，任何人不能说某种艺术或某首诗表达了放之四海而皆准的真理。总之，诗歌像其他艺术一样，由于它通过意象反映的不是真实的存在，起码不是唯一的真实，所以不能从中提取“精华”而将诗歌引向绝对化的“概念”。当“读者习惯从一件事物中提炼意义，认为那是其精华”时，“实际上是对表面事物的肯定，而对更深层次的真实的否定，是对‘我’的扼杀”（*Notre*：30）。创作如果以获取某种益处为目的，其结果将是个人的利益得到满足，而诗歌没有成为连接真实世界的工具。

艺术需要幻想，需要纯粹和完美，也必须真实，诗歌不可以脱离真实而建立一个自足的世界，博纳富瓦认为这个真实就是“这里和现时”，就是“橄榄树在展示它的形式时，不在植物的家族中，而是在海边的地平线上”[②]。诗歌的目的从本质上讲是使语言的词能够完全反映我们生活中现时的、具体的存在，在诗歌文本中出现我们目前生活的场所，我们的现时状

① Yves Bomefoy, *Improbable et autres esais*, Paris: Mercure de France, 1992, p.133.

② Yves Bonnefoy, *Enuretiens sur la poésie*, p.92.

况。然而，博纳富瓦认为这一话语今天正在消失，我们的时代已经习惯从事物的外部来判断真伪，遗忘了对生命现时的观照。概念以其强势包围着我们，迫使我们走向生活的抽象化。兰波确信写诗是站在文本以外的一种行为，有意义的东西在诗外，在最贴近真实的地方，他发现了生活本体论上的崇高价值，即生活想方设法要接近它固有的本质，用另一个真实的、具体的、存在于粗糙现实中的有限代替梦中虚幻的无限。因此，博纳富瓦把诗歌看作"希望"，诗歌的伟大话语依然是活跃的，它直接走向它所命名之物，直接走向夜晚灯光下的那棵树和树旁的那条小路。

四、本体论的批评观

"兰波是现代时期诗人的巨大诱惑，他们知道从哪儿进去，应该能够从中走出来。"[①]博纳夫瓦少年时代是通过超现实主义了解诗歌的[②]——"马克思说：'改造社会。'兰波说：'改变生活。'这两句话对我们来说是一个意思。"[③]这一具有吸引力的超现实主义宣言，引领着博纳富瓦走向兰波，去思考以诗歌"改变生活"的问题。

以诗歌"改变生活"的思想在兰波的《通灵人书信》和其他作品中都很突出，吸引众人的关注并不奇怪，而博纳富瓦的贡献则在于将这一诗学命题引向生命存在的哲学思考，一切都围绕着"改变生活"这个中心，追问诗歌面对现实世界有何作为。在这个过程中，他也有疑惑：如果诗人成为"通灵人"或"另一个"之后，用一个意象完全表现了对现实的真实感受，那么所谓真实的感受来自表现这种感受的荒谬用语，即诗人"发明的新语言"，就是一条悖论。如果诗歌的目的是将实现降级为一个个意象，以便使人获得力量去面对人生的失望，那么使人们获得力量的就是谎言，这是诗歌的谎言。他认为马拉美的诗歌主张正是这样，他的世界是虚无的，

① André Suarès, *Porraits et préférences, De Benjamin Constantà Arthur Rimbaud*, Editionétablie, présentée et annotée par Michel Drouin, Paris: Gaccimard, 1993, p.345.

② See Yves Bonnefoy, "*Entretiens avec John Jackson*", in *LArc, N°66(1976)*, p.85.

③ André Breton, "*Discours au congrès des écrivains*", in *Position politique du surréalisme*, Paris: Editions du Sagittaire, Anciennes Editions KRA, 1935, p.68.

诗人所能做的只是“制造‘伟大的谎言’，让人们在美丽的谎言中想象生活是有意义的，以减少痛苦”[①]，而这种谎言必须揭露。相反，如果谎言被认为是创作的条件，因为“想象力是一切创作能力的皇后”[②]，那么即便人人都从意象中看出了非真实之物，也应该承认艺术的丰富性，承认他者的存在不是对“我”的否定，而可能是对“我”的深化。所以，诗歌应当自觉地将回忆他者的在场始终作为一种原始的诉求，否则没有意义。博纳富瓦仍然认为诗歌可以改变生活，但应该像兰波那样懂得放弃，在与他者联系的过程中应该与时俱进而避免使诗歌成为“经典”。

博纳富瓦对世界存在的看法总体上是消极的。首先，“这是一片许多路都通向死亡的土地”[③]；其次，现实是不确定的，“死亡的事情”和“刚诞生的事情”[④]随时都可能发生，每个人对“死亡”和“诞生”的看法也不尽相同。然而，斯塔罗宾斯基认为博纳富瓦的“诗，在两个世界之间”，他的世界同时也“是一个和谐的整体，是各种真实关系相连的整体”[⑤]。因此博纳富瓦强调，要清醒地“承认矛盾没有解决的办法”，同时又要对生活“寄予希望”（*Rimbaud*：129）。诗人之于博纳富瓦，是那个肩负着一切矛盾的事物，同时促进它们往相反的、积极的方向转化的人。他致力于解释人类生活中相互矛盾的各个方面，同时寻找自身矛盾的答案，他一方面“是与生俱来的物质主义者”，另一方面也“天生地关注超验”[⑥]。

博纳富瓦的出发点始终是诗人如何处理他的创作与生命存在的关系。实际上这也是他评论绘画、雕塑、建筑等其他艺术形式的出发点，他的艺术观是本体论的。他将自己关注的焦点都集中于生命存在，“将整个世界都背在身上”[⑦]。但他不是哲学家，不以泛泛而论的哲学方式来论证自己的观

---

① Yves Bomnefoy, “*Baudelaire parlant à Mallarmé*”, in *Enuretiens sur la poésie*, Neuchâtel: Editions de la Baconnière, 1981, p.85.

② ［法］波德莱尔《波德莱尔美学论文选》，郭宏安译，人民文学出版社2008年版，第366页。

③ ［法］博纳富瓦《博纳富瓦诗选》，第118页。

④ Jean Starobinski, “*Préface*”, p.183.

⑤ 详见［法］让·斯塔罗宾斯基《诗，在两个世界之间》，郭宏安译，北岳文艺出版社2002年版，第1—3页。

⑥ Yves Bonnefoy, “*Entretiens avec John Jackson*”, p.86.

⑦ Claude Vigée, “*L'enfant qui porte le monde*”, in *L'Arc*, *N°66(1976)*, pp.27-36.

点，而以某个诗人或艺术家作为特定的视野来思考他的本体论。兰波以诗歌“改变生活”的思想正好与之契合，因而成为博纳富瓦思考诗歌与生命存在关系的一个难得的载体。实际上，从严谨的格律诗到无限自由的散文诗，兰波在诗歌创作的艺术形式上有很多创新，尤其是《彩图集》这部作品，无意义或意义十分丰富、无形式或形式多样的创作将诗歌的语言改造成为语言的诗歌，将读者从语言的消费者改造成了语言的创作者，从而创立了新形式的开发往往比文本意义的表达更为重要的新诗学。然而博纳富瓦说：“兰波的通灵就是拒绝形式，因为形式迷失于即时记忆的迷宫中。”（*Notre*：28）凡是有关“艺术”的，博纳富瓦基本都没有谈及，形式对于他就是试图在自己确定的范围内抓住或证明生命的意义，如“用尽可能少的词……推动着诗人走向男人、女人”，他分析的重点在“走向男人、女人”而不是“用尽可能少的词”。他又说：“在兰波的创作中，道德的追求大于风格的追求。诗人的意图不是要展示他诗歌创作技巧的多样性，他的作品甚至对文学没有真正的积极意义，而更多的是思考女性的生存环境、自身的生存状况、人类的命运。”（*Notre*：259）博纳富瓦从“改变生活”进入兰波的诗学中心，经过多方求证又回到这个中心，他的思考对当今诗歌创作具有指导意义。

（原载于《外国文学评论》2015年第3期）

诗歌是生活的最高表现形式

——布罗茨基与他的诗歌

汪剑钊

1987年，瑞典学院诺贝尔文学奖委员会宣布将该年度的这项荣誉颁给俄语诗人布罗茨基，这使他成为该奖项有史以来最年轻的获得者之一。同时，它也从另一个侧面向人们证明，倘若要研究20世纪俄罗斯诗歌，布罗茨基与他的创作将是一个无法绕开的现象。在授奖辞中，瑞典学院的常务秘书斯图尔·艾伦认为，吸引他们注意力的是布罗茨基作品中贯穿始终的主题："诗歌是生活的最高表现形式。"

约瑟夫·亚历山大罗维奇·布罗茨基于1940年5月24日出生在列宁格勒。父亲曾是一名海军军官，退役后担任了一家小报的摄影记者；母亲是政府机关的一名办事员。布罗茨基从小就显露出桀骜不驯的性格。15岁时，布罗茨基做了一个大胆的决定：自动退学，开始自谋生路。此后，他当过铣工、锅炉工、守门人、医院太平间的杂工、搬运工和地质勘探队员。正是在工作之余，布罗茨基爱上了文学阅读与诗歌写作，他认为："让我们相信文学是社会具有的唯一道德保险，它是戕害同类原则的矫正剂"；"丰富多样的人生是文学的全部内容，也是它存在的目的。"

20世纪60年代初，布罗茨基与年龄稍长的诗人莱因成了好朋友，后者对他写作观念的形成起过很大的影响。莱因告诉布罗茨基，要把诗写好，必须将形容词压缩到最低的限度；诗里的名词越多越好，有时甚至连动词也是累赘。倘若能够在自己的作品上面蒙上一张可以隐盖全部形容词和动词的魔布，那么，把这块布撤走后，白纸上应该留下密密麻麻的名词。1962年，经由莱因的介绍，布罗茨基与阿赫玛托娃相识。这位"白银时代"最后的歌者对他的创作给予了深刻的精神影响，帮助年轻的诗人蕴积起一种高贵的气质和直抵人心的智慧。在此，《动词》一诗便是很好的标志。这是一首写给诗人和诗艺的作品，而诗人就像他笔下的“动词”，游走于朴素的名词和投机的形容词之间，在物的世界里，坚持不懈地“为自身的孤独树立一座纪念碑”，借助诗歌的存在，对抗时间的销蚀、变形。

1964年，布罗茨基遭遇了生平第一次重大变故。二月的某一天，他在大街上行走时，突然被秘密警察逮捕。根据其后的审讯记录，我们可以读到如下在法庭上的对话：“您为什么不工作”“我的工作就是写诗。”“您大致的专业是什么？”“诗人，诗人兼翻译家。”“谁承认您是诗人的？谁把您列为诗人了”针对这一不无刁难的质问，布罗茨基坚定而诚实地回答并机智地反诘道：“没有人。那谁把我列为人类了？”正如人的存在是一个无须证明、无须他人认可的事实一样，布罗茨基坚信自己是一名天生的诗人，写作就是他的固定工作，这份自信来自他的天才和勤奋。因此，他声称：“我写诗，这就是我的工作。……我坚信，我所写的东西能为人们服务，而且不光是对现在，还有益于将来的一代人。”但最后的判决结果却出人意料，布罗茨基因写诗而被以“不劳而获”的“寄生虫”的罪名判处五年流放，流放地是苏联“真正的北方”阿尔汉格尔斯克州科诺沙区一个仅有14户人家的小村庄，被一片沼泽地所围裹的诺林斯科耶。

应该说，这样的判决是严厉而荒唐的，它严重混淆了劳动的基本内涵和分类，尤其无视知识分子的职业特性及其劳动自由，从一种简单、粗疏的思维逻辑出发，将“工作”狭隘地理解为有组织的、单纯的体力劳动。不可否认这其中隐含着对人类的智力和知识的轻慢与漠视。精神的创造性渴求在此经受了无情的打击。对于一个初露头角的诗人来说，尤其显得残酷。为此，阿赫玛托娃曾发出这样的感慨：“他们给这个红头发的小伙子制造了怎样的一份传记啊！这经历他似乎是从什么人那里租用来的。”

“布罗茨基案件”在当时的文化界引起了很大的震动。许多著名人士纷纷为之鸣不平，他们集体递交了一份请愿书，在其上签名的有阿赫玛托娃、肖斯塔科维奇、马尔夏克、帕乌斯托夫斯基、楚科夫斯基、格拉宁等。他们的努力部分地起到了作用。布罗茨基于1965年11月提前结束了流放期，回到了列宁格勒。但回到故乡以后，布罗茨基并没有放弃诗歌写作，相反还成了当时地下文学的骨干。因此，他经常会受到秘密警察的盘问和跟踪。

1972年，布罗茨基被当局列入“不受欢迎人士”而被驱逐出境。从此，他就踏上了一条流亡的“不归”路，直到去世都未能再见到自己的祖国。境外的第一站是维也纳，他在那里见到了当时已名满天下的英国诗人奥登，后者利用自己的影响力将布罗茨基引入欧美诗歌读者和评论家的视野中。半个月后，布罗茨基来到了美国。有意思的是，中学未曾毕业的诗人居然在美国的十余所大学担任过教职。在他的后半生，讲坛成了与他的书桌同等重要的生活内容。

作为诗人，布罗茨基始终对语言秉持着敬畏的态度：“诗人是语言诸多功能的镜子。”在这面镜子的映照下，美、感觉、智慧一一浮现。至于写作的过程，就是“将现象深化、推进的过程。你会发现若干你先前无视其存在的东西。这也许是语言所起的作用。”由此出发，我们便不难理解布罗茨基创作中所使用的那些艺术技巧，他在断句、换行和选择节奏、韵脚上的一些特殊的考虑，也就是说，形式上的晦涩折射着生活的荒诞与暧昧。20世纪70年代意外开始的流亡生活为布罗茨基提供了一种新的意识，那就是：在新的环境里，语言将是他唯一可能依赖的存在。正如他自己的阐述：“流亡作家是对他的母语的反讽或者向母语的隐退。语言起初是他的剑，接着成为他的盾，最终变为他的宇宙能。他同语言之间最初是私人的、亲密的关系，这在流亡中变成命运——再往后才变成职业和责任。”

与许多流亡诗人不同的是，布罗茨基并不想在国际社会和俄罗斯侨民中间把自己树立为一个所谓的“持不同政见者”形象，而是把“流亡”当成富有教益的课堂，“教人谦卑的最后的课堂”，从而把这种处境与人生存的本质联系起来，而非怨天尤人地去制造仇恨与敌意。由对现实生活的超越性思考作为起点，布罗茨基对“解放”与“自由”进行了严格的区分：“解放了的人并非自由人，解放是获得自由的手段，而不是它的同义词。”布罗茨基认为，要想发挥一个自由人的作用，就需要接受自由人接受失败的态度，也就是说，自由人失败的时候，不会去抱怨任何人。显然，这是一种存在主义的处世态度，诗人就像“荒诞的英雄”西西弗斯一样，不断地滚落，却永不放弃，不断地推着石头上山，直到自己像石头一样凝固在途中。肉体是可以被消灭的，但精神是不可战胜的。正是在这种不懈的行进中，人创造了自己的命运，证明了生活的意义所在。

在《我总是在念叨，命运——是游戏》一诗中，布罗茨基写出了抒情主人公坐在窗前时所涌起的开阔、雄浑又充满着哀伤、压抑等五味杂陈的感受。它包含了诗人对于时代、自然、时间、人生和命运的多重思考，犹如一部混合着海潮、风声、天籁、内心情感汹涌起伏的交响曲，众多的声部激发着震撼人心的力量。对高贵的精神生活近乎偏执的要求，对他所处恐怖时代的真实见证，对爱情、人生、逝去的青春的赞美和思索，对于时间的洞察，这一切，构成了这首杰出诗篇的坚实基础。关于时间，布罗茨基曾有过精辟的言说。在论及阿赫玛托娃的诗作时，他说："真正使这位诗人发生兴趣的，不是她自己的生命，而恰恰是时间，是它单调的声音在人类的精神，特别是在她的语言上发生的作用。"而"诗歌对于时间的知识比人类愿意承认的要丰富得多"。事实上，上述深刻的见解同样也适用于布罗茨基本人的诗歌创作。在这个"二流时代"，诗人回顾了自己对于生命万物忠贞而深沉的爱，也见证着"灯泡中有着地板的恐惧"，抒写出诗人内心的悲凉与孤独。同时，他也坚定地指出："欧几里德不知道，物体向锥形演变，最终获得的不是零数，而是时间。"我们知道，诗人笔下这些"与窒息进行斗争"的真实记录，也已进入了人类的记忆和时间。

在 1987 年 11 月诺贝尔文学奖的受奖辞中，布罗茨基断言："一个阅读诗歌的人比不阅读诗歌的人更难战胜。"而在随后的讲演中，他说道："写这一篇文字的我以及读这一篇文字的人将会逝去。但是我赖以写作和他们借以阅读的语言将存在下去，这不仅因为语言较之我们有更悠久的寿命，还因为它具有更强大的适应和变化能力。"诗人的这一思想在《残缺的雕像》中便有所流露。在这首诗歌中，诗人睿智地用语言触及了时间的秘密。"残缺的雕像"暗示的是一个充斥死亡的国度；但在诗人的眼中，那些残缺的雕像、破碎的岁月碎片，却构成了进入永恒时间、再也不会死亡的一个自由的世界。它们就像破碎的镜子那零落的一块块碎片，执拗地反射着一个个生命的"帝国"，时光在这里凝固，并因此获得了永生的不朽。诗人认为，尘埃和废墟，同样来自上帝创造，这是大自然的意志，是"万物的终点，道路的尽头"，同时它也是一个入口和一个开始，因为死亡为活着的生命提供了一面"供人进入的镜子"。没有死亡的生命不是完整的生命，不被死亡检验和参照的人生不是有意义的人生。当诗人置身于这些上帝"废弃的作坊”，想象自身同为石化的、青铜斑驳的雕像时，他便获得了另一个真切的观察视角：这里的一切都是鲜活的，栩栩如生。他能看到岁月的流逝，时光在那些残垣断壁间无声无息地工作。苔藓的爬行，风雨的劳作，都在这里继续进行着时间漫长的变幻。诗人发现，世界不存在死亡，永远没有绝对的死亡。生和死是无限的，时间是无限的，“有人折断了一只手臂，头颅就从肩膀上轰然滚落”，但生命还在延伸，因为变化仍在继续。诗的最后出现了一只恐惧死亡的“断爪老鼠”，在逃脱死亡的千年囚禁后，仍然在“活着的”世界上。它的行为仿佛在证实布罗茨基对于诗歌中语言必须展开的见解：“……它——因为时间的存在——总有某些东西尾随其后。这尾随的东西永远比已说出的话更为有趣——不再是由于时间的缘故，而是由于无视时间的缘由。”

布罗茨基曾经说过：“拯救世界或许已为时过晚，拯救个人却始终存在着机会。”或许是从陀思妥耶夫斯基“美将拯救世界”的预言获得了启示，诗人写出了属于他个人的《致乌拉尼亚》。第一行诗仿佛是出自圣经的箴言，告诉人们，人生自有苦难不能抵达的区域，悲伤也有它的局限。它同时也报告着建立乌托邦的可能。他认为，“美学乃是伦理学之母”。人具有与生俱来的美学本能，他首先是美学的动物，其次才是伦理的动物。如果说语言是人区别于动物的重要标志，那么，文学将是语言的目标。那么，诗歌呢？我想，应该是在这个目标上空飘扬的旗帜。正是美感的存在，使人与人之间呈现某种差别，最终形成了各自的个性，令他们的生存时间更加独特、更具活力，借此摆脱了历史的“俗套”。正是在这个意义上，布罗茨基说：“乌拉尼亚要比克利俄年龄稍长。”我们知道，在古希腊神话中，克利俄是司历史的缪斯，而乌拉尼亚是司天文的缪斯，并且，她还是阿佛洛狄忒的别名，爱和美的象征。

就某种意义而言，布罗茨基堪称20世纪初俄罗斯文化复兴精神的忠实继承者。这种对传统的继承使他的创作拥有了白银般的质地，在所谓黑铁的时代闪烁着异样的光彩。在《北方把金属撕裂成碎片》一诗中，这种光辉似乎又转化成了玻璃式的透明。一般而论，金属象征着冷酷和残忍，尤其在寒冷的俄罗斯北方，它似乎成为严寒和暴虐的同谋。与一般金属的容易氧化性质相比，玻璃有着更加稳定的化学结构。不过，玻璃的清澈、脆弱和锋利，使它具有和诗人的身份颇为相似的一致性。布罗茨基诗中的“北方”对金属和玻璃不同的态度，或许可以说是他心中对待暴政和诗人的态度。然而，苦难犹如诗人如影随形的密友，不断以冰雪寒冷来考验他的意志，同时，苦难也将一管可书写的羽毛赠予诗人来温暖他苦涩的脏腑。“放我进来”，寒冷对诗人柔软的“喉管”如是说，凛冽的寒气充满我们的肺叶；而此前，诗人的喉管里是滚烫的言语，是笑声和火热的诗句。或许真正的勇者对于自己所厌恶的事物从来都是直面相对，不惧怕也不逃避。恰恰因为有着这一份傲骨存在，诗人即使陷入冰雪的包围，也依然感到地球在围绕着他的脚踝转动。这首诗透露出布罗茨基面对厄运和暴政时的不屈不挠；而那些将要被后人不断传诵的诗句，从越积越厚的皑皑雪野和诗人斑白的头发上开始了远征。

在自传《小于一》中，布罗茨基提出了一个概念：“一个人既不是成人也不是孩子，他大概小于‘一’。”他的这个“小于一”可作双重理解，一方面，它说明人的发展并非是直线型的，也不是按照时间顺序向前滚的，“我”很早就潜伏于躯壳之中，并不受时间的流逝影响，因此，作连贯性的叙述是没有意义的事情；另一方面，它指称人的未完成状态，任何一个人都无法把真正的自我和盘托出，完整地展现自己的生活和感受，他永远在小于一的状态里呈现。或许这就是诗人在“流亡的课堂”上学会的“谦卑”。在1964年那场庭审结束时，布罗茨基曾高傲地说道：“我不但不是一个不劳而获的人，而且还是一位能为我的祖国增光彩的诗人。”据说，当时旁听的很多人对他发出了“嘘声”和哄堂大笑。但历史证实了诗人的预言：在二十世纪的世界诗歌史上，布罗茨基以他的美学经验及其独特的个性与风格，为俄罗斯和俄语赢得了举世瞩目的荣誉，值得他的祖国为这个声称小于“一”、实际大于“一”的存在而骄傲。

附：布罗茨基诗选

汪剑钊　译

动　词

沉默的动词包围着我，就像一些陌生脑袋的动词，饥饿的动词，赤裸的动词，没有名词的动词。动词——很普通。动词，生活在地下室，述说——在地下室，诞生——在地下室，在普遍的乐观主义，整个楼层之下。每一个早晨它们都去工作，搅拌泥浆和拖拽石头，但建造着城市，建造的并非城市，而是为自身的孤独竖立一座纪念碑。而且，恰似走进他人的记忆，有节奏地从一个词走向另一个词，以整个三重的时间，动词在某一天向上走到各地。它们头顶的天空，就像乡村墓地之上的鸟，而，仿佛站立在紧锁的门前，某个人在敲击，将钉子楔入过去、现在和未来的时间。没有人到来，没有人能挖除。锤子的敲击，将成为永恒的韵律。夸张的大地躺在它们下面，仿佛隐喻的天空在我们上空漂浮！

我总是在念叨，命运——是游戏
——致列.利夫希茨

我总是在念叨，命运——是游戏。既然有了鱼子，我们还要鱼干什么？哥特式风格终将胜利，会靡然成风，就能够摆脱羁绊，站立起来。我坐在窗前。窗外是一株山杨。我爱得不多，但刻骨铭心。我曾经以为，森林

——只是劈柴的一部分。既然有了姑娘的膝盖，何必还要她的全身？厌倦了世纪风暴掀起的灰尘，俄罗斯的眼睛将在爱沙尼亚的尖顶小憩。我坐在窗前。我洗刷好碗碟。我曾有过幸福，但幸福不再。我曾经写过，灯泡中有地板的惊恐。爱情是一种缺少动词的行为。欧几里德不知道，物体向锥形演变，最终获得的不是零数，而是时间。我坐在窗前。回忆青春的时光。有时，我露出微笑；有时，我狠狠地唾骂。我曾经说过，一片树叶就能摧毁幼芽。一粒种子落进了贫瘠的土地，就不可能萌芽；林中那一片空旷的草地便是自然界手淫不育的范例。我坐在窗前，双手抱住膝盖，唯有沉重的影子与我相伴。我的歌曲已经走调，不成旋律，齐声合唱也无济于事。难怪我这些话语得不到赏，没有人会把双脚架上肩膀。我坐在黑暗的窗前，波状的窗帘外，大海在轰鸣，仿佛一列快车。我是二流时代的公民，我骄傲地承认，我最好的思想全是二流的，我把它们呈献给未来的岁月，作为与窒息进行斗争的经验。我坐在黑中。这室内的黑并不比室外的黑更糟。

北方把金属撕裂成碎片

北方把金属撕裂成碎片，却宽容地对待玻璃。教导着喉管说出“放我进来”。寒冷对我加以训练，将一根羽毛塞进手指，为的是温暖手掌。冻彻骨髓，我看见，在大海的背后，夕阳西沉，周围渺无人烟。或许是鞋跟在冰上滑动，或许是地球自身围绕着我的鞋跟在旋转。我的喉管，原本塞满了笑声、言辞，或者滚烫的茶水，雪地的膨胀越来越明显，告别的声音划出黑点，就像你斑白的头发。

致乌拉尼亚

万物都有极限：其中包括悲伤。目光沦陷于窗框，恰似树叶——在篱笆内。可以注水。钥匙哗啦响。孤独就是方格中的一个人。单峰驼也是这样皱眉，嗅着铁轨。空虚敞开，仿佛一袭门帘。通常也会有一个空间，如果在身体的每个句点中并没有缺席？所以乌拉尼亚要比克利俄年龄稍长。

借助盲目小油灯的微光，白昼你看见：她什么都没隐瞒，你望着地球仪，像望着一个后脑勺。就是这些：缀满黑果的森林，一只手就可捕捉欧鳇的河流，或者——你不在它电话号码本中的一座城。再远一点，向南，也就是向东南，群山涌动褐色，普尔热瓦利的骏马在苔草中徘徊；脸色发黄。而更远一点战舰在浮动，大片水域蔚蓝着，仿佛缀有花边的床单。

（原载于《名作欣赏》2009年第19期）

我热爱的诗人
——荷尔德林

海　子

1.在《黑格尔通信百封》这本书里，提到了荷尔德林不幸的命运。他两岁失去了生父，九岁失去了继父，1788年进入图宾根神学院，与黑格尔、谢林是同学和好友，1798年秋天因不幸的爱情离开法兰克福。1801年离开德国去法国的波尔多城做家庭教师。次年夏天，他得到了在他作品中被理想化为狄奥蒂玛的情人的死讯，突然离开波尔多。波尔多在法国西部，靠近大西洋海岸。他徒步横穿法国回到家乡，神经有些错乱，后又经亲人照料，大为好转，写出不少著名的诗篇，还翻译了索福克勒斯的《安提戈涅》和《俄狄浦斯王》。精神病后又经刺激复发，1806年进图宾根精神病院医治。后来住在一个叫齐默尔的木匠家里。有几位诗人于1826年出版了他的诗集。他于1843年谢世，在神智混乱的“黑夜”中活了36个年，是尼采“黑夜时间”的好几倍。荷尔德林一生不幸，死后仍默默无闻，直到20世纪人们才发现他诗歌中的灿烂和光辉。和歌德一样、他是德国贡献出的世界诗人。哲学家海德格尔曾专门解说荷尔德林的诗歌。

2.荷尔德林的诗，歌唱生命的痛苦，令人灵魂颤抖。他写道：

待到英雄们在铁铸的摇篮中长成，
勇敢的心灵能从前一样
去造访万能的神祇。
而在这之前，我却常感到，
与其孤身独步，不如安然沉睡。
何苦如此等待，沉默无言，茫然失措。

在这贫困的时代，诗人何为?

可是，你却说，诗人是酒神的神圣祭司，在神圣的黑夜中，他走遍大地。

正是这种在神圣的黑夜中走遍大地的孤独，使他自觉为神的儿子：“命运并不理解，莱茵河的愿望。但最为盲目的，还算是神的儿子。人类知道自己的住所，鸟兽也懂得在哪里建窝，而他们却不知去何方。”他写莱茵河，从源头，从阿尔卑斯冰雪山巅，众神宫殿，如一架沉重的大弓，歌声和河流，这长长的箭，一去不回头。一支长长的歌，河水中半神，撕开了两岸。看着荷尔德林的诗，我内心的一片茫茫无际的大沙漠，开始有清泉涌出，在沙漠上在孤独中在神圣的黑夜里涌出了一条养育万物的大河，一个半神在河上漫游，唱歌，漂泊，一个神子在唱歌，像人间的儿童，赤子，唱歌，这个活着的，抖动的，心脏的，人形的，流血的，琴。

3. 痛苦和漫游加重了弓箭和琴，使草原开花。这种漫游是双重的，既是大自然的，也是心灵的。在神圣的黑夜走遍大地“……保留到记忆的最后，只是各有各的限制，因为灾难不好担当，幸福更难承受。而有个哲人却能够，从正午到夜半，又从夜半到天明，在宴席上酒兴依旧”（《莱茵河》）。也就是说，要感谢生命，即使这生命是痛苦的，是盲目的。要热爱生命，要感谢生命。这生命既是无常的，也是神圣的。要虔诚。

有两类抒情诗人，第一种诗人，他热爱生命，但他热爱的是生命中的自我，他认为生命可能只是自我的官能的抽搐和内分泌。而另一类诗人，虽然只热爱风景，热爱景色，热爱冬天的朝霞和晚霞，但他所热爱的是景色中的灵魂，是风景中大生命的呼吸。凡·高和荷尔德林就是后一类诗人。他们流着泪迎接朝霞。他们光着脑袋画天空和石头，让太阳做洗礼，这是一些把宇宙当庙堂的诗人。从“热爱自我”进入“热爱景色”，把景色当成“大宇宙神秘”的一部分来热爱，就超出了第一类狭窄的抒情诗人的队伍。

景色也是不够的。好像一条河，你热爱河流两岸的丰收或荒芜，你热爱河流两岸的居民，你也可能喜欢像半神一样在河流上漂泊、流浪航行，做一个大自然的儿子，甚至你或者是一个喜欢渡河的人，你热爱两岸的酒楼、马车店、河流上空的飞鸟、渡口、麦地、乡村等。但这些都是景色。

这些都是不够的。你应该体会到河流是元素，像火一样，他在流逝，他有生死，有他的诞生和死亡。必须从景色进入元素，在景色中热爱元素的呼吸和言语，要尊重元素和他的秘密。你不仅要热爱河流两岸，还要热爱正在流逝的河流自身，热爱河水的生和死。有时热爱他的养育，有时还要带着爱意忍受洪水的破坏。忍受他的秘密。忍受你的痛苦。把宇宙当做一个神殿和一种秩序来爱。忍受你的痛苦直到产生欢乐。这就是荷尔德林的诗歌。这诗歌的全部意思是什么？要热爱生命不要热爱自我，要热爱风景而不要仅仅热爱自己的眼睛。这诗歌的全部意思是什么？做一个热爱“人类秘密”的诗人。这秘密既包括人兽之间的秘密，也包括人神、天地之间的秘密。你必须答应热爱时间的秘密。做一个诗人，你必须热爱人类的秘密，在神圣的黑夜中走遍大地，热爱人类的痛苦和幸福，忍受那些必须忍受的，歌唱那些应该歌唱的。

4. 从荷尔德林我懂得，必须克服诗歌的世纪病——对于表象和修辞的热爱。必须克服诗歌中对于修辞的追求、对于视觉和官能感觉的刺激，对于细节的琐碎的描绘——这样一些疾病的爱好。

从荷尔德林我懂得，诗歌是一场烈火，而不是修辞练习。

诗歌不是视觉。甚至不是语言。她是精神的安静而神秘的中心。她不在修辞中做窝。她只是一个安静的本质，不需要那些俗人来扰乱她。她是单纯的，有自己的领土和王座。她是安静的。有她自己的呼吸。

5. 荷尔德林，忠告青年诗人，“假如大师使你们恐惧，向伟大的自然请求忠告”。痛苦和漫游加重了弓箭和琴，使草原开花。荷尔德林这样等他的归乡和痛苦。

航海者愉快地归来，到那静静河畔
他来自远方岛屿，要是满载而归
我也要这样回到生长我的土地，
倘使怀中的财货多得和痛苦一样。

荷尔德林的诗，是真实的，自然的，正在生长的，像一棵树在四月的山上开满了杜鹃。诗，和，开花，风吹过来，火向上升起一样。诗，和，远方一样。诗和远方一样。我写过一句诗：

远方除了遥远一无所有。

荷尔德林，早期的诗，是沉醉的，没有尽头的，因为后来生命经历的痛苦——痛苦一刀砍下来——，诗就短了，甚至有些枯燥，像大沙漠中废墟和断头台的火砖，整齐，坚硬，结实，干脆，排着，码着。

“安静的”“神圣的”“本质的”走来。热爱风景的抒情诗人走进了宇宙的神殿。风景进入了大自然。自我进入了生命。没有谁能像荷尔德林那样把风景和元素完美地结合成大自然，并将自然和生命融入诗歌——转瞬即逝的歌声和一场大火，从此永生。

在1800年后，荷尔德林创作的自由节奏颂歌体诗，有着无人企及的令人神往的光辉和美。虽然我读到的只是其中几首，我就永远地爱上了荷尔德林的诗和荷尔德林。

1988年11月16日

（原载于《世界文学》1989年第2期）

从存在诗学到实体诗学

——海德格尔与海子诗学观比较

张公善

将海德格尔（以下简称“海氏”）与海子并列比较，看似突兀，实则不然。通读二人的相关文论之后，便会发现二者之间具有很强的可比性。毫无疑问的是，海子直接或间接受到海氏思想的影响，将海氏以“存在”为本体的诗学改造成以“实体”为本体的诗学。通过比较，我们也可以窥探处于不同文化传统中的两个人是如何在东西结合之中寻求出路的。

一、诗歌本体观

众所周知，海氏哲学是对西方传统哲学的批判，将西方哲学拉回到本体论哲学的大道。海氏认为，西方哲学越来越远离其古希腊哲学的根基——存在，而片面追逐实实在在的对象——存在者。人在日常生活的操劳便是同这些实在物打交道。我们只能认识存在者，而对于存在，却无法直接面对，因为存在是不可说、非对象性的。我们只有借助存在者才能感悟存在。可以说，存在是海氏整个哲学大厦的本体。考虑到海氏哲学其实是思与诗的交响曲，以及海氏哲学终极归宿是教导人类“诗意地栖居”，所以我们也可以将海氏哲学称为广义上的存在诗学，而其对于诗的论述则可以称作狭义上的存在诗学。

《海子全集》开篇《寻找对实体的接触——直接面对实体》中，海子就确定了“实体”作为其诗学的本体地位。海子指出：“诗，说到底，就是寻找对实体的接触”，“它（实体）是真正的诗的基石”[①]。海子所谓实体，实指一些具体的存在者，不过是较为基础的存在者而已。可以说，海子“直接面对实体”的主张，得益于现象学“走向事情本身”的口号。海子始终关注永恒与真实，为此他必须要对现象世界进行还原，在现实世界中追寻那些最为原始的元素。其实海氏哲学也是运用了现象学的方法[②]。某种意义上，海氏哲学就是使哲学回到哲学本身去，回到哲学的源头去。正是在哲学的源头——古希腊，海氏重新发掘到其哲学的本体——存在。

在本体论的层次上，海子的实体，其地位和效应与海氏的存在相当，都是作为根基被提出的，而且都具有凌驾诗人之上的地位。海氏认为，“存在者的到来乃是基于存在的天命”，人不过是被存在本身“抛”入存在的真理之中的，“人这样地生存着看护存在的真理”，“人是存在的看护者”。似乎人拥有着主体的自由，但实际上，一切都是在存在的天命之下完成的，即人必须“按照存在的天命看护存在的真理”[③]。这在海氏谈论诗时就表现得非常明显：诗乃是存在之音，诗人只是倾听者，进而将其传达出来[④]。海子也有类似的观点：“诗不是诗人的陈述。更多的时候，诗是实体在倾诉”，以至于在诗中也可以听到“另外一种声音”，即“实体”的声音[⑤]。

在认识论的层次上，海氏之存在是不可说不可知的，但海氏试图引导世人通过一些具体的存在者来通达存在。在这些具体的存在者当中，海氏最为关注的便是“四元”——天、地、神、人。这“四元”其实来自海氏对荷尔德林的解读。在《荷尔德林的大地和天空》一文中，海氏引用了荷尔德林给朋友的一封信，其中就谈到“元素之伟力”：“那种巨大的元素，天国之火和人类的宁静，人类在自然中的生活，以及他们的局限性和满足感，持续不断地紧紧把我抓住……”海氏评论说：“尽管在这封信中，大地和天空、神和人的整体统一性始终未曾道出，但我们已经更为清晰地看到了这一点：大地和天空以及它们的关系，属于一种更为丰富的关系。”海氏认为，荷尔德林随后所写的诗歌《希腊》中就完全洞见了“四元”的整体

① 海子《海子诗全集》，西川编，作家出版社2009年版，第1017—1018页。
② 海德格尔《海德格尔选集》，孙周兴编，上海三联书店1996年版，第60页。
③《海德格尔选集》，第374页。
④ 张公善《批判与救赎：从存在美学到生活诗美》，安徽人民出版社2006年版，第44页。
⑤《海子诗全集》，第1018页。

统一性[①]。

无独有偶，海子诗学也涉及“元素”。他在《诗学：一份提纲》中写有一段与上述荷尔德林所说颇为神似的话：“我写长诗总是迫不得已。出于某种巨大的元素对我的召唤，也是我有太多的话要说，这些元素和伟大材料的东西总会涨破我的诗歌外壳。”[②]更有意味的是，海子也提到了海氏的那四个元素。海子在《我热爱的诗人——荷尔德林》一文中，认为荷尔德林诗歌的一大特色就是风景、元素与生命的完美结合，还说荷尔德林的诗歌启示人们“做一个热爱人类秘密的诗人。这秘密既包括人兽之间的秘密，也包括人神、天地之间的秘密”。[③]海氏的“天、地、神、人”，在海子这里成了“人神、天地”。很显然，海子没有意识到海氏“四元”之间的整体统一性，而是侧重两两之间的对立。海子文论中唯一提到海氏就是在这篇文章中。他说：“哲学家海德格尔曾专门解说荷尔德林的诗歌。”[④]单就这句话，我们还不能断定海氏对海子有什么影响，但有一点应该可以确定：正是因为对荷尔德林情有独钟，使得两人的思想具有一些共性，或者也可以反过来说，正是因为两人思想有此共性，他们才对荷尔德林情有独钟。

海子的实体，既是“巨大物质实体”（客体），又是“主体”，“是谓语诞生前的主体状态，是主体的沉默的核心”[⑤]。相对应于物质实体，我们或许可以将作为主体的实体称为“精神实体”。不难看出，海子所谓实体的观念来自西方传统。在西方哲学史上，巴门尼德最先把实体视作唯一不动的真实存在；亚里士多德则认为实体是物质的根本属性，是物质之为物质的本质；罗素认为后世从巴门尼德那里继承的正是实体的不可毁灭性，即“实体是被人设想为是变化不同的谓语之永恒不变的主词”[⑥]。耐人寻味的是，海德格尔也谈到了“存在”与“实体”的关联：“从存在的历史的意义着想，‘实体’已经是本质这个词的隐蔽的译名，这个词是指称在场者的在

① 参见海德格尔《荷尔德林诗的阐释》，孙周兴译，商务印书馆2000年版。孙周兴翻译为“四方”，鉴于海氏受荷尔德林“巨大的元素”的影响，我觉得“四元”可能更为贴切。

②《海子诗全集》，第1038页。

③《海子诗全集》，第1071—1072页。

④《海子诗全集》，第1068页。

⑤《海子诗全集》，第1017页。

⑥ 罗素《西方哲学史（上）》，商务印书馆1963年版，第83页。

场，而多半同时由于谜一般的双关意义而是指在场者本身的。”①言下之意，实体在巴门尼德那里原本是表示存在（在场）的，但却由于人们（如亚里十多德）将其看作是事物的本质，因而也渐渐被用来表示存在者（在场者）了。而海子所做的，正是海氏所要反对的——海子将西方本来作为真实存在的实体主体化、精神化，也对象化了。

海子其实看重的就是实体的永恒不变性。他想要做的就是发掘文化中的那些根本的物质实体——“巨大的元素”，然后将其锻造成精神实体。在海子这里，看似实体已经是物质与精神的合一，主体与客体的合一，更是天人合一。然而，可悲的是，海子在不同的实体之间却失去了平衡。在海子的早期文论中，我们可以清楚地发现，他通过回溯到文化的源头，发现了土地、河流等元素。后来又渐渐转向天空、太阳等元素。以下是海子内心充斥的一些二元对立元素：

实体、元素
- 大地、水、母性、东方、阴、贵族、夏娃……
- 天空、火、父性、西方、阳、大众、亚当……

冲突导致悲壮精神

在海氏那里，“四元”和谐共舞，“任何一方都不是片面地、自为地持立和运行的”②。在《物》一文中，海氏更为详细地阐释了“四元”和谐圆融的统一整体性③，而海子却将上述两组实体（元素）对立起来。这种二元思维造成的激烈冲突，想必在海子的心灵世界翻江倒海，让其矛盾纠结甚至不能自拔。在1987年11月15日，海子为《太阳·地狱篇》草拟的标题中，我们发现如下一些非常意味深长的标题：“我独自一人穿越四大元素”“早早结束生活”“皈依存在”④。这些标题将海子与海氏在思想上的距离拉近了。从中透露出的信息值得回味：海子依然保持着高蹈的贵族姿态，却又无法协调好心中的冲突。难道海子在此时就已经有了结束生命来融入海

①《西方哲学史(上)》,第374页。

②《荷尔德林诗的阐释》,第210页。

③《海德格尔选集》,第1178页。

④《海子诗全集》,第1064—1065页。

氏所谓的“存在”的想法吗？我们不得而知，但这也不是没有可能。

通过上述比较，我们发现，海氏与海子都借助于现象学的方法，探寻到了各自诗学的本体或根基。海氏诗学本体是存在，而海子诗学根基则是实体。海子诗学中的实体、元素、精神等概念相当于海氏的存在，在其各自的诗学中都起着统领一切的作用。不同之处在于：实体、元素、精神都是对象性的，可以认识的，而存在则是非对象性的，不可知不可说的。海子诗学仍然停留于探索诗歌秘密的认识论阶段，将视线聚焦到一些原始的元素，有一种将实体对象化的认识冲动。如果存在诗学是根，实体诗学可谓之干。存在诗学是更为原始的本体论诗学，是元诗学；实体诗学则是派生的诗学。

二、诗歌本质观及诗人论

在《艺术作品的本源》中，海氏区分了诗（Dichtung）和诗歌（Poesie），后者指与散文相对的文学体裁。海氏行文中一般不用Poesie这个词。海氏所谓诗，有广义和狭义之分。作为诗意创造，广义之诗是一切艺术的本质，狭义之诗即作为语言作品的诗歌。海氏倾心的诗歌并非适合于世界文学中的全部诗歌的一般而言的诗歌，而是“那种别具一格的诗歌，其标志是，只有它才命运性地与我们相关涉，因为它诗意地表达出我们本身，诗意地表达出我们处身于其中的命运”。[①]这种别具一格的诗歌，是那些真正伟大的诗，就像荷尔德林的诗那样“蕴含着诗的规定性而特地诗化了诗的本质”[②]。然而在现实中，人们往往将诗歌作为一种附庸风雅的手段，一种情感抒发的出口，或是一种意识形态的传声筒。对此，海氏给予了义正词严的批评：“诗不只是此在的一种附带装饰，不只是一种短暂的热情或一种激情和消遣。诗是历史的孕育基础，因而也不只是一种文化现象，更不是一个文化灵魂的单纯表达。”[③]

①《荷尔德林诗的阐释》，第228页。

②《荷尔德林诗的阐释》，第36页。

③《荷尔德林诗的阐释》，第46页。

同海氏一样，海子也对诗进行了分类。他说：“诗有两种：纯诗（小诗）和唯一的真诗（大诗），还有一些诗意状态。”[1]海子所谓纯诗与真诗，分别相当于海氏眼里“一般而言的诗歌”和“别具一格的诗歌”；而其“诗意状态”与海氏所谓广义之诗的精神有些共性，都强调其中的“诗意”性质。海子对当时诗坛也颇有微词，认为“当前中国现代诗歌对意象的关注，损害甚至危及了她的语言要求”，“新的美学和新语言新诗的诞生不仅取决于感性的再造，还取决于意象和咏唱的合一。意象平民必须攀上咏唱贵族”[2]。显然，海子不像海氏那样反感诗歌的情感宣泄功能，但他对诗歌的感性与抒情因素也有些矛盾，他热爱的诗人荷尔德林就被他称为“热爱风景的抒情诗人”[3]，可是当海子谈及“伟大的诗歌”时，他又贬抑感性和抒情。

海氏最喜欢的诗人是荷尔德林，认为他是“诗人的诗人”。海氏通过对荷尔德林诗歌的阐释，揭示了诗的几个本质特征。首先，诗的“本质性的本质”在于“诗是存在的词语性创建”[4]。其次，诗之本质的双重规定是：诗不仅最清白又最危险。“最清白”是说诗乃是毫无功利的自由言说，无害又无用；“最危险”是因为诗乃语言的纯粹言说，而“语言是一切危险的危险”[5]。最后，诗之本质的内在自由法则在于：诗是诸神的暗示又是民族之音的解释。无独有偶，荷尔德林也是海子热爱的诗人。那么，荷尔德林给予海子的诗歌观念又是什么呢？海子说：“从荷尔德林我懂得，诗歌是一场烈火，而不是修辞练习。诗歌不是视觉，甚至不是语言。她是精神的安静而神秘的中心。”[6]与海氏不同，海子看到的不是“存在”而是“精神”，不是“语言”而是“安静而神秘”。在海氏那里，“诗是历史的孕育基础”，它创建存在的历史，“也是历史性民族的元语言”[7]。海子也关注民族与历史，他上溯河流的源头，深入民间主题，为的就是希望将文化的根基继承下来。

①《海子诗全集》，第1037页。

②《海子诗全集》，第1028页。

③《海子诗全集》，第1072页。

④《荷尔德林诗的阐释》，第46页。

⑤《海德格尔选集》，第313页。

⑥《海子诗全集》，第1071页。

⑦《荷尔德林诗的阐释》，第46—47页。

但海子更希望创建一个新的诗歌历史的开端："这一世纪和下一世纪的交替，在中国，必有一次伟大的诗歌行动和一首伟大的诗篇。这是我，一个中国当代诗人的梦想和愿望。"[①]总的说来，海氏借助语言来创建的是存在，海子凭借一种精神来创建的则是诗歌。

海子不像海氏那样将对诗歌本质的理解建立于一个诗人（荷尔德林）的解读基础之上，而是以一种宏观的视角审视整个西方诗歌史，甚至是文明史，并提出如下的"伟大的诗歌"观念："伟大的诗歌，不是感性的诗歌，也不是抒情的诗歌，不是原始材料的片断流动，而是主体人类在某一瞬间突入自身的宏伟——是主体人类在原始力量中的一次性诗歌行动。"[②]何谓原始力量？海子在谈及亚当型巨匠（米开朗琪罗、但丁、莎士比亚、歌德）时作了一个说明，指出这些巨匠身上潜伏的巨大的原发性的力量便是"悲剧性的生涯和生存，天才和魔鬼，地狱深渊，疯狂的创造与毁灭，欲望与死亡，血、性与宿命，整个代表性民族的潜伏性"[③]。很显然，所谓的原始力量，其实就是海子在上述巨匠作品中所提炼出来的一系列的"巨大的元素"。

对于海氏，"诗人们是半神"，是大地之子，而"大地之子同时也是天空之子"[④]。诗人处于诸神（天）与民族（地）之间，倾听诸神的暗示，然后再传达给历史性的民族。对于海子，那些历史上的巨匠们也被当作"圣徒"和"众神"。他要求诗人"必须有力量将自己从大众中救出来，从散文中救出来"，"必须有力量把自己从自我中救出来，因为人民的生存和天地是歌唱的源泉，是唯一的真诗。'人民的心'是唯一的诗人"[⑤]。"天堂是众人的事业，而大地是王者的事业"，"做地上的王者——这也是我和一切诗人的事业"[⑥]。在一首题为《诗歌皇帝》的汉俳中，海子写下了自己的崇高志趣："当众人齐集河畔，高声歌唱生活，我定会孤独返回空无一人的山

①《海子诗全集》，第1048页。

②《海子诗全集》，第1048页。

③《海子诗全集》，第1043页。

④《荷尔德林诗的阐释》，第178—179页。

⑤《海子诗全集》，第1043页。

⑥《海子诗全集》，第1057—1058页。

峦。”[①]对于海氏，“在贫困时代里作为诗人意味着：吟唱着去摸索远逝诸神之踪迹”[②]，敢于冒险来“为他的民族谋求真理”[③]。对于海子，“做一个诗人，你必须热爱人类的秘密，在神圣的黑夜中走遍大地，热爱人类的痛苦和幸福，忍受那些必须忍受的，歌唱那些应该歌唱的”[④]。可以看出，海子身上有着很强的主体意识，这是海氏所反感的。但海子又将主体意识与人民甚至人类相融合，则又与海氏不谋而合。

难能可贵的是，海氏与海子都将诗人引向一种行动。海氏指出，“人的实体就是生存”[⑤]，所以他并不关注个体生命的传达，而操心于民族和人类的栖居。他认为，诗人应为民众树立神性的尺度，以便其能“诗意地栖居大地”。虽没有海氏那里的神性尺度，但海子也赋予生存以秘密或灵性因素。海子认为，人类生活不是“生存”的全部，“生存”还包括与人类生活相平行、相契合、相暗合、相暗示的“别的生灵别的灵性的生活，甚至没有灵性但有物理有实体有法律的生活。所以说，生存是全部的生活：现实的生活和秘密的生活”，而“秘密的生活是诗歌和诗学的主要暗道和隐晦的烛光”[⑥]。可惜海子并没有将诗学引向生存；相反，他内心怀有诗歌王的梦想，又有英雄主义的信念（“在一个衰竭实利的时代，我要为英雄主义作证”），加之他对天才的倾慕（“天才是生命的最辉煌的现象之一”）[⑦]，这些使得海子逐渐从一种伟大的一次性的“诗歌行动”，堕为一种一次性的“生命行动”自杀。这又牵涉到二者都情有独钟的诗人荷尔德林。

海氏与荷尔德林的相遇可谓一曲思与诗的交响曲。海氏说：“我的思想和荷尔德林的诗歌处于一处非此不可的关系中。”[⑧]海氏几乎所有关于诗的思想都来源于荷尔德林及其诗歌，而海子与荷尔德林的相遇也许是一次致命的邂逅。海子写于自杀前大约四个半月的《我热爱的诗人——荷尔德林》

①《海子诗全集》,第408页。
②《海德格尔选集》,第410页。
③《海子诗全集》,第52—53页。
④《海子诗全集》,第1071页。
⑤《海德格尔选集》,第373页。
⑥《海子诗全集》,第1062页,
⑦《海子诗全集》,第1035、1048页,
⑧《海德格尔选集》,第1313页。

透露了自己的心灵轨迹。通过阅读荷尔德林，海子忽然意识到“景色中的灵魂，是风景中大生命的呼吸”，再进一步，从景色进入元素，“在景色中热爱元素的呼吸和言语，要尊重元素和他的秘密”[①]。“风景进入了大自然，自我进入了生命”，荷尔德林启示海子“把风景和元素完美地结合成大自然，并将自然和生命融入诗歌——转瞬即逝的歌声和一场大火，从此永生”[②]。由此，海子从热衷于在诗歌中呈现生命，走向了赋予生命以更大的使命，或者说，海子从文本的生命诗人，走向了行动的生命诗人。也许正是与荷尔德林的邂逅，使得海子开始构思着如何以生命写诗。其自杀前的诗歌《春天，十个海子》最为典型地揭示了海子上述感悟：让生命融入于大自然当中，从而获得永恒。

三、诗与艺术关系论

在海氏眼里，“一切艺术本质上都是诗（Dichtung）”[③]。由此，海氏论诗，也是对艺术的论述，其所谓诗人，也是艺术家的原型。海氏对艺术作品的评论并不多见，除了荷尔德林的诗外，还论及歌德、里尔克、格奥尔格等人的诗，荣格尔的小说，作曲家科劳泽的作品，此外还有对凡·高描绘一双农鞋的著名油画和希腊神庙的精彩阐释，等等。另外，海氏还专门写有论及雕塑的文章。总之，从艺术种类来说，海氏艺术论包含诗歌、绘画、雕塑、建筑、小说、音乐等等，但主要是诗歌评论，而且多为德国诗人。

在海子的诗学文章中，虽然都是旨在谈论诗歌，也广泛涉及多种艺术门类，包括诗歌、绘画、雕塑、建筑、小说、散文等，甚至涉及非艺术的哲学。从中可见，海子心中的诗人也不仅仅是写诗的人（但丁、莎士比亚、歌德、荷尔德林等），还包括那些他认为具有诗性的各种艺术家（小说家陀思妥耶夫斯基、卡夫卡、乔伊斯等，散文家梭罗，画家凡·高、塞尚等）

①《海子诗全集》，第1070页。

②《海子诗全集》，第1035、1072页。

③《海德格尔选集》，第292页。

和思想家们（尼采、维特根斯坦、弗洛伊德、达尔文等）。从艺术种类来说，海子和海氏几乎一样，也都以论诗为主，但海子论及的艺术家要多得多。海子把一些思想家当作诗人，看似与海氏有别，但实际上他很可能是受到海氏的影响。因为海氏把思与诗相提并论，甚至相互等同。海氏说过："一切凝神之思就是诗，而一切诗就是思。"[①]可见，在海氏心中也把思想家当作诗人来看待的。海子高于海氏的地方在于：他是从一个宏观的整体视角来审视全人类的艺术，而且能充分汲取其中的精华，并融入自己的诗歌创作之中，既有理论又有丰富的实践。

通过上述比较我们发现，二人都将诗与艺术相提并论。那么在其各自的诗学中，诗与艺术何以能相通呢？在海氏那里，诗与艺术之间的中介便是语言："语言是存在的家"[②]，语言通过命名把存在者带向词语从而显现出来。由此，语言使存在者作为存在者进入敞开领域之中。敞开即存在者之无蔽，无蔽即真理。而广泛意义上的诗即真理之创建。因此，"语言本身就是根本意义上的诗"。而作为语言作品的狭义诗（诗歌）是诗的最原始、最根本的表现形式。至于建筑、绘画等艺术，为什么其本质也是诗呢？虽然不像诗歌那样以语言为媒介，但是它们"总是已经，而且始终仅只发生在道说和命名的敞开领域之中"，所以也"始终是真理把自身建立于作品中的本己道路和方式"。一言以蔽之，不管是诗还是艺术，都建基于语言命名所带来的"存在者之澄明"[③]。

海子将不同种类的艺术归于诗之名下，其依据又何在呢？是精神——贯穿各种元素的精神。海子看重艺术中所灌注的精神，认为那些诗歌王子，如雪莱、叶赛宁、荷尔德林、韩波等等，"他们悲剧性的抗争和抒情本身就是人类存在最为壮丽的诗篇。他们悲剧性的存在是诗中之诗"[④]。在此，诗已经不是普通的一种体裁了，而是一种诗意的存在——"悲剧性的抗争和抒情""悲剧性的存在"。而在谈及但丁、歌德、莎士比亚的伟大诗歌之外，海子还指出一种"更高一级的创造性诗歌"，"这是一种诗歌总集性质的东

①《海德格尔选集》，第1148页。

②《海德格尔选集》，第358页。

③《海德格尔选集》，第295页。

④《海子诗全集》，第1046页。

西——与其称之为伟大的诗歌，不如称之为伟大的人类精神。……他们作为一些精神的内容（而不是材料）甚至高出于他们的艺术成就之上”。[①]属于这一类的诗有：金字塔、敦煌佛教艺术、《圣经·旧约》、两大印度史诗和奥义书、两大荷马史诗、《古兰经》以及一些波斯的长诗汇集。而海子在最后一篇诗学文章《我热爱的诗人——荷尔德林》中，明确指出诗歌乃是“精神的安静而神秘的中心”[②]。海子对于各种艺术中灌注的精神的关注，很显然受到歌德美学思想的影响。歌德说过：“艺术要通过一种完整体向世界说话。但这种完整体不是他在自然中所能找到的，而是他自己的心智的果实，或者说，是一种丰产的神圣的精神灌注生气的结果。”[③]不过海子看重的是一种悲壮精神，其诗学中也多处可见对那些失败英雄的赞美。

海氏取道古希腊，从古希腊哲学中，发掘出哲学的本体。海氏的艺术阐释学，都是旨在阐释其中所呈现的存在，并且都在作品中解读出世界与大地的整体统一性。海氏对现代艺术颇为不满，认为其是一种异化的艺术。在其本体论诗学中，他认为“艺术就是真理的生成和发生”[④]。可是现代社会，“艺术成了体验的对象，艺术因此被视为人类生命的表达”[⑤]。不仅艺术远离了存在，人类的生活也远离了本真。现代人的栖居不再是诗意栖居，因为“狂热度量和计算的一种奇怪的过度”，导致现代人的“栖居无能于采取尺度”，因而无法诗意栖居[⑥]。结果便是“无家可归状态变成了世界命运”[⑦]。海氏将诗与艺术相连，且将作为一种体裁的诗歌的诗性因素提升到所有艺术的本质，用意何在？这就牵涉到海氏诗学的终极目标了。可以说，海氏赋予诗以双重使命，拯救异化的现代艺术和拯救异化的现代生活，甚至是拯救地球的命运，让人类诗意地栖居在大地上。诗意的栖居，就是人性的栖居，而“人的生活”就是一种“栖居生活”，它将纯真与善良融于

① 《海子诗全集》，第1041页。
② 《海子诗全集》，第1071页。
③ 歌德《歌德谈话录》，爱克曼辑录，朱光潜译，人民文学出版社1978年版，第137页。
④ 《海德格尔选集》，第292页。
⑤ 《海德格尔选集》，第885页。
⑥ 《海德格尔选集》，第479页。
⑦ 《海德格尔选集》，第383页。

一身[①]。

海子对所处的时代的种种弊端也了然于胸，认为那是一个“衰竭实利的时代”、一个“贫乏的时代——主体贫乏的时代”。由于丧失了土地，“现代的漂泊无依的灵魂”只能将“肤浅的欲望”作为替代品[②]。与海氏一样，海子也看到了现代人的功利与无根。与海氏不同的是，海子将主体贫乏看作是时代病；相反，海氏却把“世界成为图像和人成为主体”看作是决定“现代之本质”的两大进程[③]。海子一心想着的是拯救中国的诗歌，其诗学终极可在下述一段话中看出“我的诗歌理想是在中国成就一种伟大的集体的诗。……我只想融合中国的行动，成就一种民族和人类的结合，诗和真理合一的大诗”[④]。此处透露出海子吸纳全人类艺术精髓，融贯中华民族传统，进而创造一种大诗的动机。海子将此作为自己的崇高使命。可是如果为了诗歌而诗歌，那么创作的诗歌再伟大又有何意义呢？我们知道，在海氏那里，诗意地栖居的人就是诗人，他栖居就是在作诗。海氏说：“作诗建造着栖居之本质。作诗与栖居非但不相互排斥。毋宁说，作诗与栖居相互要求着共属一体。”[⑤]海子其实也有将存在诗化的观念，比如前文所述，他认为悲剧性的存在是诗中之诗，认为人民的生存和大地是唯一的真诗，等等。可惜的是，海子固守“诗歌行动”观念，即行动以诗歌为旨归；海氏则恰恰相反，认为诗歌以行动为旨归。

综上所述，虽然海子在诗歌方面的视野比海氏要宽阔，但他始终耿耿于怀一种伟大诗歌的创作。虽然海子在诗学中表现出浓厚的生命诗学观念，提出要“直接关注生命存在本身”，“呈现生命”[⑥]，以及“要热爱生命，要感谢生命”等等，但却笃信天才短命，又试图赋予生命本身非同寻常的使命。海子不是不明白活着的美好，其早期诗歌《活在珍贵的人间》就表现了生命的美丽。但海子以牺牲自己的生命最终成就一种他所向往的诗歌伟业，不能不说这是对其生命诗学观念的背叛。海子的失败告诫我们：要始

---

①《海德格尔选集》，第480页。

②《海子诗全集》，第1035—1038页。

③《海德格尔选集》，第902页。

④《海子诗全集》，第1页。

⑤《海德格尔选集》，第478页。

⑥《海德格尔选集》，第1048页。

终坚定不移地将呵护生命当作艺术的首要责任。相比而言，海氏的诗学却始终引导人从艺术文本走向生活世界，进而诗意地栖居在大地上，所以海氏诗学既是存在诗学，也是一种引领生活的诗学。

结 语

通过比较海子与海氏的诗学观，从中我们可以得出一些文化学的反思。二人都力图融合东西方文化，但道路不同。海氏身处二元思维盛行的西方文明，深知其产生的弊端，因而渴望回到古希腊，回到东方天人合一的整体状态。海氏所建立起来的基本本体论，很大程度上消弭了二元思维的冲突状态。在海氏的思想中我们也能看到对立，但海氏都能将其消融在一种整体中。海氏复兴的本体论哲学及其所开拓的本体论诗学视野，给传统认识论哲学和诗学带来了一股强烈的风暴。本体论诗学着眼于存在的创建，而不仅仅是为了认识诗。在海氏看来，认识只是存在的一种形态而已，我们应该关注存在本身。今天，“To be or not to be”（存在还是不存在）越来越成为人类和地球的问题。全球的生态危机已经到了导致许多物种濒临灭绝的地步。批判不和谐的生存模式，倡导诗意的栖居生活，海氏的这一终极诗学主旨必将引起越来越多的有识之士的共鸣。海子对中华文明一开始就有种后来他也曾批判过的自恋倾向。这在早期成名作《亚洲铜》中可见一斑。但博古通今、博览群书的海子越来越看重西方文明，而且也深受西方的二元思维模式的影响。所以海子一直陷入对立冲突的思维中而不能自拔。

虽然说每种文明皆有其营养，但必须将其融会贯通才行。消化不良势必导致分裂冲突，危害自身。海氏的高明之处在于，他将所有源于对象性的存在者的冲突，全都消融到非对象性的、总是在场的“存在”之中。这使得海氏诗学呈现出一种圆融之美；而海子虽然也看到实体的统摄效应，但又将其具象化，使其分裂出一个个元素，又不能很好地将这些元素融为一体，因而海子诗学相对而言就显得较为粗糙，处处有冲突。多种文明因素在海子心中造成的冲突带来的心态变形，想必也应该对其最终的自杀负有一些责任。然而对于海子之死，有不少人持有美化或诗化的观点，认为海子是诗歌烈士，他的死是一首绝美的诗。其实，海子之死是非常复杂的，不排除其内心想以生命来写大诗的动机。但是过于诗化海子之死，就会遮蔽其他因素，尤其是其内心的文化冲突。身处越来越全球化的世界里，各种文明之间的对话也势在必行。如何站在各自文化的立场，放眼全球，吸纳多种文明因素，海氏和海子给了我们前车之鉴。

（原载于郑体武主编《现代主义的文学世界与世界文学中的现代主义》，
上海外语教育出版社2016年版）